Anne Breckenridge

Engel der Themse

Engel der Themse

Ein viktorianischer Krimi von
Anne Breckenridge

DRYAS

Das für dieses Buch eingesetzte Papier ist ein Produkt
aus nachhaltiger Forstwirtschaft.

1. Auflage 2016

Herausgeber: Dryas Verlag, Frankfurt am Main,
gegr. in Mannheim.

Herstellung: Dryas Verlag, Frankfurt am Main
Lektorat: Kristina Frenzel, Berlin
Korrektorat: Birgit Rentz, Itzehoe
Umschlaggestaltung: © Guter Punkt, München (www.guter-punkt.de)
unter Verwendung von Motiven von Thinkstock
Zeichnung: Big Ben drawing © Marina – fotolia.com
Satz: Dryas Verlag, Frankfurt am Main
Gesetzt aus der Bookmania
Druck: CPI books GmbH, Ulm

Bibliografische Information der Deutschen Bibliothek:
Die Deutsche Bibliothek verzeichnet diese Publikation in der
Deutschen Nationalbibliografie, detaillierte bibliografische Daten
sind im Internet über http://dnb.ddb.de abrufbar

ISBN 978-3-940855-66-4
www.dryas.de

London, November 1864

Die alte Frau kämpfte sich durch den Nebel. Der Wind zerrte an ihren Röcken und jeder Schritt schmerzte, als würden ihre Knochen mit einer stumpfen Klinge abgeschabt. Die Stimme kam aus dem Nichts. Einen Augenblick verschloss sich die Frau gegen die unwiderstehliche Süße. Sie wollte die Stimme nicht hören. Nicht heute. Sie wollte nur noch nach Hause, ihre klammen Röcke am Feuer trocknen und schlafen. Aber sie wusste, es gab kein Entkommen, wenn der Engel der Themse rief. Lauschend hielt sie inne, schaute sich um – vergeblich.

»Wo?«, murmelte sie und der Engel öffnete ihre altersmüden Augen.

Im flackernden Licht einer Öllaterne drängten sich zwei Kinder in einen der schmalen Durchgänge zwischen zwei Häusern. Der Junge warf in schnellem Rhythmus seine Schirmmütze in die Luft und fing sie wieder auf. Neben ihm hockte ein Mädchen. Sie war in eine Decke gehüllt, nur ihr herzförmiges Gesicht war zu sehen.

»Ich hab Hunger, hab ich.« Die Stimme des Jungen hallte durch die Gasse.

»Halt die Klappe!«, antwortete das Mädchen.

Ihre Stimme klang so müde, wie die Frau sich fühlte. Mitleid mit dem unbekannten Kind brannte sich wie ein

Schürhaken in ihr Herz. Doch warum rief der Engel sie? Die beiden waren zu alt, sie konnte ihnen nicht helfen.

In diesem Moment streckte das Mädchen mit einem leisen Schmerzenslaut ein Bein aus. Dabei öffnete sich ihr Umhang und für die Dauer eines Atemzuges sah die Frau das Baby und verschmolz mit den Schatten.

»Sie hat gesagt, sie kommt gleich wieder, hat sie«, jammerte der Junge.

»Halt die Klappe!« Das Mädchen hustete und spuckte vor seine Füße.

Trocken Brot macht Wangen rot, dachte die Frau. Erst husten sie, dann spucken sie Blut und dann welken sie dahin.

»Ich geh rein. Soll ich?« Wie milchig trübes Wasser waberte der Nebel um die dünnen Beine des Jungen.

»Traust dich doch nicht.«

»Vielleicht, wenn du das Baby wecken tust?«

»Sie wird's nicht hören.«

»Auch nicht mit den Titten?« Der Junge setzte sich die Mütze auf den Kopf.

»Red keinen Quatsch!«, sagte das Mädchen. »Kein Mensch hört mit den Titten.«

»Woher willst du das wissen?«, begehrte der Junge auf. »Du hast doch keine. Autsch!« Die Ohrfeige des Mädchens hatte ihm die Mütze vom Kopf gefegt. Er bückte sich danach und sein Kopf tauchte in den Nebel.

»Wenn sie nicht bald kommt, kriegen wir keinen Platz mehr im Nachtasyl in der Whitecross Street.«

»Ich geh rein. Soll ich?«

»Traust dich doch nicht.«

Das Mädchen schien recht zu haben, denn der Junge rührte sich nicht von der Stelle. Die Hände in den Hosentaschen vergraben, starrte er vor sich hin. Schließlich räusperte er sich.

»Sie kommt bestimmt gleich«, sagte er mit der Zuversicht, die nur Kinder aufbringen.

Die alte Frau seufzte. Egal wie schlecht die Menschen ihre Kinder behandelten, ihre Liebe war ihnen sicher.

»Sie freut sich halt, wegen dem neuen Baby.« Der Junge spuckte aus.

»Ja und flennt, wenn sie's zum Armengrab bringt.« Das Mädchen war offenbar schon zu alt für die bedingungslose Liebe. Zu oft war sie enttäuscht worden.

In diesem Moment schwang die Tür zum Gin Shop auf und das heisere Lachen einer Frau hallte durch die Gasse.

»Der Schatten holt die Babys. Tut er.«

»'nen Teufel tut er«, fauchte das Mädchen. »Babys sterben, wenn nur Gin in den Titten ist.«

»Aber Mum sagt ...«

»Halt die Klappe!«

Der Schatten. Missbilligend kniff die Frau die Lippen zusammen. Was wusste diese Göre schon über den Engel der Themse?

»Ich hab Hunger«, quengelte der Junge. »Vielleicht gibt uns jemand was, wenn wir die Hand ausstrecken?« Unschlüssig trat er einen Schritt vor. »Oder das Baby zeigen?«

»Idiot!«, fuhr das Mädchen ihn an. »Wer hier langgeht, klaut dir die Fingernägel – oder das Baby.«

Die Kälte der Nacht kniff der Frau in die Waden. Sie hüllte sich enger in ihr wollenes Tuch, machte einen Schritt fort von den Kindern, einen zweiten.

Warte, grollte der Engel in ihrem Kopf.

Sie blieb stehen, gottergeben. Wenn der Engel rief, gab es keine Müdigkeit, durfte es nicht geben.

Die Tür zur Schenke wurde wieder aufgestoßen. Zwei Matrosen torkelten die Treppe hinauf und blieben vor den Kindern stehen.

»Willse dir 'nen Penny verdienen?«, fragte der eine das Mädchen und rieb sich den Schritt.

»Einen Penny für jeden«, handelte sie.

»Ich auch, Sire!« Der Junge hüpfte von einem Bein aufs andere.

»Du bleibst hier!« Das Mädchen drückte ihm das Baby in den Arm. »Bin gleich wieder da.«

Die alte Frau schaute ihr nach, bis sie mit den beiden Matrosen zwischen zwei Häuser verschwand. Mitleid fraß sich in ihr Herz. Nicht mehr lange und die Kleine würde ein eigenes Baby tragen, wenn sie nicht vorher von einem betrunkenen Freier erschlagen wurde oder die Polizei sie aufgriff und in die Kolonien verfrachtete. So viel Elend! Die Frau spürte, wie ihr Schatten wuchs und der Engel seine Flügel ausbreitete. Ihr eben noch von Müdigkeit getrübter Blick schärfte sich, sie sah das Baby durch die dünne Jacke hindurch, in die es sein Bruder gehüllt hatte: die zarten Knochen, das noch runde Gesicht, das schon bald gelb und eingefallen sein würde, wenn der Engel sich nicht seiner annähme. Er kümmerte sich um diese Wesen und sie war sein Werkzeug.

Das raue Lachen eines Mannes, dann der Schrei des Mädchens. Der Junge schaute auf, legte das Baby auf die Stufen und trat auf die Straße hinaus. Seine in alle Richtungen abstehenden Haare waren so schmutziggelb wie der Nebel.

»Gladys?«, rief er, erst zögerlich, dann immer lauter. Wie eine in die Enge getriebene Ratte drehte er sich um die eigene Achse. Schließlich folgte er seiner Schwester.

»Jetzt!«, befahl der Engel.

Hastig lief die Frau über die menschenleere Gasse. Das Baby wimmerte.

»Pscht, ist ja gut.« Leise ächzend, das Bücken fiel ihr schwer, beugte sie sich über das Kind, hob es hoch und wickelte es in ihr Umschlagtuch. »Hush little Baby«, sang sie leise. »Alles wird gut.«

1. Kapitel

Gladys wischte sich über den Mund. Der metallische Geschmack von Blut verdrängte den Geschmack von Salz und Fisch, den das Zeug hatte, das Männer verspritzten. Der Matrose hatte gelacht und Gladys eine gescheuert, als sie ihren Penny gewollt hatte. Sein Schlag hatte ihr die Beine weggehauen. Noch ein Tritt in die Rippen, dann hatte der Nebel die beiden verschluckt.

»Fischschwänze!« Vorsichtig fuhr sich Gladys mit der Zunge über die scharfen Kanten des abgebrochenen Zahnes. Aber wenigstens hatte sie den anderen Penny noch.

Sofort abkassieren war die Regel. Für etwas Brot und Zwiebel würde es reichen und vielleicht sogar für einen Teller Suppe, um die Kälte aus den Gliedern zu vertreiben.

»Gladys?« Plötzlich hockte Tom neben ihr. »Was ist passiert?«

»Nichts.« Vergeblich versuchte Gladys auf die Beine zu kommen. Sie zitterte vor Wut und Enttäuschung über ihre Dummheit. »Hilf mir!« Sie streckte die Hand aus. Ihre Rippen schmerzten so sehr, dass sie kaum genug Luft zum Sprechen hatte. »Was hast du ihr gesagt?«

»Ich?«

»Nein, der Typ hinter dir.«

Tom drehte sich hastig um. Er war so blöd wie rothaarig.

»Idiot!« Gladys war eigentlich nicht wütend auf ihn, aber er war gerade da und die Wut auch. »Also, was hast du Mum gesagt?«

»Du hast geschrien.« Endlich nahm Tom ihre ausgestreckte Hand und zog sie hoch.

»Und da schickt sie dich?« Gladys spuckte Blut und Zahnsplitter aus. Ihr klingelten die Ohren von dem Schlag.

Warum hatte das Arschloch sich nach dem Abspritzen nicht einfach umgedreht und war gegangen? Sie hätte doch sowieso nichts machen können. Wahrscheinlich hatte er nach dem Schlag gleich wieder dicke Eier gehabt und prellte nun das nächste Mädchen um seinen Lohn.

Gladys spürte den Penny in ihrer Hand. Mum würde ihn ihr abnehmen, so wahr sie Gladys Brothers hieß. Sei ein liebes Kind, würde sie sagen und ihre Unterlippe würde zittern und aus ihren Augen würden Tränen rollen. Gladys würde ihr den Penny geben, das war so sicher, wie auf den Morgen der Hunger folgte. Aber wozu hatte man einen kleinen Bruder?

»Kennst du die alte Betty in der Nelson Street?«

»Die wo Pasteten verkauft?«

»Genau. Hier haste den Penny und nun lauf!«

»Aber wenn die Männer zurückkommen?«

»Dann bin ich ohne dich besser dran.«

Gladys haute Tom eine runter, aber nur leicht, damit er sich in Bewegung setzte. Schließlich war er ja noch ein Kind, kaum trocken hinter den Ohren. Sie wusste nicht, wie alt er war. Wie auch? Er war geboren, als sie noch zu klein gewesen war, um auf den Kalender zu achten, und Mum meistens zu betrunken. Ihr eigenes Alter wusste Gladys, weil ihre Mum sich an den Tag ihrer Geburt erinnerte. Sie waren eine richtige kleine Familie gewesen: Mum, Dad und Gladys. Dad war Dachdecker gewesen, der beste, sagte Mum. Aber dann war er vom Dach gefallen. Seitdem waren es Mum, der Gin und Gladys und die vielen Männer, die so schnell wieder aus ihrem Leben verschwanden, wie sie Mum anbufften. Und irgendwann war eben auch Tom dazugekommen.

Typisch Mum, dachte sie. Ich schreie und die Alte schickt den Kleinen, um nach mir zu schauen. Sie wischte sich mit dem Schultertuch das Blut aus dem Gesicht und machte sich auf den Weg zurück zum Gin House.

Irgendwo sang eine Frau ein Kinderlied: »Hush little Baby ...«

Gladys kannte es. Früher hatte ihre Mum auch Kinderlieder für sie gesungen. Heute sang sie nur noch, wenn sie voll war, und bestimmt keine Kinderlieder. Gladys zog den Umhang fester um die Schultern. Seven Dials war eigentlich kein Ort, an dem Kinderlieder gesungen wurden.

Als sie das Gin House erreichte, war ihre Mutter natürlich nicht da. Wahrscheinlich hatte sie einen Typen aufgerissen, der ihr einen Drink spendierte. Baby hin oder her, Mum war gut darin, Typen aufzureißen. Na, wenigstens hatte es das Baby warm.

Gladys hockte sich in den Schatten zwischen den Häusern. Nur einen Moment ausruhen. Jeder Atemzug schmerzte, als bohre sich ein Nagel in ihre Brust.

»Schläfst du?«

Das Herz rutschte Gladys zwischen die Schenkel. Sie brauchte einen Moment, um zu begreifen, wo sie war.

»Hast du das Brot?«, fragte sie.

Tom nickte. »Wo ist das Baby?«

»Wo soll's sein? Bei Mum.« Gladys griff nach dem Brot, riss sich ein Stück ab und biss hinein.

»War sie böse?«

»Woher soll ich das wissen?« Gladys kaute auf dem Brot herum. Obwohl der Hunger in ihren Eingeweiden wühlte, konnte sie es nur mit Mühe hinunterschlucken. »Wieso fragst du eigentlich so blöd?«

»Na ja ...« Tom drehte den Kanten Brot in den Händen.

»Nun red endlich!« Gladys hätte ihn schütteln können, wenn ihre Rippen nicht so geschmerzt hätten.

»Du hast geschrien und da hab ich Angst gekriegt.«

»Und hast Mum geholt?«

Tom schüttelte den Kopf.

»Aber das Baby.«

Tom warf den Kanten Brot wie zuvor seine Mütze in die Luft. Gladys schlug ihm die Hände weg und das Brot landete zwischen seinen Schuhen.

»Du dämlicher Idiot hast das Baby allein gelassen?«

Wenn Gladys' Mutter nicht so mit Gin abgefüllt gewesen wäre, hätte sie wahrscheinlich die Klappe gehalten. Aber betrunken, wie sie war, schrie sie die ganze Gasse zusammen und es dauerte nicht lange, bis sich ein Constable – er und seine Kollegen wurden von allen wegen der Farbe ihrer Uniformen nur »blaue Flaschen« genannt – mit seinem Stock einen Weg durch die Gruppe der Huren und Säufer bahnte, die um Gladys und ihre Familie herumstanden.

»Sei still!« Gladys zerrte an ihrer Mutter.

Aber die riss sich los und kreischte nur noch lauter: »Mein Baby, mein geliebtes Baby! Der Schatten hat es mir geraubt.« Sie klammerte sich an den Blauen wie an eine Ginflasche.

Ihm blieb gar nichts anderes übrig, als sie mit aufs Revier zu nehmen. Und weil Gladys' Mutter auch dort keine

Ruhe gab, landeten sie im Arbeitshaus in Holborn. Damit hatten sie noch Glück – so wie ihre Mum kreischte, hätten die Blauen sie auch ins Irrenhaus nach Bethlem bringen können, und das war schlimmer als die Hölle, sagten die Leute.

Im Vergleich dazu war Holborn nicht der schlechteste Ort, wo man landen konnte. Zwar wurde Gladys der Kopf geschoren und sie wurde von ihrer Familie getrennt, aber das machte ihr nach dieser Nacht nichts aus. Sie war froh, das betrunkene Kreischen ihrer Mum und Toms Flennen nicht mehr hören zu müssen. Schließlich litt sie genug unter der Stimme in ihrem Kopf, die in einer Tour tönte: Alles meine Schuld. Alles meine Schuld.

Hatte man sich erst einmal an den Gestank von ungewaschenen Füßen, Seifenlauge und Kampher gewöhnt, unterschied sich das Leben im Arbeitshaus von dem in Seven Dials nur dadurch, dass man ständig beten sollte, mit blutigen Fingern Werg zupfen oder Wäsche walken musste und jeden Tag Brot und dünne Kohlsuppe bekam. Einen Ort wie Holborn überlebte man nur, wenn man Teil der Masse wurde. Wer eine dicke Lippe riskierte, wurde geschlagen, ins Loch gesteckt oder bekam nichts zu essen.

Doch Gladys wusste sich anzupassen. Es gelang ihr so gut, mit den grauen Wänden zu verschmelzen, dass sie selbst nach ein paar Wochen vergessen hatte, wer Gladys Brothers war.

Erschrocken fuhr sie zusammen, als Mrs Dungeon sie ohrfeigte, weil sie nicht aufgesprungen war, als ihr Name gerufen worden war.

»Kannst du nicht hör'n, du unnützes Aas?«, schimpfte die Wärterin. »Wenn ich rufe, hast du zu kommen!«

»Entschuldigung, Ma'am.« Gladys hielt sich die Wange; Mrs Dungeon hatte einen ordentlichen Schlag.

»Komm mit!« Die Wärterin drehte sich um und rauschte aus der Wäscherei.

Keines der Mädchen schaute auf, als Gladys ihr folgte. Ihre Holzschuhe klapperten über die feuchten Steine. Sie krampfte die Zehen zusammen, um sie nicht zu verlieren. Ihr Herz schlug im Rhythmus ihrer hastigen Schritte und sie fragte sich fieberhaft, was sie ausgefressen hatte – oder schlimmer: wer ihr was anhängen wollte.

Das Leben in Holborn hatte seine eigenen Gesetze. Die Wärterinnen waren zwar schlimm, aber noch schlimmer waren die Mädchen, die sich Vergünstigungen erschleichen wollten, indem sie andere verpetzten. Doch Gladys hatte mit niemandem Streit. Trotzdem fühlte sie sich wie ein Lamm, das zur Schlachtbank geführt wurde.

»Hier lang!« Mrs Dungeon steuerte den flachen Schuppen an, der genau auf der Grenze zwischen dem Frauen- und dem Männerbereich lag. Gladys rutschte das Herz von der Kehle zwischen die Oberschenkel.

Mrs Dungeon zog am rostigen Griff und knarrend öffnete sich die Tür. Zögernd folgte Gladys der Wärterin. Das flackernde Licht der Paraffinlampen ließ Schatten über die Wände wandern. Gladys blieb stehen. Der Raum stank schlimmer als der Fluss bei Ebbe. Ihr Magen rebellierte. Unwillkürlich presste sie die Hand vor den Mund. Der scharfe Geruch der Ammoniaklauge auf ihrer Haut verhinderte, dass sie auf einen der abgedeckten Körper spuckte, die Schulter an Schulter auf dem Boden lagen.

Am Ende der Reihe stand ein Wärter, zu seinen Füßen kniete eine schmale Kindergestalt. Gladys musste zweimal hinschauen, um ihren Bruder zu erkennen. Sein kahler Schädel war mit Krätze bedeckt.

»Sprich ein Gebet für deine Mutter!« Mrs Dungeon stieß Gladys zu Tom.

Sie sank neben ihm auf die Knie. Während sie die Hände faltete, musterte sie ihn aus den Augenwinkeln. Er sah nicht so aus, als sei es ihm gelungen, mit den Wänden zu verschmelzen. Sein linkes Auge war zugeschwollen und die Oberlippe blutig verkrustet. Rotz lief ihm aus der Nase. Gladys berührte seine Schulter. Tom schaute zu ihr, seine Mundwinkel zuckten.

»Keine Vertraulichkeiten«, brummte der Wärter. »Ihr seid hier, um für das Seelenheil eurer Mutter zu beten.«

»Und am besten auch für eures«, fügte Mrs Dungeon hinzu. »Damit ihr nicht endet wie sie.«

»Oder schlimmer«, sagte der Wärter. Seine Stimme triefte vor Selbstzufriedenheit.

Wut stieg in Gladys auf. Sie hätte ihm in die Eier treten können. Dieser fette Sack hatte kein Recht, so zu reden. Sie wusste doch, was solche Typen mit Mädchen wie ihr machten, wenn sie eins in die Finger kriegten. Dagegen waren die Matrosen, die sie um den Penny geprellt hatten, Chorknaben. Bei dem Gedanken an die zwei überwältigte sie wieder die Schuld. Sie bat Gott darum, dass ihre Mum, wo immer sie war, genügend zu saufen hatte, und bekreuzigte sich.

Ein Tritt gegen die Wade brachte sie auf die Beine, und Minuten später drehte sie wieder die Kurbel der Wäschepresse.

Kurz vor Weihnachten kaufte ein Krämer aus der Oxford Street Gladys frei und sie verließ Holborn. Als sie ihr Bündel schnürte, sagte Mrs Dungeon, sie solle Gott dem Herrn auf Knien danken. So feine Leute.

Nun, zumindest waren es wohlgenährte Leute. Mr Smith war ein Fass auf Stelzen und Mrs Smith musste sich ordentlich einschnüren, um eine Taille zu haben.

Sie stopften sich so voll mit Essen, dass für Gladys kaum etwas abfiel. Trotzdem verbrachte sie viel Zeit auf den Knien. Aber nicht, um Gott zu danken, sondern um die Steinfliesen zu schrubben. Sie schlief neben dem Ofen, arbeitete härter als in Holborn und kratzte die angebrannten Reste aus den Töpfen. Trotzdem dachte sie, sie hätte es ganz gut getroffen – bis Mr Smith sie das erste Mal auf den Küchentisch drückte und im Stehen entjungferte. Da wusste sie: Mädchen wie sie trafen es nie gut, es traf nur immer sie.

2. Kapitel

Emma erwachte, als ihr Vater das Haus verließ. Seine tiefe, immer etwas knurrige Stimme fiel in den Chor der Männer ein, die sich Grüße zuriefen. Für einen Moment verwirrt, tastete Emma über die raue Decke. Eben noch hatte sie sich schlaflos in ihrem Bett herumgeworfen, und nun dämmerte schon der Morgen? Ihr Herz machte einen freudigen Satz. Heute war der 4. April 1865. Heute war ihr großer Tag.

Bevor Emma aus dem Bett war, klapperte die Haustür ein zweites Mal. Ihre Mutter machte sich auf den Weg. Eine Nachbarin hatte ihr erstes Kind bekommen. Irgendeine Frau in der Straße bekam immer ein Baby, und wenn die Arbeit der Hebamme getan war, kümmerte sich Emmas Mutter um die Frauen und ihre Neugeborenen. Sie kochte Suppe für die Wöchnerin und fütterte das Baby mit Stutenmilch, wenn keine Amme zur Verfügung stand und die junge Mutter noch keine Milch hatte.

Emma half ihrer Mutter oft und holte Milch vom Stall in der Mare Street, in dem ihre Brüder arbeiteten. Der Stallmeister war ein freundlicher Mann und hatte nichts dagegen, wenn sie einen Krug Stutenmilch abzweigte. Auch heute hätte sie helfen sollen, aber sie hatte gestern einen Husten vorgetäuscht und die Mutter hatte sie ins Bett gesteckt.

Hustenfrei und voller Vorfreude stand Emma auf und sah aus dem Fenster. Die Morgensonne verbarg sich als blassgelbe Scheibe hinter dem schwefelgelben Dunst der vielen Tausend Kamine. Emma rannte die Treppe hinunter und in den Verschlag neben der Wohnküche, in dem sie wuschen und kochten. Ihre nackten Füße klatschten über die Holzdielen.

Wie eine Kröte hockte der Herd im tristen Grau des beginnenden Tages neben der Tür zum Hof. Emma öffnete die Klappe. Auf dem Ofenrost kämpfte die Restglut vergeblich gegen die Morgenkühle an. Zögernd griff Emma nach einem Holzscheit, ließ ihn aber in den Korb zurückfallen. Das heiße Wasser, das für ihren Morgentee im Kessel simmerte, würde genügen müssen. Leise ächzend hob sie die Zinkwanne von der Wand und schüttete es hinein. Es war nicht einmal genug, um den Boden zu bedecken, aber es musste reichen. Sie nahm den Wassereimer, der gefüllt neben dem Herd stand, und goss den Inhalt ebenfalls in die Wanne. Dann zog sie fröstelnd das Hemd über den Kopf.

Ihre Mutter würde ihr eine saftige Ohrfeige verpassen, wenn sie jetzt zur Tür hereinkommen würde. Morgens zu baden, und auch noch an einem Wochentag!

Normalerweise würde Emma so etwas nicht tun, aber heute war kein normaler Tag. Endlich würde sie ihn sehen und vielleicht sogar seine Hand berühren. Bei der Vorstellung, ihm so nah zu sein, wurde ihr ganz warm und in ihrem Kopf drehte sich alles.

Sie blinzelte die schwarzen Schlieren weg, die vor ihren Augen tanzten. Während sie das Hemd an den Herd hängte, sang sie ein Lied, das sie in der Music Hall in der Blackfriars Road gehört hatte, als sie mit ihren Brüdern dort gewesen war: »Heut' ist ein besonderer Tag, wo ich es wohl wagen mag.«

Schaudernd stieg sie in die Wanne und kniete sich nieder. Wenn sie nur daran dachte, wie viele Eimer heißes Wasser sie täglich in das Boudoir der Gnädigsten geschleppt hatte. Sie blies die Backen auf. Wie schön wäre es, sich zurückzulehnen und ein heißes Bad zu genießen, wie es die Gnädigste getan hatte. Das heißt, eigentlich hatte sie es nie genossen. Jeden Nachmittag das gleiche Lamento: Das Wasser war zu heiß, die Seife zu glitschig, die Tücher zu rau.

Und die zickige Zofe hatte gezwitschert: »Ja, gnädige Frau«, und: »Natürlich, gnädige Frau«, und: »Das Mädchen macht aber auch nichts richtig, gnädige Frau«, und hatte Emma finstere Blicke zugeworfen.

Emma war froh, dass sie den Dienst Hals über Kopf und ohne Zeugnis hatte verlassen müssen. So schnell würde die Hebamme wohl keine neue Stelle für sie finden. Vor allem, weil sie ihrer Mutter das Versprechen abgerungen hatte, nur noch als Hausmädchen anfangen zu müssen und nicht als Küchenmagd.

Lieber Gott, schickte sie ein Stoßgebet in Richtung der niedrigen Holzdecke, lass Mrs Westwood nie wieder eine Stellung für mich finden! Ich will ja arbeiten, fuhr sie fort; Gott sollte nicht denken, sie sei faul. Ich würde nur lieber in einem der Geschäfte bedienen, wo man goldene Knöpfe und feine Spitze kaufen kann und sich nicht Blutblasen an die Hände schrubbt.

Missmutig starrte Emma auf ihre rissigen Finger. Mit solchen Händen würde sie höchstens eine Anstellung in einem Eisenwarengeschäft finden.

Keine trüben Gedanken, ermahnte sie sich. Heut' ist ein besonderer Tag.

Sie griff nach der Kernseife und seifte sich ein. Schade nur, dass sie sich verkleiden musste. Während sie sich vor

Kälte zitternd Wasser über die Brüste goss, malte sie sich aus, wie es sein würde, ihn leibhaftig zu sehen, ihm gegenüberzustehen, in seine sanften Augen zu schauen. Nach all den Wochen des Planens und Auskundschaftens gönnte sie sich diesen Augenblick des Träumens. Wenn schon das Wasser sie nicht wärmte, so taten es wenigstens ihre Gedanken.

Sie hatte alles gut vorbereitet, es konnte einfach nichts schiefgehen. Seit sie wieder bei den Eltern lebte, hatte sie ihrem Vater regelmäßig das Essen gebracht. Den Blick züchtig gesenkt, hatte sie die jungen Kerle ignoriert, die ihr schöne Augen gemacht hatten, um ihm keinen Grund zu geben, sie wegzuschicken. Ihm würde der Bart auf die Füße fallen, wenn er wüsste, dass auch dieser Liebesdienst zu ihrem geheimen Plan gehört hatte.

Emma goss sich Wasser über die Schulter. Sie wollte sich wenigstens einmal einen Traum erfüllen. Vor sich hin summend tauchte sie die Hände ins Wasser und wusch sich das Gesicht. Als sie fertig war, stieg sie aus der Wanne, trocknete sich ab und kleidete sich an. Ihr Haar flocht sie zu einem Zopf. Kurze Zeit später verließ sie das Haus.

Ein Karren stand auf der anderen Straßenseite. Darauf befanden sich ein paar Matratzen und eine Wäschetruhe, auf der drei Kinder wie Hühner auf der Stange saßen. Emma kannte sie. Der alte Fitzgerald, der Vater der Kinder, war bei einer Messerstecherei in einer Schenke ums Leben gekommen. In den Monaten nach seinem Tod hatte seine Frau alles verkauft, was die Familie besessen hatte. Jetzt hatten sie nichts mehr und mussten ihr Haus verlassen. Von ihrem ältesten Sohn gestützt stieg nun auch Mrs Fitzgerald auf den Karren mit den letzten Habseligkeiten.

Die armen Leute! Emma bekreuzigte sich.

Maggie, mit der sie früher gespielt hatte, reichte ihrer Mutter das Baby und kletterte selbst auf den Wagen. Er würde sie nach Seven Dials bringen, wo die Schlafstätten stundenweise vermietet wurden und zwei Familien sich ein Zimmer teilten.

Emma wandte sich ab. Es gab so viele Geschichten über diesen Ort des Schreckens wie Menschen, die dort lebten, und eine war schrecklicher als die andere. Kaum ein Tag verging, an dem dort niemand ermordet wurde oder Babys verschwanden. Emma wusste, dass nur die Arbeit ihres Vaters sie vor dem gleichen Schicksal bewahrte – oder ihrer eigenen Hände Arbeit.

Mit gesenktem Kopf lief sie los. Nach einer Weile bog sie nach Süden auf die Mare Street ab und wich im letzten Augenblick einem Landauer aus, der einen Pferdebus überholte. Das Handpferd wieherte, der Kutscher fluchte. Ohne ihn weiter zu beachten, bahnte sich Emma ihren Weg zwischen Straßenhändlern, bettelnden Kindern und Leiterwagen hindurch.

Ganz außer Atem erreichte sie schließlich den Stall, wo ihre Brüder arbeiteten. Zwei Jungen spannten gerade kräftige Kaltblüter vor einen Bus. Ihre Rufe hallten über den Hof. Der Kutscher lehnte am Stamm der Linde, die mitten auf dem Platz stand, und rauchte sein Pfeifchen. Als Emma an ihm vorbeilief, zog er höflich die Mütze vom Kopf. Jeder kannte sie hier, die kleine Schwester der Zwillinge.

»Bill? Bob?« Emma wich einem Stalljungen aus, der das schmutzige Stroh in dem langen Gang harkte.

Staub tanzte zwischen den Boxen. Auch ihre Brüder hatten hier als Stallburschen angefangen und Bob, der von allen nur »Dumb O'Brian« oder kurz »Dumbo« genannt wurde, weil er immer wiederholte, was andere sagten, schwang noch immer die Forke. Bill hingegen hatte es zum Assistenten des Stallmeisters gebracht.

Der Junge schaute auf. Seine dunklen Wimpern waren gelb vom Staub des Strohs. Hastig riss er sich die Mütze vom Kopf. »Dumbo is mitte Lucy zum Vet, Miss Emma.« Seine Stimme überschlug sich. »Und Mr O'Brian is hinten, issa.«

»Danke.« Emma lief an dem Jungen vorbei. Angesichts seiner Verlegenheit fühlte sie sich ziemlich erwachsen, obwohl der Junge kaum jünger war als sie. Das Gefühl verließ sie allerdings sofort, als Bill ihr mehr kräftig als neckend in die Wange kniff.

»Du willst es also wirklich wagen?«, fragte er.

»Ja. Du lässt mich doch nicht im Stich, oder?« Ängstlich schaute Emma zu ihm auf. Stundenlang hatte sie ihn bearbeiten und ihm schließlich versprechen müssen, Leah jeden Donnerstagabend zum Spaziergang abzuholen, damit er ihr die Sachen besorgte. Bill liebte seine Leah schon lange, aber ihr Vater wollte nicht, dass die beiden sich trafen. Sie solle einen Geschäftsmann heiraten, so wie er einer war, sagte er immer. Dabei hatte er auch nur einen dunklen Kramladen zur Straße hin. In dem Raum dahinter hauste die Familie. Aber weder Leah noch Bill waren bereit, voneinander zu lassen. Also trafen sie sich heimlich und schmiedeten Pläne. Sobald Bill genug für eine Schiffspassage gespart hatte, wollten sie heiraten und in die neue Welt auswandern. Nur Emma wusste von ihren Plänen und sie würde sich eher die Zunge abbeißen, als etwas zu verraten. Wenn ihre Mutter davon erfuhr, würde sie ihm so lange keine Ruhe lassen, bis er bei allen Heiligen versprach, in London zu bleiben.

»Besser, ich tät's.« Bill kratzte sich das Kinn. »Nu mach

schon!« Er nickte in Richtung seiner Kammer. »Bevor ich's mir anders überlege.«

»Danke!« Emma seufzte vor Erleichterung; die erste Hürde war genommen. Sie lief in die Kammer.

Bill folgte ihr und schloss die Tür. »Bin ich froh, dass Leah nicht solche Flausen im Kopf hat!« Er zeigte auf das Kleiderbündel, das auf seinem Bett lag.

»Wie sollte sie, bei einem Liebsten wie dir?« Emma musterte ihren Bruder. »In ganz London gibt es keinen Mann, der so gut aussieht wie du«, log sie unverfroren.

Nicht dass Bill schlecht aussah: Seine breiten Schultern, die schmale Taille, schwarze Haare und blaue Augen ließen bestimmt nicht nur Leahs Herz höher schlagen. Aber gegen die vornehme Eleganz eines Prinzen kam er nicht an. Wie auch? Bill war ein Arbeiter, selbst wenn er der Assistent des Stallmeisters war.

»Dad bringt mich um, wenn das rauskommt.«

»Von mir wird er's nicht erfahren. Du hast doch nicht etwa Bob ...?«

»Nein, natürlich nicht!« Bill tippte sich an die Stirn. »Und?«, fragte er. »Was sagst du?«

»Sie ist perfekt.« Emma strich über die Hose, die ausgebreitet auf dem Bett lag.

Der gerippte Samt war abgeschabt und etwas speckig, ebenso die Weste und der Arbeitskittel. Das Kleiderpaket krönte ein Bowler mit eingerissener Hutkante und vor dem Bett standen klobige Schuhe, wie ihr Vater sie trug.

»Und das alles für einen Shilling?« Emma hatte ihre gesamten Ersparnisse für dieses Abenteuer geopfert.

»Sixpence.« Bill trat hinter seine Schwester.

»Wirklich?« Strahlend wirbelte Emma zu ihm herum. »Das ist ja wunderbar! Wo hast du sie her?«

»Woher wohl? Petticoat Lane natürlich«, antwortete Bill.

»Aber garantiert läusefrei«, fügte er hinzu, als Emma ihn erschrocken ansah. »Und nun zieh dich um! Sonst ist dein Prinz verschwunden, bevor du am Pumpwerk bist.«

Wenige Minuten später stand Emma als Junge gekleidet vor ihm. Sie war froh, dass Bill ihr den Bowler mitgebracht hatte. Unter einer Mütze hätte sie ihren Zopf nicht verstecken können.

»Und?«, fragte sie.

»Passt«, antwortete Bill und rieb sich das Kinn. »Lauf mal wie ein Junge!«

»Etwa so?« Emma steckte die Fäuste in die Hosentaschen und schlurfte breitbeinig durch den Raum.

Bill schüttelte den Kopf. »Du läufst, als hättest du Leim unter den Sohlen.«

»Geht nicht anders«, entgegnete Emma. »Sonst verlier ich die Schuhe.«

»Stopf sie halt aus.« Brüderlich schlug Bill ihr gegen den Bowler.

»Nicht.« Emma schob sich den Hut aus dem Gesicht.

»Na dann.« Bill öffnete die Tür und sie verließen die Kammer. Auf dem Hof steckte er Zeigefinger und Daumen zwischen die Lippen und pfiff.

Emma beneidete ihn um diese Fähigkeit.

»George«, sagte Bill zu dem Kutscher, der zu ihnen gekommen war, »nimm den Kleinen mit!«

George ließ Emma an der Woolwich-Fähre raus. Während der Überfahrt wehte ihr der Wind den Geruch von Teer und verfaulendem Fisch in die Nase, den der Fluss an guten Tagen ausdünstete. An schlechten Tagen stank die Themse wie der Abort, der sie war.

Emma kannte und fürchtete den Gestank, der sich in die Schleimhäute fraß. Sie war fünf gewesen, als die letzte große Choleraepidemie gewütet hatte. Zwei Kinder hatten ihre Eltern in dem Sommer begraben. Seitdem war sie das einzige Mädchen in der Familie.

So viele Menschen waren damals gestorben. Andererseits hätte ihr Vater ohne die Cholera nie Arbeit gefunden. Und ohne den Bau des Pumpwerks, das dafür sorgen sollte, dass der Fluss duften würde wie ein Jungfernfurz, wären sie auch nicht in eins der neuen Häuser gezogen, die überall in London für die Arbeiter gebaut wurden.

Emma erinnerte sich noch gut an die Enge in ihrer alten Wohnung. Ein Zimmer hatten sie gehabt, einen Abort auf dem Hof für alle Mieter und einen Brunnen am Ende der Straße. Dort hatten sie das Wasser geholt, das den Tod über ihre Familie gebracht hatte. Das Haus hatte viele Zimmer gehabt, und in jedem hatte eine Familie gelebt, alles Iren wie sie. Immer war es laut gewesen, vor allem nachts, wenn Männer und Frauen betrunken aus den Schenken zurückgekehrt waren. Dann hatte Emma sich gefürchtet und Schutz zwischen Bill und Bob gesucht. Ihre Familie hatte zu den ersten gehört, die in die neu errichteten Häuser gezogen waren. Alles hatte sich zum Guten gewendet. Trotzdem vermisste sie ihre Schwestern.

Emma wischte sich die Stirn. Schrecklich warm war ihr. Die Hose rieb im Schritt und die Weste kniff unter den Armen. Männerkleidung war doch unbequemer, als sie gedacht hatte. Sie schob die Hand unter den Bowler und kratzte sich den Scheitel. Hoffentlich war es wirklich nur Schweiß, der ihre Kopfhaut zum Jucken brachte.

Sie schaute sich um. Keiner der hochgewachsenen Polizisten, die mit ihren Hüten aus gefirnisstem Leder jeden Mann überragten, beachtete sie. Endlich erreichte sie die Tür, durch die sie in den letzten Tagen immer gegangen war, um ihrem Vater das Essen zu bringen.

»Verdammt!« Emma fluchte nicht häufig, als überwiegend gehorsame Tochter einer gottesfürchtigen irischen Familie eigentlich gar nicht, aber jetzt konnte sie nicht anders.

Die Tür war verschlossen. Tränen schossen Emma in die Augen. Wie hatte sie nur so dumm sein können? Natürlich war sie verschlossen. Hoher Besuch hatte sich angekündigt und ein Wächter hatte den Riegel vorgeschoben. Jeder normal denkende Mensch hätte das gewusst. Sie schluchzte.

»Na, na.«

Ein Schatten fiel über Emma. Mit tränennassen Augen drehte sie sich um. Vor ihr stand ein Constable, dessen blaue Uniform im Gegenlicht so schwarz wirkte wie sein Hut.

»Was willst du denn hier, Kleiner?« Lässig schlug er sich mit dem Stock, den alle Polizisten trugen, in die Handfläche.

Emma duckte sich. Noch hielt er sie für einen Jungen. Sie wagte nicht, sich vorzustellen, was passieren würde, wenn er ihr auf die Schliche kam. Mit allem hatte sie gerechnet, aber nicht damit, vor verschlossener Tür von einem Constable angesprochen zu werden. Das Blut rauschte ihr in den Ohren, ihr Herzschlag stolperte.

»Ich arbeite hier.« Sie kiekste vor Aufregung, wie ein Junge im Stimmbruch.

»Ach ja?« Der Constable beugte sich vor. Er hatte das breite Gesicht eines Schotten und ein blonder Schnauzbart verbarg seine Oberlippe. Lachfältchen umrandeten seine Augen und neben der Nase blühte ein Pickel zwischen hellen Sommersprossen. »Du bist aber spät dran.« Seine Stimme klang nicht unfreundlich.

Also fasste Emma Mut. »Ich musste meiner Mum helfen.« Diesmal dachte sie daran, wie ein Junge zu sprechen.

Aber was hatte sie nur gesagt? Mädchen halfen ihrer Mutter, nicht Jungen. Tränen stiegen ihr in die Augen und sie senkte den Kopf. Wenn sie jetzt auch noch flennte, nützte ihr die ganze Verkleidung nichts. All die Mühe und die Hälfte ihrer Ersparnisse für nichts als blutige Fersen und wunde Oberschenkel. Sie wischte sich mit dem Ärmel über die Nase. Die glänzende Spur im Stoff bewies, dass Generationen von Vorbesitzern die gleiche Angewohnheit gehabt hatten.

»Heute musst du doch gar nicht arbeiten. Also was willst du da drin?«

»Na, den Prinzen sehen.«

»Soso.« Gönnerhaft tippte der Constable ihr mit dem Stock auf die Schulter. »Dann komm mal mit, Kleiner!«

3. Kapitel

Emma wusste überhaupt nicht, wohin sie zuerst schauen sollte. So viele Herren mit modisch gezwirbelten Bärten und feinen Anzügen hatte sie in ihrem ganzen Leben noch nicht gesehen. Immer in Sorge, plötzlich ihrem Vater gegenüberzustehen, zwängte sie sich in Richtung der Absperrung.

Obwohl die großen Pumpen noch nicht liefen, vibrierte die Luft in der Halle von den Stimmen der Männer. Erst jetzt wurde Emma das Ungeheuerliche ihres Abenteuers bewusst. Wenn sie ihrem Vater das Essen gebracht hatte, waren noch andere Frauen hier gewesen. Doch jetzt war sie das einzige weibliche Wesen unter Hunderten von Männern. Sie fühlte sich wie in einer fremden Welt.

»Na, drängel mal nicht so!«

Eine Hand fiel schwer auf ihre Schulter. Emma stockte der Atem.

»Hab dich nicht so, Alter, und lass ihn durch!«, mischte sich der Constable ein, der sie hineingeschmuggelt hatte. »Dem kannst du doch locker über den Kopf spucken. Stell dich da rüber, Junge!« Er schob sie in Richtung einer Eisentreppe.

Emma spürte seine feuchte Handfläche im Nacken. Sie griff nach dem Bowler und zog ihn sich tiefer über den Schädel.

»Die Prinzen haben das königliche Schiff verlassen!«

Der Ruf pflanzte sich fort und die Gespräche verstummten. Emma vergaß den Constable und kletterte auf das Treppengeländer. Ihre Füße fanden kaum Halt in den klobigen Schuhen, die schwer an ihren Füßen hingen. Sie reckte den Hals. Trotzdem sah sie nichts als Köpfe.

Plötzlich brandete Jubel auf und wogte wie eine Flutwelle durch die Pumpenhalle. Hüte wurden von Köpfen gerissen, Arme streckten sich in die Luft. Emma hielt es nicht mehr auf dem Geländer. Wenn sie hierblieb, würde sie nichts und niemanden sehen. Sie setzte ihre Ellbogen ein und zwängte sich durch das Meer der nach Schweiß und Zwiebeln stinkenden Leiber. Die Arbeiter johlten und trampelten mit den Füßen.

»Es lebe der Thronfolger! Vivat Prinz Edward!«

Emma fand eine Lücke zwischen zwei Männern und erreichte schließlich die Constables, die sich an den Händen hielten, um die Menge zurückzuhalten. Für den Bruchteil einer Sekunde sah sie das lächelnde Gesicht des Thronfolgers. Hinter ihm musste Prinz Alfred sein. Wenn sie ihn doch nur sehen könnte! Sie reckte sich auf die Zehenspitzen.

»Vivat Prinz Alfred!« Ihre Stimme überschlug sich, aber ihre Begeisterung musste einfach hinaus. »Vivat Prinz Alfred!«

Die Arbeiter hinter ihr fielen in ihren Ruf ein. Der Kronprinz drehte sich zu seinem Bruder um, dann schauten beide in ihre Richtung. Huldvoll hob Prinz Alfred die Hand.

Er schaut mich an.

Mit klopfendem Herzen starrte Emma in sein Gesicht. Er war so viel schöner als auf den Bildern. Sie schluckte, Tränen rollten ihr über die Wangen.

Plötzlich runzelte er die Stirn, sagte etwas zu seinem Bruder und zeigte mit dem Finger auf sie. Emmas Herz setzte aus. Der Kronprinz zeigte auf sie, Emma O'Brian.

»Hast du keinen Anstand?«

Bevor Emma wusste, wie ihr geschah, flog ihr der Bowler vom Kopf. Schwer fiel ihr der Zopf auf den Rücken.

»Da brat mir doch einer 'ne Katze mit Sülze!« Mit festem Griff packte der Constable Emmas Arm und zerrte sie hinter sich her.

Sie stolperte, verlor einen Schuh, weinte, jammerte, bat um Vergebung. Vergeblich.

»Hör endlich auf!« Der Constable blieb so abrupt stehen, dass sie gegen ihn prallte. Seine vorher so freundlichen Augen blickten wütend auf sie herab. »Und ich hab dich auch noch reingebracht.«

»Hey, was soll das?« Ein Arbeiter stellte sich ihnen in den Weg. Er schwankte und sein rotes Gesicht war vor Wut verzerrt.

»Gib Ruhe!«, mischte sich ein anderer ein. Sein graues Haar lag ihm mützenplatt um den Schädel. Er reckte sich, um an Emma und dem Constable vorbeisehen zu können.

»Was geht's dich an, Alter?« Der Jüngere war zu betrunken, um klein beizugeben.

»Was mich's angeht?«, fragte der Alte im verwaschenen Englisch der Leute aus Liverpool. »Hab ich mich rasiert, um unseren zukünftigen König zu sehen, nicht um dein Krakeelen zu hören.«

»Krakeelen sagst du?« Der Jüngere hob die Fäuste. »Da kommt so ein dahergelaufener Bobby und belästigt eins unserer Mädchen, und du sagst, ich krakeele?«

»Gib endlich Ruhe!«, zischte ein anderer Arbeiter. »Oder willst du, dass sie uns alle einsperren?«

Einsperren. Das Wort klingelte in Emmas Ohren. Krampfhaft presste sie die Knie gegeneinander. Sie hatte das Gefühl, sofort einen Abort zu brauchen.

»Ehrliche Arbeiter einsperren, das könn'se.« Der Jüngere spitzte die Lippen, als wolle er ausspucken, überlegte es sich jedoch offenbar anders. »Aber unsere Kinder schützen, das könn'se nich.«

»Nu mach keinen Ärger, Jung!« Der Alte legte ihm die Hand auf den Arm.

Für einen Moment sah es so aus, als wolle der junge Arbeiter die Hand abschütteln, aber dann ließ er die Arme sinken und gab den Weg frei. Der Constable zerrte Emma aus der Pumpenhalle. Erst vor der Tür ließ er sie los.

»Was hast du dir eigentlich dabei gedacht, Kind?« Mit dem Handrücken wischte er sich die schweißnasse Stirn. »Dich einfach so einzuschleichen.« Er zerrte ein Schnupftuch aus der Hosentasche und trocknete sich die Hände.

Ein Fluchtreflex zuckte durch Emmas Beine, aber ihre Knie zitterten zu sehr. Sie hätte es höchstens bis zur Themse geschafft.

Der Fluss, dachte sie. Das wäre die Lösung: sich in die Fluten stürzen und sterben. »Muss ich jetzt nach Holloway?« Ihre Stimme zitterte mindestens so unkontrolliert wie ihre Beine.

»Verdient hättest du es«, sagte der Constable. In seiner Stimme schwang leises Mitleid mit, als er fortfuhr: »Aber ganz so schlimm wird's wohl nicht werden.«

»Was machen Sie denn hier, Kelly?« Ein rotgesichtiger Mann mit breitem Backenbart trat zu ihnen. Er trug einen Anzug wie ein feiner Herr und an seiner Brust glänzten Orden.

Erschrocken wich Emma zurück. Ihr Hinterkopf prallte gegen die Mauer. Sie unterdrückte einen Schmerzensschrei.

»Und was bitte ist das für eine Person?«

Emma fühlte sich wie eine Fliege, die an der Wand klebte.

»Etwa Ihr Liebchen? Kelly, Kelly. Das hätte ich nicht von Ihnen gedacht. Was soll denn die gute Witwe Howard von Ihnen halten?«

»Das ist nicht wahr«, stammelte Emma. Hastig schlug sie die Hand vor den Mund, als könne sie damit die Worte zurückholen. Sie spürte mehr, als dass sie es sah, wie der Constable sich neben ihr aufrichtete.

»Die Kleine hat sich eingeschlichen, Inspector Webbe«, schnarrte er.

»Eingeschlichen?«, wiederholte der Inspector, und wenn Emma es nicht selbst gehört hätte, hätte sie nie geglaubt, dass man so viel Abscheu in ein einziges Wort legen konnte. »In diesem Aufzug?«

Emma wünschte sich, der Engel der Themse würde sie holen. Sie hatte das Gefühl, nackt vor den Männern zu stehen.

»Ist sie etwa ein Unionist?«

»Nein, ich glaube nicht«, antwortete der Constable hastig.

»Was dann? Etwa impertinentes Gesindel?«, schnaubte der Inspector. »Bringen Sie sie ins Arbeitshaus!«

»Bitte nicht«, flehte Emma. Schluchzend sank sie gegen die Mauer. Zu ihrer Überraschung ergriff nun der Constable für sie Partei.

»Ich glaube, das Mädchen bereut seinen Übermut bereits, Sir. Nicht wahr?« Er stieß ihr mit dem Stock gegen das Bein.

Emma nickte heftig. »Ja, Sir. Bitte, Sir.« Sie knickste. »Lassen Sie mich nach Hause gehen!«

»Hast du denn überhaupt ein Zuhause?«, fragte der Inspector. »Oder bist du eine ...?« Ohne den Satz zu beenden, musterte er sie unter finster gerunzelten Augenbrauen hervor.

»Eine ...? Oh!« Nach diesem Tiefschlag nahm Emma die letzten Reste ihres Selbstbewusstseins zusammen und hob den Kopf. Zitternd hielt sie dem Blick des Inspectors stand. »Ich wohn in der Devonser Road«, sagte sie. »Und wir sind anständige Leute.«

»Devonser Road«, erwiderte der Inspector. »Soso. Anständige Leute. Aha. Und wissen deine Eltern, dass du hier bist?«

Emma schüttelte den Kopf.

»Na dann.« Der Inspector wandte endlich den Blick von ihr ab.

Emma unterdrückte einen Seufzer und atmete aus.

»Bringen Sie die Kleine nach Hause, Constable! Ein Mädchen in Hosen.« Der Inspector schüttelte den Kopf. »Also, wenn du meine Tochter wärst ...«

»Danke, Sir.« Emma knickste erneut. Sie wollte sich lieber nicht vorstellen, was er ihr antun würde, wenn er ihr Vater wäre – und auch nicht, was ihr Vater ihr antun würde. »Ich tu's auch bestimmt nicht wieder.«

»Das möchte ich dir allerdings auch geraten haben, sonst landest du doch noch in Holborn. Abtreten!« Der Inspector nickte dem Constable zu.

In diesem Moment jubelte die Menge und ein dumpfes Vibrieren setzte ein. Der Thronfolger hatte die Pumpen in Betrieb gesetzt.

»Devonser Road.« Der Constable schaute kopfschüttelnd auf Emma herab. »Na, das ist ja nicht gerade um die

Ecke. Also los!« Aufmunternd stieß er ihr den Stock in die Rippen.

Emmas Füße brannten, als sie endlich ihr Elternhaus erreicht hatten. Auf der gegenüberliegenden Straßenseite zogen bereits neue Mieter ein, vermutlich ebenfalls Iren. Rothaarige Männer mit breiten Schultern wuchteten einen Waschtisch ins Haus. Emma spürte ihre neugierigen Blicke. Sie drückte den Bowler tiefer ins Gesicht und humpelte eilig zur Haustür. Bevor sie den Klopfer anheben konnte, stand ihre Mutter bereits mit schreckgeweiteten Augen vor ihr.

»Herrgott sei bei uns!«, keuchte sie. »Wie siehst du denn aus?« Es folgte ein weiteres »Herrgott sei bei uns!«, als sie den Constable sah. Verlegen hielt sie sich die Hand vor den Mund. Vor Fremden schämte sie sich wegen ihrer fehlenden Zähne.

»Constable Kelly, zu Ihren Diensten, Ma'am.« Der Polizist tippte grüßend gegen seinen ledernen Zylinder.

»Ist was mit Bob?« Verwirrt schaute Emmas Mutter von ihm zu Emma.

»Nein, Mum. Lass uns reingehen, bitte!« Emma drängte sich an ihr vorbei. Zu ihrem Leidwesen folgte ihr der Constable ins Haus. Sie rannte die Stufen zu den Schlafkammern hinauf.

Gerade als sie oben die Tür öffnete, hörte sie ihn sagen: »Sie sollten nicht zu streng mit Ihrer Tochter sein, Ma'am.«

»Aber wie sieht sie denn aus? Ist sie ins Wasser gefallen? Herrgott sei bei uns!«

»Nein, nein«, wehrte der Constable ab. »Ihrer Tochter geht es gut.«

Emma schloss die Tür hinter sich. Der verbliebene Schuh landete polternd neben dem Nachttopf unter ihrem

Bett. Sie zerrte sich die Männerkleidung vom Leib. Sixpence für nichts und wieder nichts! Und was sollte sie mit einem einzelnen Schuh?

Als sie wenig später in ihrem Sonntagskleid – ihr anderes Kleid war schließlich noch im Stall in der Mare Street – die Stufen zur Wohnküche hinunterstieg, bedeckte eine Haube ihr Haar und der lange Rock verbarg, dass sie zur Schonung ihrer geschundenen Fersen auf Schuhe verzichtet hatte.

»Da brat mir doch einer 'ne Katze mit Sülze! Du bist ja ein richtig nettes Mädchen.« Ohne seinen Zylinder wirkte der Constable sehr viel weniger Respekt einflößend.

Emma musterte ihn verstohlen. Er hatte lustige Augen und seine dunkelblonden Haare waren ebenso struppig wie sein Bart. Ihr schien, als sei der Pickel gewachsen. Hochrot und mit einer gelben Kappe glänzte er neben der Nase. Emma unterdrückte ein Schaudern.

»Herrgott sei bei uns!« Ihre Mutter kam mit einem dampfenden Teller Suppe ins Zimmer. »Wie konntest du das nur tun, Kind?« Sie schüttelte den Kopf. »Sie ist so wild«, sagte sie zu dem Constable und stellte den Teller vor ihm ab. »Aber so war sie schon immer, schon als kleines Kind. Hat immer nur mit den Jungs gespielt. Wie ich gebetet habe. Angefleht hab ich Mr O'Brian: Das Mädchen muss lernen, sich zu fügen, hab ich gesagt. Lass sie nicht mit den Jungs laufen, hab ich gesagt. Aber hat er auf mich gehört?«

Emma wünschte sich ein Loch im Erdboden herbei, das den Constable mitsamt Pickel und Zylinder verschlucken würde. Aber weil solche Wünsche gemeinhin nicht in Erfüllung gingen, stellte sie sich mit sittsam gesenktem Blick neben ihre Mutter.

»Du hast wirklich Glück gehabt, Kind.« Der Constable tauchte den Löffel in die Suppe.

Emma verhakte die Finger ineinander, um seinen Kopf nicht in den Teller zu drücken. Was bildete sich der Kerl eigentlich ein, bloß weil er eine Uniform und einen Stock trug? Dabei war er noch nicht einmal Sergeant.

»Wenn ich nicht da gewesen wäre ...« Er schmatzte genüsslich. »Ins Arbeitshaus wollte der Inspector sie stecken.«

»Herrgott sei bei uns!« Vor Schreck sackte Emmas Mutter auf den nächsten freien Stuhl.

»Vielen Dank auch.« Mit beiden Händen fächerte Emma ihr Luft zu.

»Oh, tut mir leid.« Der Constable hielt mitten in der Bewegung inne, der Löffel schwebte über der dampfenden Suppe. »Ich wollt' Sie wirklich nicht erschrecken, Ma'am. Er hätt's bestimmt nicht getan. So 'ne nette Kleine.« Zögernd tauchte er den Löffel wieder in die Suppe. »Und eigentlich ist der Inspector ganz verträglich.«

»So verträglich, dass er ein anständiges Mädchen ins Arbeitshaus sperren will«, fauchte Emma. In der Küche ihrer Eltern fühlte sie sich sehr viel sicherer als im Schatten der Crossness Pumping Station. »Die Polizei sollte sich besser um andere Dinge kümmern!«

»Lauert also doch ein Unionist unter dieser hübschen Haube?« Scherzhaft drohte der Constable Emma mit dem Löffel.

»Herrgott sei bei uns! Bist du wohl still!«, sagte ihre Mutter.

Aber Emma war zu wütend, um sich den Mund verbieten zu lassen. »Man muss kein Unionist sein, um lesen zu können.«

»Du glaubst also auch alles, was in den Zeitungen steht?«

»Jeder weiß, dass in Whitechapel Kinder verschwinden«, konterte Emma. »Und die Polizei kümmert sich einen Dreck darum.«

»Emma! Herrgott sei bei uns!« Ihre Mutter beugte sich vor und legte die Hand auf den Unterarm des Constable. »Entschuldigen Sie bitte, sie weiß es halt nicht besser.«

»Ich kenn das, liebe Frau.«

Allein dafür hätte Emma ihm mit Wonne den Pickel mit einer glühenden Ofenzange ausgebrannt.

»Ich hab selbst drei Schwestern.« Genüsslich schlürfte er seine Suppe. »Plappern wie die Papageien«, fügte er zwischen zwei Löffeln hinzu. »Ohne Sinn und Verstand.«

Während Emma vor Wut kaum atmen konnte, lachte ihre Mutter hinter vorgehaltener Hand und der Constable grinste so breit, dass sein Pickel platzte. Emma wandte den Blick ab. Wenn es einen gerechten Gott gab, würde der Eiter in die Suppe tropfen. Doch Gott war wohl anderweitig beschäftigt, denn der Constable zog rechtzeitig sein Schnupftuch aus der Tasche.

Kurze Zeit später kam die Hebamme, um sich nach der Wöchnerin zu erkundigen. Der Constable verabschiedete sich, nachdem er Emma noch einmal väterlich den Arm getätschelt hatte. Ihre Mutter begleitete ihn zur Tür.

»Herrgott sei bei uns!« Mit einem lauten Seufzer kehrte sie in die Küche zurück. »Was mach ich nur mit dem Kind? Was mach ich nur?«

»Was hat unsere Emma denn nun schon wieder angestellt?«, fragte Mrs Westwood und setzte den Korb neben der Tür ab. Leise ächzend ließ sie sich am Tisch nieder, zog das Lorgnon aus ihrem Brusttuch und hielt es sich vor die Augen.

Bei einem Teller Suppe klagte Emmas Mutter der Hebamme ihr Leid. Die Lider sittsam gesenkt, saß Emma zwischen den beiden und atmete den Duft der alten Frau nach Torffeuer und Fisch ein, der zu ihrer Kindheit gehörte wie das »Herrgott sei bei uns!« ihrer Mutter. Tränen tropften ihr auf die Schürze, als sie daran dachte, dass sie nun Sixpence ärmer war und nicht einmal die Hand des geliebten Prinzen hatte berühren können.

»Ich hab mich umgehört«, flüsterte die Hebamme schließlich. »Aber sie suchen überall nur Küchenmägde oder Köchinnen.«

»Du hast es versprochen, Mum.« Hastig schaute Emma zu ihrer Mutter, die sich vorgebeugt hatte, um nur ja kein Wort der Hebamme zu verpassen.

Emma hasste es, wie die älteren Frauen die Köpfe zusammensteckten. Es schloss sie aus, als würde sie nicht zählen, weil sie noch zu jung war und nicht dazugehörte.

Als sie noch mit ihren Brüdern durch die Gassen gestromert war, hatte sie versucht, die Hebamme mit bösen Abzählversen zu provozieren, aber die Worte waren an Mrs Westwood abgeglitten wie Regentropfen. Sie hatte es nicht nötig, die Stimme zu erheben. Die Person, die ihr widersprach, musste erst noch mit Hilfe ihrer Hände geboren werden.

Nicht nur Emmas Mutter verehrte Mrs Westwood wie eine Heilige, alle Frauen taten es. Denn im Gegensatz zu den anderen Hebammen half sie jeder, egal ob verheiratet oder nicht. Und anders als die meisten Hebammen, die eher die Schnapsvorräte der Familie plünderten, als sich um Mutter und Kind zu kümmern, beherrschte Mrs Westwood ihre Kunst. Es hieß, dass selbst die Königin schon ihre Dienste in Anspruch genommen hatte, aber das war bestimmt nur ein Gerücht. Obwohl Emma der Gedanke gefiel, dass die Hände, die ihr auf die Welt geholfen hatten, auch Prinz Alfred geholt hatten.

»Versprochen?« Emmas Mutter schob das zitternde Kinn vor. »Du siehst doch, was dabei herauskommt, wenn du zu viel Zeit hast. Unterstützt du mich etwa und hilfst mir im Haus?« Sie schüttelte den Kopf. »Nein, du machst Unsinn und wirst von der Polizei nach Hause gebracht.«

»Ich hab nichts Unrechtes getan«, verteidigte sich Emma.

»Nichts Unrechtes getan?«, wiederholte ihre Mutter schrill. »Was heckst du als Nächstes aus, um den Prinzen zu sehen?«

»Den Vogel, der morgens singt, holt abends die Katz«, murmelte die Hebamme.

»Hörst du das?« Emmas Mutter ließ die Arme auf die Tischplatte fallen, als hätte sie jede Kraft verlassen. »Deine vermaledeite Vorliebe für den Prinzen bringt dich noch ins Arbeitshaus.« Sie seufzte resigniert. »Warte nur, wenn Vater nach Hause kommt ...«

»Der Sack treibt den Esel vorwärts, nicht der Stock«, sagte die Hebamme leise.

Emma spürte ihren mitleidigen Blick. Mrs Westwood meinte es gut mit ihr. Wahrscheinlich hatte sie schon zu viele Mädchen straucheln sehen. In London wimmelte es von ihnen. Sie verkauften Brunnenkresse, Zündhölzer oder sich selbst, um sich und ihre unehelichen Kinder zu ernähren. Und den meisten dieser Kinder hatte die Hebamme auf die Welt geholfen. Das Alter und die ungezählten schlaflosen Nächte hatten ein Netz von Falten in ihrem schmalen Gesicht hinterlassen und in ihren Augen wohnte die Trauer um all die Kinder und Frauen, denen sie nicht hatte helfen können. Auf einmal schämte sich Emma für ihre Unbesonnenheit.

»Hoch hinaus will die Dame, Hausmädchen werden, obwohl sie nicht einmal ein Zeugnis hat«, jammerte ihre Mutter.

»Sie hat kein Zeugnis, weil sie keine vernünftige Herrschaft hatte«, unterbrach die Hebamme sie.

»Hätte sie nicht diese Flausen im Kopf, wäre das alles nicht passiert.«

»Papperlapapp!«, widersprach die Hebamme. »Du weißt selbst, wie es bei feinen Leuten zugeht.«

»Mag sein«, lenkte Emmas Mutter ein. »Aber irgendwo muss sie arbeiten, und ein anständiger Haushalt ist immer noch das Beste für einen Wildfang wie sie. Solange sie solche Flausen im Kopf hat, lass ich sie nicht in einem Geschäft arbeiten.«

»Daran tust du gut«, stimmte die Hebamme ihr zu. »Und ich wüsste etwas für sie.«

»Wirklich?« Emmas Mutter richtete sich auf.

»Aber wie gesagt: Sie suchen ein Küchenmädchen.«

»Du hast es versprochen, Mum«, flehte Emma, doch selbst in ihren eigenen Ohren klang ihre Stimme dünn. Sie wusste, dass sie verloren hatte.

»Es ist eine wirklich hochherrschaftliche Familie«, raunte die Hebamme.

»Herrgott sei bei uns!« Emmas Mutter bekreuzigte sich. »Und die nehmen unsere Emma?«

»Hol mir noch etwas Suppe, mein Kind!« Lächelnd reichte Mrs Westwood Emma ihren Teller.

Obwohl Emma wusste, dass die Hebamme sie nur aus dem Raum haben wollte, blieb ihr nichts anderes übrig, als ihn zu nehmen und nach nebenan zu gehen. Während sie die Kelle in den Suppentopf tauchte, spitzte sie die Ohren, hörte aber nur das »Herrgott sei bei uns!« ihrer Mutter. Als sie mit dem gefüllten Teller zurückkehrte, nickten die beiden Frauen sich zu. Emma fühlte, wie sich ein Eisenband um ihre Brust legte.

4. Kapitel

Emmas letzte Hoffnung war ihr Vater. Vielleicht würde er ein Machtwort sprechen. Aber als er, angenehm berauscht vom Freibier, das zur Feier der Einweihung der Crossness Pumping Station ausgeschenkt worden war, erfuhr, dass sie von der Polizei nach Hause gebracht worden war, stimmte er jeder Entscheidung seiner Frau zu. Zwei Tage später humpelte Emma hinter ihrer Mutter die Mare Street entlang. Sie liefen in südlicher Richtung bis zur Whitechapel Road, wo sie einen Pferdebus bestiegen.

»Ein richtiger Lord ist deine neue Herrschaft«, sagte ihre Mutter, sobald sie ihre Plätze auf dem Dach eingenommen hatten. »So eine schöne Stelle hättest du nie gekriegt, wenn sich Mrs Westwood nicht für dich eingesetzt hätte. Man stelle sich vor, ein Adeliger.« Sie seufzte verzückt, dann runzelte sie die Stirn. »Du wirst dich dort gut benehmen, nicht wahr? Uns keine Schande machen.«

»Ich hab nichts getan.«

»Sei nicht so vorlaut!«, schimpfte ihre Mutter. »Immer hat man nur Sorgen mit dir.« Sie griff sich an die Brust. »Wenigstens ist der junge Herr der Familie noch ein Kind.«

»Das ist nicht gerecht«, fuhr Emma auf. »Du tust ja grad so, als sei ich schuld.«

In St John's hatte sie härter gearbeitet als jemals zuvor in ihrem Leben. Sie hatte nicht einmal bei den anderen Dienstmädchen geschlafen, sondern auf einer Bank neben dem Küchenherd. Aber das alles war nicht so schlimm gewesen wie die Herablassung. Jeder in dem Haus hatte auf sie herabgeschaut. Nie hatte es ein freundliches Wort von der Köchin gegeben und die Sonne hatte sie nur gesehen, wenn sie die Stufen zum herrschaftlichen Eingang scheuern musste. Eines Nachts hatte sie sich vor lauter Verzweiflung in die Bibliothek geschlichen und eins der in Leder gebundenen Bücher aus dem Regal genommen. Nur für eine halbe Stunde hatte sie in eine fremde Welt eintauchen und ihr Elend vergessen wollen. Doch der junge Sir hatte sie erwischt und versucht, sie auf die Chaiselongue zu drängen. Am nächsten Tag hatte Emma das Haus verlassen müssen.

Nun war sie auf dem Weg zu einem neuen Haus, und auch noch zu einem großen. Es war schon schlimm genug, wenn sie springen musste, sobald die Köchin oder die Zofe der Gnädigsten mit den Fingern schnipste. Aber in so einem großen Haushalt vervielfachte sich die Zahl der Fingerschnipser: Köchin, erstes Küchenmädchen, zweites Küchenmädchen, Hausdame, Hausmädchen, Zofe, Diener, Kammerdiener, Butler ... Emma schwirrte der Kopf, wenn sie an all die Leute dachte, die in Zukunft von morgens bis spät in die Nacht über ihren Tagesablauf bestimmen würden.

»Wenn du dich nicht dumm anstellst, kannst du eine Menge lernen«, sagte ihre Mutter.

»Ja, ich weiß.« Emma zupfte an ihren Handschuhen herum. »Scheuern, schrubben, Zink polieren, Feuer machen, Wasser schleppen, Gemüse putzen ...«

»Na und«, entgegnete ihre Mutter. »Harte Arbeit hat noch keinem Mädchen geschadet. Als ich in deinem Alter war ...«

»Warst du erstes Küchenmädchen und die Köchin hat dich wie eine Tochter geliebt.« Emma konnte die alten Geschichten nicht mehr hören. »Ich will aber nicht in der Küche arbeiten. Ich will Ladenmädchen sein.«

»Herrgott sei bei uns! Wer hat dir nur diese Flausen in den Kopf gesetzt? Ladenmädchen.« Ihre Mutter schnaubte. »Und nach kaum einem Jahr muss ich Mrs Westwood für dich holen. Ladenmädchen. Warum nicht gleich Schankdirne?« Nach diesem Ausbruch schwieg sie, bis sie an der Kreuzung Oxford und North Audley Street aus dem Bus steigen mussten. »Es ist nicht mehr weit«, tröstete sie Emma, die bei den ersten Schritten jammerte. Wie immer hatte sich ihr Zorn schneller verzogen als der Nebel über der Themse.

»Von mir aus müssen wir überhaupt nicht ankommen.« Emma wusste selbst, dass sie undankbar war; nicht viele Mädchen aus Hackney erhielten die Chance, in einem großen Haus zu arbeiten. Aber der Gedanke, dass sich zu den Blutblasen an ihren Füßen schon bald wieder welche in den Händen gesellen würden, ließ in ihr nur wenig Freude über die neue Stelle aufkommen.

»Du wirst es da leichter haben als in St John's«, sagte ihre Mutter. »So ein großes Haus hat immer einen Diener für die groben Arbeiten.«

»Oder ein Küchenmädchen.« Mit hängendem Kopf folgte Emma ihr.

Als sie schließlich das Haus an der Park Lane erreichten, klappte Emmas Kiefer herunter. Das war kein Haus, das war ein Palast.

»Und die stellen eine wie mich ein?«

»Herrgott sei bei uns!«, flüsterte ihre Mutter. »Siehst du nun, was Mrs Westwood für dich getan hat? Du solltest dich angemessen bei ihr bedanken.«

»Wie denn? Hier komm ich doch nie wieder raus.« Emma wechselte die Hand, mit der sie ihre Tasche trug, und wischte die verschwitzte Handfläche am Rockschoß ab. Sie musterte die blank gewienerten verschnörkelten Geländer rechts und links der Treppe, die zur Vordertür führte.

»Oh, du wirst ihr sicher begegnen«, plapperte Emmas Mutter, ohne ihre wachsende Verzweiflung zu bemerken. »Die Dame des Hauses, sie ist ... Du weißt schon.« Wie immer, wenn es um die sogenannten weiblichen Dinge ging, fehlten ihr die Worte, obwohl sie damit ein ordentliches Zubrot verdiente.

»Schwanger?« Emma teilte diese Zurückhaltung nicht.

Ihre Mutter antwortete nicht darauf. »Und guck nicht so aufsässig!« Sie zerrte Emma um das Haus herum zum Dienstboteneingang, dessen Treppe ebenfalls mit glänzenden Geländern eingefasst war.

Emma rutschte das Herz in die Kniekehlen. So viel Messing.

»Und denk dran«, die Hand schon am bronzenen Löwenkopf, hielt ihre Mutter inne, »sei flink und halt Augen und Ohren offen, damit keiner denkt, du wärst dumm!« Sie runzelte die Stirn. »Aber vor allem: Streite dich mit niemandem! Du weißt, was passieren kann.«

»Ja, Mum.« Emma war aufgewachsen mit Geschichten von missgünstigen Zimmermädchen, die anderen Dienstboten Diebesgut unterjubelten, um sie loszuwerden.

»Hast du mich verstanden?« Ihre Mutter packte sie an den Oberarmen und drehte sie zu sich herum.

»Ich bin das Küchenmädchen.« Emma wand sich unter

dem festen Griff. »Wenn mir einer Böses will, versalzt er den Porridge.«

»Herrgott sei bei uns!« Ihre Mutter seufzte tief. »Und guck nicht so rebellisch!«

5. Kapitel

Auch wenn Mrs Osborne, die Köchin, vor dem Dienstbotenfrühstück so beißend wie eine Zwiebel war, lernte Emma bei ihr in einer Woche mehr als in dem gesamten halben Jahr in St John's. Schon bald bewegte sie sich sicher zwischen den bullernden Herden, glühenden Öfen und Vorratskammern. Und was das Beste war: Sie musste tatsächlich keine Messinggeländer polieren. Das tat Adams, der frühere Pferdeknecht, der mit seinen gichtverkrümmten Händen gerade noch einen Lappen halten konnte. Die Hausdame, Mrs Cox, war weniger streng, als ihr Gesichtsausdruck vermuten ließ, und die anderen Dienstboten kommandierten Emma zwar herum, waren dabei aber bis auf das erste Hausmädchen nicht übermäßig unfreundlich. Bethany hatte die Stelle als Küchenmädchen eigentlich einer Cousine zuschustern wollen und ließ deshalb keine Gelegenheit aus, Emma zu triezen.

Dafür war Miss Jacobi, Myladys ältliche Kammerzofe, ausgesprochen nett zu Emma. Sie war mit Lady Belinda ins Haus gekommen und die anderen Dienstboten behandelten sie deshalb sehr kühl. Dabei war sie erst seit der Heirat in Myladys Diensten und selbst zu den Fliegen an der Wand freundlich. Gern saß sie nach dem Dinner, wenn Emma die Töpfe spülte, über eine Näharbeit gebeugt am Esstisch und plauderte über dieses und jenes.

Emma genoss diese ruhigen Stunden mit Miss Jacobi. Die Diener waren in den Gesellschaftszimmern beschäftigt, die Hausmädchen bereiteten die Schlafzimmer für die Nacht vor und die Köchin und Mrs Cox genehmigten sich im Wohnzimmer der Hausdame ihren abendlichen Sherry. Kehrten dann die anderen Dienstboten in die Küche zurück, schickte die Köchin Emma zu Bett. Der Butler drückte ihr den Wecker in die Hand, den er jeden Abend für sie aufzog. Am nächsten Morgen würde er sie vor Tau und Tag aus tiefstem Schlaf reißen.

Ihre Kammer unter dem Dach teilte sich Emma mit dem französischen Kindermädchen. Louise hatte glänzende dunkelbraune Haare, um die Emma sie glühend beneidete. Sie sprach komisch und bildete sich viel darauf ein, noch von der verblichenen Lady Collingwood eingestellt worden zu sein. Für alles habe die Lady gesorgt, sagte Luise: Kindermädchen, Amme. Als ob sie es geahnt hätte. Emma krabbelten Ameisen über den Rücken bei dem Gedanken, dass jemand seinen Tod voraussehen könnte. Unwillkürlich bekreuzigte sie sich.

Im Haushalt des ehrenwerten Lord Collingwood existierten drei Zeitrechnungen, so viel wusste Emma bereits. Es gab die glückliche Zeit vor dem Tod von Lady Collingwood, die schlimme Zeit nach ihrem Ableben und die schwierige Zeit seit der Eheschließung des Hausherrn mit Lady Belinda. Auch wenn Mrs Cox nie auch nur ein despektierliches Wort über die neue Herrin von Whitewood Manor verlor, spürte Emma, dass sie keine hohe Meinung von ihr hatte.

Die Köchin war weniger zurückhaltend in ihrem Urteil: »Lady Belinda«, pflegte sie zu sagen, »ist einfach keine Lady.«

An dieser Stelle seufzte Mr Pither, der Butler, leise in seine Teetasse.

»Der arme Waisenjunge!«, fügte die Köchin dann nach einer Weile hinzu und tauchte einen frisch gebackenen Biskuit in die heiße Milch, die Emma ihr jeden Tag zum Dienstbotentee servierte.

Bethany dagegen lästerte verschlüsselt über »die da oben«, um nicht von Mr Pither getadelt zu werden. Währenddessen scheuerte Emma in der Spülküche neben dem Dienstbotenzimmer die gusseisernen Töpfe mit Salmiakgeist, bis sich das blasse Licht der Gaslampen in ihnen spiegelte. Ansonsten beherzigte sie den Ratschlag ihrer Mutter: Sie hielt Augen und Ohren offen, aber den Mund geschlossen. Nur spätabends, wenn sie ihre Strümpfe zum Trocknen über die Leine in ihrer Kammer hängte und den Wecker neben die Bibel auf ihren Nachttisch stellte, erzählte sie dem Kindermädchen, was unten vor sich ging.

»Mon Dieu! Du hast es gut.« Den Kopf auf beide Hände gestützt hörte Louise ihr zu. »Ich wünschte, ich könnte auch zum Dienstbotentee kommen.«

»Und warum tust du es nicht?« Emma kroch vor Kälte zitternd zwischen die Laken.

Ach, wenn sich doch nur einmal eins der Zimmermädchen mit einer in ein kuscheliges Tuch gehüllten Wärmeflasche in ihre Dachkammer verirren würde. Aber das war ein Luxus, den nicht einmal Mrs Cox oder Mr Pither genossen.

»Miss Torrell lässt mich nicht.«

Emma boxte ihr Kissen zurecht und blies die Kerze aus. Der Duft von Kokosnuss stieg mit dem Rauch zur Decke. Gaslicht gab es nur in den Räumen der Familie und in der Küche. Für die Dienstboten reichten Price's Kerzen aus Kokosöl, die jeder Haushalt in London verwendete.

»Ist sie wirklich so schlimm, wie Mrs Osborne sagt?«, fragte Emma.

Die Governess war von Lady Belinda ins Haus geholt worden und aß mit ihr, wenn Lord Collingwood verreist war. Deshalb hassten die Dienstboten sie, allen voran die Köchin.

»Sie soll dem jungen Sir Manieren beibringen, soll sie. Was die sich einbildet.« Dieser Standardspruch der Köchin war immer begleitet von einem Schnauben und einem betrübten Kopfschütteln.

Nicht einmal Mr Pither widersprach ihr. Er tat einfach so, als habe er nichts gehört.

»Schlimm? Ich weiß nicht.« Louise gähnte hinter vorgehaltener Hand. Auch sie hatte einen langen Tag hinter sich, auch wenn sie sich noch einmal zur Wand drehen konnte, wenn Emmas Wecker klingelte. »Streng ist sie, das schon, vor allem wenn der kleine Herr sich wieder nass gemacht hat«, räumte sie ein. »Und sie will nicht, dass ich mit euch rede. Sie sagt, die Küche wäre ein Hort des Aufruhrs.« Sie beugte sich vor und blies ebenfalls ihre Kerze aus. Ihr glänzender Zopf fiel über die Bettkante und streifte den Bettvorleger.

Emma verschränkte die Hände vor der Brust und schaute durchs Dachfenster zum nächtlichen Himmel hinauf. Die Müdigkeit drückte ihre Beine gegen die Matratze. Der Wind hatte aufgefrischt und vertrieb den Rauch der vielen Tausend Schornsteine, der zu London gehörte wie ein Dach zum Haus. Emma sah die breite Sichel des Mondes. Sein weißes Licht malte einen hellen Fleck auf den Holzboden.

»Unten mag sie auch keiner«, sagte sie. »Außer vielleicht Miss Jacobi.«

»Miss Jacobi mag jeden.«

»Sogar Lady Belinda?« Die Müdigkeit machte Emma albern.

»Sogar Lady Belinda«, murmelte Louise. »Dabei mag die sonst niemand.«

»Nicht mal du?«

»Mon Dieu! Warum sollte ich?«

»Ich weiß nicht.« Emma gähnte. »Immerhin lässt sie dich hierbleiben. Ich meine, wozu braucht ein kleiner Junge eine Governess und ein Kindermädchen? Ist er so schlimm?«

»Er ist ein lieber Junge.«

»Ein Grund mehr, dich vor die Tür zu setzen.«

»Hätte sie auch gemacht. Sie hasst mich.«

»Und warum tut sie es dann nicht?«

»Lord Collingwood hat's ihr verboten.«

Emma glaubte, sich verhört zu haben. »Der Lord hat gesagt, du sollst bleiben?«

»Warum nicht?«, fragte Louise und etwas in ihrer Stimme verriet Emma, dass da mehr war. »Er hat gesagt, der kleine Sir braucht mich. Weil er doch schon seine Mutter verloren hat.«

»Magst du ihn?«

»Sicher. Er ist ein lieber Junge.«

»Lord Collingwood?«

»Nein, naturellement no«, widersprach Louise. »Lord Collingwood ist ein Gentleman.«

»Immer?« Emma dachte an den jungen Herrn, der versucht hatte, sie zu küssen. Ob Lord Collingwood und Louise ...? Emma wünschte, sie hätte die Kerze noch nicht ausgeblasen. Zu gern hätte sie jetzt Louises Gesicht gesehen.

»Naturellement«, antwortete Louise hastig. »Was denkst du denn?« Ihre Stimme klang ein wenig schrill.

»Er hat sich schnell getröstet.«

»Er war ja noch ein Baby, als seine Mutter starb.«

»Nicht der kleine Sir!«

Diesmal musste Louise sie absichtlich missverstanden haben. So begriffsstutzig konnte niemand sein.

»Naja«, sagte Louise widerstrebend. »Er musste schließlich an die Familie denken.«

»Ich weiß nicht. Trägt noch Halbtrauer und wird schon wieder Vater.«

»Was geht's dich an?«, fauchte Louise.

Emma hätte ihren Wochenlohn verwettet, so sicher war sie sich jetzt, dass Louise das Bett mit dem Lord geteilt hatte. »Wie ist Lady Belinda eigentlich so?«, fragte sie, um das Thema zu wechseln. Sie hatte ihre neue Dienstherrin noch nicht ein Mal gesehen. »Mrs Osborne sagt, sie hat nicht das Format der verstorbenen Lady Collingwood.«

»Naturellement no«, antwortete Louise mit der Arroganz derjenigen, die sich mit ihren Herrschaften identifizierten. »Sie ist launisch. Man merkt ihr an, dass sie ... Du weißt schon. Einer Lady sollte man das nicht anmerken. Außerdem schickt sie dreimal die Woche nach der Hebamme – als ob das helfen würde«, fuhr sie fort.

»Aber sie könnte nett sein? Ich meine, wenn sie nicht schwanger wäre.« Nach Emmas Erfahrung waren die meisten schwangeren Frauen irgendwie merkwürdig.

Louise antwortete nicht und Emmas Gedanken verloren sich im Ticken des Weckers. In den ersten Nächten war ihr dieses Ticken bedrohlich erschienen, als ob es die Zeit verkürzte. Zu Hause hatten sie keinen Wecker. Warum auch? Ihr Tag begann, wenn die Fabriksirenen die Arbeiter weckten. Hier, in der Nähe des Parks, gab es keine Fabriken, also stellte ihr der Butler jeden Abend den Wecker und Emma konnte hören, wie die Zeit verging, die ihr bis zum Morgen blieb.

»Es heißt, ihr Vater sei Fabrikant.«

Emma schreckte zusammen.

»Er soll sehr reich sein.«

»Hat Lord Collingwood sie deshalb geheiratet?«, fragte Emma.

»Feg deinen eigenen Hof!«, fauchte Louise.

Sie ist eifersüchtig, dachte Emma. »Also war es Liebe?«

»Was weißt du schon von der Liebe?«

»Nicht viel«, räumte Emma ein. »Eigentlich gar nichts.«

Nach einer Pause, in der Emmas Geist Richtung Mondsichel schwebte, murmelte Louise: »Wenn das Baby da ist, wird sie mich sowieso rausschmeißen.«

»Und dann?« Emma drehte sich zu ihr um.

Das blasse Mondlicht reichte nicht bis zu dem Bett an der gegenüberliegenden Wand, obwohl Emma hätte hinübergreifen können, so eng war die Kammer. Louise antwortete nicht mehr, und auch Emma glitt in einen traumreichen Schlaf, in dem sie im Fluss versank und ein Constable sie rettete. Als er ganz nah war und ihr das Wasser schon in die Lungen drang, sah sie den leuchtenden Pickel neben seiner Nase. Gerade als er platzte, klingelte der Wecker.

Louise knurrte nur und drehte sich zur Wand. Doch für Emma war die Nacht zu Ende. Sie stieg in die Filzlatschen, die verhindern sollten, dass ihre Schritte die anderen Hausbewohner weckten, und verließ die Kammer.

6. Kapitel

Im Haus der Familie Smith wimmelte es von Kindern. Die drei ältesten hatte die verstorbene erste Mrs Smith zur Welt gebracht, die nun zusammen mit ihrem letzten Kind auf dem Kirchhof lag. Die beiden jüngsten waren von der jetzigen Mrs Smith, und bald würde ein weiteres das Licht der Welt erblicken, denn sie war wieder schwanger. Bis auf den Ältesten, Tom, waren die Kinder für Gladys bloß eine rotznasige Horde, die ihr das Leben schwer machte.

Toms Namen merkte sie sich nicht nur, weil er so hieß wie ihr Bruder, sondern ihm auch ähnelte, obwohl er älter war. Sie hatten das gleiche hungrige Wieselgesicht und die schmutzigroten Haare, in denen sich Läuse tummelten. Gladys dachte oft an ihren Bruder. Sie hoffte, dass auch ihn jemand aus dem Arbeitshaus geholt hatte. Aber wenn sie daran dachte, wie er ausgesehen hatte, als sie ihn das letzte Mal sah, war es wahrscheinlicher, dass er ihrer Mum Gesellschaft leistete. Manchmal weinte Gladys deshalb und ihre Tränen tropften auf die Bürste, mit der sie die Böden schrubbte. Es nicht zu wissen, tat mindestens so weh wie das, was Mr Smith ihr antat.

Mrs Smith wusste genau, was er mit ihr trieb, und Gladys verachtete sie dafür. Gladys fragte sich, wie es wohl war, im Ehebett zu liegen und zu hören, was der eigene Mann in der Küche tat. Wahrscheinlich war Mrs Smith froh, dass er sie in Ruhe ließ. Und Gladys zu benutzen war allemal besser, als wenn er seine sauer verdienten Pennys zu den Mädchen trug, die in jedem Hauseingang ihre Dienste anboten, und sich bei einer von ihnen die Französische Krankheit holte.

Als Gladys trotz der nächtlichen Besuche keine Anstalten machte wegzulaufen – wohin hätte sie auch gehen sollen? –, schickte Mrs Smith sie mit Tom los, um ihre in Essig eingelegten Wellhornschnecken zu verkaufen. Immer mit dem Mittagsläuten verließen Tom und Gladys mit zwei Holzeimern das Haus und kehrten mit dem Abendläuten zurück. Sie klapperten die Läden und Werkstätten ab und boten ihre Ware feil. Ihre besten Kunden waren die Nutten, denn egal, wie arm man war, essen musste man, und Wellhornschnecken waren gut und günstig. Die Schnecken waren Mrs Smiths Zusatzverdienst.

Tom mochte die zweite Frau seines Vaters nicht besonders. Aber er ließ sich nichts anmerken. Seinem Vater saß nicht nur die Hose locker, sondern auch der Gürtel, und vor allem Tom trug so manchen Striemen davon.

Mrs Smith hatte ihnen aufgetragen, einen halben Farthing für drei Schnecken zu nehmen, aber Tom verlangte ihn für zwei. Die Geschäfte liefen trotzdem gut, und während Gladys' Eimer immer leichter wurden, schwoll seine Geldkatze an. Sobald die Schnecken verkauft waren, trennten sich die beiden, denn keiner von ihnen wollte zurück in den dunklen Laden. Es war wie eine stille Vereinbarung: Gladys bekam etwas freie Zeit und im Gegenzug erzählte sie niemandem von Toms Nebenverdienst. Was er mit seinem Geld machte, wusste sie nicht. Es interessierte sie auch nicht. Vielleicht trug er es gleich zurück zu den

Nutten, vielleicht verlor er es beim Hütchenspiel oder beim Hahnenkampf.

Meistens lief Gladys mit den leeren Eimern zum Park und schlenderte dort an den großen Häusern entlang. Dabei stellte sie sich vor, wie es wohl wäre, in einem von ihnen zu leben. Nicht als Lady, Gott bewahre! So weit reichte ihre Fantasie nicht. Nein, als Küchenmädchen. Härter als bei den Smiths konnte die Arbeit dort auch nicht sein. Wenn die Sonne schien und Mr Smith sie ein paar Nächte in Ruhe gelassen hatte, sah sie sich sogar als Zimmermädchen.

Häufig kam Gladys nicht weiter als bis zu dem riesigen Haus an der Ecke Park Lane und Stanhope Gate, bevor einer der Blauen auftauchte und sie verscheuchte. Die feinen Leute, die dort wohnten, wollten jemanden wie sie nicht in ihrer Nähe haben. Aber manchmal schaffte sie es bis in den Park. Dann lief sie über Kieswege und strich mit den Händen über Büsche und grünes Gras.

Auf einem dieser Streifzüge fand sie ihren geheimen Ort. Er lag in der Nähe einer Bronzestatue zwischen hohen Bäumen. In ihrem lichten Schatten schlängelten sich die Wege durch blühende Büsche, sodass man immer nur bis zur nächsten Biegung sehen konnte. Kaum jemand verirrte sich in diesen Teil des Parks, und abseits der Wege, versteckt zwischen den nach Harz duftenden Büschen, stand eine Bank. Natürlich glaubte Gladys nicht wirklich, dass niemand außer ihr diesen Ort kannte, auch wenn nie Fußspuren in der Nähe der Bank zu sehen waren. Irgendwer hatte sie schließlich da hingestellt. Doch vielleicht war sie dann einfach in Vergessenheit geraten. Jedenfalls besuchte Gladys die Bank, wann immer das Wetter es zuließ. Dieser Ort wurde so wichtig für sie, wie es Gin für ihre Mum gewesen war.

Manchmal, wenn Gladys sich in den Park schlich, sah sie ein Kindermädchen mit einem kleinen Jungen aus dem riesigen Haus an der Ecke kommen. Gladys neidete dem Mädchen die weiße Schürze und den langen, glänzenden Zopf. Ihre eigenen Haare unter der Haube sahen immer noch aus wie mit einer stumpfen Axt geschoren.

Sie biss sich auf die Unterlippe. Wie unterschiedlich Leben doch sein konnten. Das Mädchen schien nicht viel älter zu sein als sie selbst. Aber für sie war Gladys' Traum in Erfüllung gegangen. Der kleine Junge an ihrer Hand hüpfte wie ein Ball und lachte, als sie etwas zu ihm sagte.

Gladys machte sich auf den Rückweg. Sie musste noch das Abendessen vorbereiten. Wenn Mr Smith aus dem Laden kam, hatte es auf dem Tisch zu stehen. Was er eigentlich genau machte, wusste sie nicht. Wie viele Krämer entlang der Oxford Street handelte er mit diesem und jenem und die meisten dieser Dinge wurden ihm von Männern in bunten Westen zur Hintertür gebracht. Das waren die gleichen Männer, denen die Straßenjungen ihr Diebesgut zusteckten. Gladys kümmerte es nicht. Ihr Leben war halt so, und immerhin hatte sie die Stunden im Park. Wieder dachte sie, dass sie es vielleicht doch ganz gut getroffen hatte.

Aber dann trat Mr Smith sie eines Nachts aus dem Schlaf und brüllte, sie solle Wasser aufsetzen. »Und du läufst nach der Hebamme!« Er stieß Tom zur Tür hinaus. »Beeil dich!«, herrschte er Gladys an. Er schwitzte und sein Gesicht sah aus, als würde ihn gleich der Schlag treffen. »Und kümmere dich um die Missus!«

Gladys zog sich am Herd hoch und tastete mit den Füßen nach ihren Holzschuhen. Mrs Smiths Schreie verfolgten sie bis zum Wasserfass. Ihre Nackenhaare stellten sich auf und am liebsten wäre sie weggelaufen.

Dabei hatte sie schon mehr als einem Baby auf die Welt geholfen. Aber ihre Mum hatte nie so geschrien. Meistens war sie halb bewusstlos gewesen, wenn die Babys aus ihr herausgeflutscht waren. Sobald es losgegangen war mit den Wehen, hatte sie eine Flasche Gin gekippt. Das sei die beste Art, die Würmer zu kriegen, hatte sie gesagt. Jetzt war sie in der Hölle. Vielleicht bestand ihre Strafe darin, dass sie all die armen Kinder immer wieder kriegen musste, nur ohne die Hilfe des Gins. Vielleicht war sie aber auch gar nicht in der Hölle, sondern das Leben in Seven Dials war schon schlimm genug gewesen und sie lebte jetzt auf einer Wolke und hatte so viel Gin, wie sie nur wollte.

So viele »vielleicht«. Dabei waren das einzig Wirkliche in dieser Nacht der Nieselregen und die Schreie, die in Gladys' Eingeweiden wühlten. Vielleicht hatte ihre Mutter recht gehabt mit dem Gin. Vielleicht sollte sie es auch probieren, wenn es bei ihr so weit war. Sie machte sich da keine Illusionen. Wenn Mr Smith sie weiterhin bei jeder Gelegenheit besprang, würde es nicht mehr lange dauern, bis sie sein Balg im Bauch hatte. Dann würde ein neues Mädchen aus Holborn ihren Platz einnehmen.

Vielleicht war es auch schon zu spät. Wieder ein »vielleicht«. Je ärmer man war, umso mehr musste man auf die »vielleicht« in seinem Leben aufpassen. Gladys beschloss, gleich morgen eins der Mädchen zu fragen, die an den Straßenecken standen und Männer ansprachen, wie sie es schafften, keine Bälger zu kriegen. Das alles schoss ihr durch den Kopf, während sie den Eimer füllte und zum Haus zurückkehrte. Ein Schlag ließ sie zurücktaumeln. Mr Smith stand keuchend und mit weit aufgerissenen Augen in der Eingangstür.

»Wo bleibst du denn?« Seine Stimme klang, als hinge

er am Galgen. Es war nicht Wut, die ihn zuschlagen ließ, sondern blanke Panik.

Gladys duckte sich an ihm vorbei und lief in die Küche. Während Mrs Smith kreischte, als würde sie zersägt, drängten sich die Kinder um den Herd. Die beiden Kleinen heulten und verteilten Rotze in ihren Gesichtern. Die Mittlere kauerte in der Ofenecke, hielt sich die Ohren zu und versteckte ihr schorfiges Gesicht zwischen den Beinen. Zu ihren Füßen hatte sich ein feuchter Fleck gebildet. Mr Smith lief der Schweiß in Strömen übers Gesicht.

»Bring die Kleinen in den Laden!«

Gladys schob die älteste Tochter zu ihren Geschwistern.

Für einen Moment versteiften sich die Schultern des Mädchens. Sie war ein hinterlistiges kleines Aas – ganz der Papa. Aber dann ging ihr wohl auf, dass dies keine gute Gelegenheit war zu widersprechen.

Gladys schürte die Glut und füllte das Wasser in den Kessel, der auf dem Herd stand. Dann trocknete sie ihre Hände an ihrer Schürze und ging in die Schlafkammer hinüber. Als Erstes sah sie das blutige Laken, das zusammengeknüllt vor dem Bett lag. Mrs Smiths gigantischer Leib wand sich. Der Raum stank nach Schweiß, faulen Zähnen und Blut.

Gladys stolperte rückwärts in die Küche zurück. »Gin«, stammelte sie.

Mr Smith reagierte sofort. Er holte eine Flasche aus dem Schrank, nahm einen großen Schluck und reichte sie Gladys. Auch sie setzte die Flasche an. Der Gin schmeckte bitter und sie schüttelte sich, aber gleich fühlte sich ihr Kopf leichter an. Sie straffte die Schultern und kehrte in die Kammer zurück.

»Trinken Sie!« Gladys half Mrs Smith, den Kopf zu

heben, und flößte ihr den Gin ein, obwohl die Frau sich wehrte und zu husten begann. »Die Hebamme kommt gleich«, sagte Gladys und drückte ihr wieder die Flasche gegen die Lippen.

Mrs Smiths Kehlkopf bewegte sich hektisch in ihrem von dicken Adern durchzogenen Hals. Wimmernd sank sie zurück auf das Kissen, dann krallten sich ihre Finger in die stockfleckige Matratze aus Stroh und sie kreischte wieder. Gladys hockte sich neben sie. Sie hatte keine Ahnung, was sie sonst tun sollte. Einfach abzuwarten schien ihr die vernünftigste Lösung zu sein. Bei ihrer Mutter waren die Kinder irgendwann rausgekommen. Gladys hatte sie einfach nur in Empfang genommen, gewaschen und in saubere Lumpen gehüllt. Doch bei Mrs Smith schien es anders zu laufen. Obwohl ihr Bauch prall war wie eine Kanonenkugel, tauchte kein Kopf zwischen ihren Beinen auf, nur Blut und noch mehr Blut. Gladys schluckte gegen den Würgereiz an.

»Bring mir heißes Wasser!« Eine Stimme wie ein Hauch, trotzdem durchschnitt sie Mrs Smiths Kreischen.

Gladys schaute auf. Die Hebamme war dürr wie ein Stock, aber sie füllte die Kammer mit Zuversicht. Gehorsam rannte Gladys in die Küche. Mr Smith saß mit Tom am Tisch, die anderen Kinder waren verschwunden. Gladys nahm den Kessel vom Herd und ging zurück in die Kammer. Als sie eintrat, flackerte die Kerze. Der Duft von Salbei hatte den Gestank vertrieben und Mrs Smith stöhnte nur noch leise. Die Hebamme tastete ihren Leib ab, strich mit ihren knorrigen Händen darüber und murmelte unverständliche Worte.

Sie verhext sie, dachte Gladys. Ihre Därme gurgelten vor Angst. Wenn man in Seven Dials mit den Geschichten vom Schatten aufwuchs, glaubte man an Hexen.

»Wisch ihr das Gesicht ab!«, sagte die Hebamme. Sie schaute nicht einmal auf.

»Ich ...« Gladys stellte den Kessel ab und sah sich um.

»In meinem Korb sind saubere Tücher.«

Gladys tat, wie ihr geheißen. Mrs Smith schien zu schlafen. Ihr Atem ging gepresst und bei jedem Ausatmen pustete sie mit einem Schnauben gegen die geschlossen Lippen an.

»Es ist alles in Ordnung, Kind.« Die Hebamme lächelte Gladys über den Bauch hinweg an und Gladys glaubte ihr.

»Ich hab ihr Gin gegeben«, sagte sie, um sich selbst zu beweisen, dass sie nicht so nutzlos war, wie sie sich fühlte.

»Not macht erfinderisch.«

»Sie hat so geschrien. Ich wusste nicht ...«

»Du hast alles richtig gemacht.« Die Hebamme lächelte erneut. »Pass auf! Verschränk die Arme vor deiner Brust.«

»So?«

»Genau so.« Die Hebamme beugte sich über den schwangeren Leib, griff Gladys unter die Achseln und zog sie mit einer Kraft, die Gladys der dürren Frau nicht zugetraut hätte, auf Mrs Smith.

Vor Schreck schrie Gladys auf. Der Bauch fühlte sich an wie ein Stein. Sie fand es schrecklich, Mrs Smiths heiße Haut an ihren nackten Unterarmen zu spüren.

»Wir müssen dem Baby ein bisschen helfen.« Die Hebamme nickte ihr aufmunternd zu.

»Tut ihr das nicht weh?«

»Es geht ihr gut«, versicherte die Hebamme. »Wenn ich es sage, drückst du dich mit deinem ganzen Gewicht auf sie. Nun, viel ist es ja nicht.« Sie schmunzelte, während Gladys der Schweiß in die Augen lief.

Wie konnte sie nur in so einer Situation scherzen?

»Hast du verstanden?«

Gladys nickte, weil sie nicht mehr in der Lage war zu sprechen. Unter ihr zog sich der Bauch zusammen. Die Hebamme ging zum Fußende des Bettes und drückte mit beiden Händen gegen Mrs Smiths aufgerichtete Knie.

»Jetzt«, flüsterte sie und Gladys stemmte sich gegen die Kugel unter ihr.

Mrs Smith seufzte und furzte, und plötzlich gab etwas in ihr nach. Der Kopf des Babys erschien, dann folgte sein Körper in einer Welle aus Blut und Fruchtwasser. Endlich war es vorbei. Die Hebamme klopfte dem kleinen Wurm auf den Rücken und summte dabei eine Melodie. Und während Gladys um ihre Mum und um die Brüder und Schwestern weinte, die sie verloren hatte, tat das Kind seinen ersten Schrei.

7. Kapitel

Wie jeden Morgen klingelte der Wecker zu früh. Mit einem Grunzen drehte sich Louise zur Wand, während Emma in ihr Kleid stieg, die Schürze umband, die Filzpantoffeln über die Füße streifte und die Kammer unterm Dach verließ.

Zuerst bestückte sie die Kamine in der Küche und im Salon mit frischen Buchenscheiten und der Zeitung vom Vortag. Danach war das Spielzimmer an der Reihe. Ein einzelner Sonnenstrahl fiel durch einen Spalt in den Samtvorhängen auf ihre Füße. Wenn sie erst einmal wach war, mochte sie diese Stunden, in denen sie das Haus ganz für sich hatte. Sobald die erste Glocke im Dienstbotenzimmer klingelte, waren die Räume der oberen Etagen verbotenes Terrain für sie. Doch während sie die Asche aus den Kaminen fegte, gehörte ihr diese Welt. Im Zwielicht der schwindenden Nacht träumte sie sich auf das Kanapee, das sie nicht zu berühren wagte, las Artikel in der Morning Post, bevor sie die Zeitung zerknüllte und in den Kamin legte, oder spielte in Gedanken mit der Dampfeisenbahn, über die sie vorsichtig stieg, um nur ja nichts umzustoßen.

Und während sie das Feuer entzündete, war sie Lady Emma, die im Kinderzimmer nach dem Rechten sah und es sich nicht nehmen ließ, ihren Sohn mit zarter Hand zu wecken. Er wäre auf jeden Fall blond gelockt. Das hätte er von seinem Vater, einem wirklich schönen Gentleman, der dem Prinzen Alfred erstaunlich ähnelte. Emma summte die Melodie von »Hush little Baby«, wie ihre Mutter es immer getan hatte.

»Was brummst du da?«

Polternd fiel ein Holzscheit auf das Bodenblech vor dem Kamin.

»Herrgott sei bei uns!« Emma drehte sich um.

Vor ihr stand der kleine Herr und rieb sich die Augen. Seine vom Schlaf zerzausten Locken klebten an seinen Wangen und sein Batistnachthemd zierte ein dunkler Fleck, der bis zu den Knien reichte. Abgesehen davon ähnelte er erstaunlich ihrem Fantasiesohn, nur dass seine Locken dunkel waren.

Emma brachte das förmliche Sie nicht über die Lippen. »Du hast mich erschreckt.«

»Hast du das Feuer angepustet?« Der Junge kam zögernd zwei Schritte auf sie zu, blieb dann aber an der Teppichkante stehen. Seine nackten Zehen krallten sich in die Fransen.

»Du solltest das ausziehen!« Emma wischte sich die rußigen Hände an der Schürze ab und stand auf. »Sonst wirst du krank.«

Der Junge schüttelte so heftig den Kopf, dass seine Locken flogen. Sein Daumen wanderte zum Mund und verschwand zwischen den Lippen.

»Ich kann nicht«, nuschelte er.

»Soll ich dir helfen?«

»Miss Torrell hat's verboten.«

»Verboten?« Emma glaubte, sich verhört zu haben. »Aber warum denn?«

»Weil ich bestraft werden muss«, erklärte der Junge mit der feierlichen Ernsthaftigkeit kleiner Kinder.

»Sagt das Miss Torrell?«

Der Junge schniefte leise. »Ich darf dann nicht in den Park.«

»Das ist schlimm.« Emma nickte. »Aber ...«

Eine Idee blinzelte ihr zu. Louise brachte den Jungen immer zu Bett. Also war es unwahrscheinlich, dass die Governess es bemerken würde, wenn der Kleine ein anderes Nachthemd trug.

»Sie muss es ja nicht erfahren.«

Der Junge runzelte die Stirn. »Ich darf nicht«, murmelte er.

Dies wäre eine gute Gelegenheit gewesen, Eimer und Kerze zu nehmen, einen Knicks zu machen und zu gehen. Doch Emma war noch zu sehr in ihrem Morgentraum gefangen, um vernünftig zu sein. Also tat sie nichts von alledem.

»Es wäre unser Geheimnis.«

Der Junge saugte heftiger am Daumen. »Komm mit!«, sagte er schließlich und streckte die Hand nach Emma aus.

Sie hatte gerade noch Zeit, die Kerze zu ergreifen. Ihr schauderte, während er sie in sein Schlafzimmer zog. Wenn der Rest seines Körpers so kalt war wie die kleine Hand, wurde es höchste Zeit, dass er aus dem nassen Nachthemd herauskam.

»Da!« Der Junge blieb mitten im Raum stehen und zeigte auf eine schmale Tür neben dem Waschtisch.

Nun wurde Emma doch mulmig zumute, aber es führte kein Weg mehr zurück. »Du darfst mich nicht verraten!« Sie kniete nieder und zog ihm das Hemd über den Kopf.

Seine blasse Haut leuchtete im Zwielicht. »Ich bin schon groß«, versicherte er und reckte sich.

»Natürlich bist du das«, bestätigte Emma. »Und deshalb kannst du auch ein Geheimnis für dich behalten.« Sie richtete sich auf und leuchtete in das Ankleidezimmer.

In dem Raum duftete es nach Reisstärke und die Weißwäsche lag auf Kante gefaltet im Regal.

»Da sind sie ja.« Emma stellte die Kerze auf den Waschtisch, wischte sich noch einmal die Hände an der Schürze ab und nahm ein Nachthemd vom Stapel.

»Miss Torrell sagt das auch.«

»Was?« Emma schloss die Tür und drehte sich zu dem Jungen um. »Arme hoch!« Sie schüttelte das Nachthemd aus und zog es ihm über den Kopf.

»Sie sagt, ich bin ein Gentleman und kann ein Geheimnis bewahren.«

Emma schmunzelte über die Wortwahl. Dieses herrschaftliche Englisch klang doch recht drollig aus dem Mund eines kleinen Jungen, der sich nass gemacht hatte.

»Ihr habt also Geheimnisse, du und Miss Torrell.«

»Ja.« Der Junge nickte, die Stirn gerunzelt, als grüble er über ein wichtiges Problem, und das tat er wahrscheinlich auch. »Aber nicht Louise sagen!«

»Wieso nicht?«, fragte Emma. »Will Miss Torrell ihr etwa einen Streich spielen?« Der Gedanke versöhnte sie etwas mit der Governess – sie schien also doch nicht nur streng zu sein.

Der Junge nickte wieder. »Aber ich sag's dir nicht.«

»Auf keinen Fall. Deine Lippen sind ja versiegelt, weil du schon groß bist.« Emma legte den Zeigefinger an die Lippen. »Und nun marsch ins Bett!« Sie bückte sich nach dem Nachthemd.

»Was ist denn hier los?« Miss Torrells Stimme traf Emma wie ein Schlag.

Während sie sich aufrichtete, schob sie das Nachthemd

unter ihre Schürze. Das Herz schlug ihr in der Kehle. Sie würde auf die Straße gesetzt werden, wieder ohne Zeugnis und wieder wegen eines jungen Herrn. Tränen liefen ihr übers Gesicht. Ihre Mutter würde die Schande nicht überleben.

»Ich hab nichts verraten«, wimmerte der Junge.

Auch ohne hinzuschauen, wusste Emma, dass er wieder den Daumen im Mund hatte. »Bitte, ich ...« Hastig knickste sie zweimal hintereinander. »Der kleine Sir hat geweint und da hab ich gedacht ...«

»Geh und mach deine Arbeit!«

»Ja. Sofort. Und danke!« Emma knickste noch zweimal und rannte an Miss Torrell vorbei aus dem Zimmer. Sie wagte nicht, die Governess anzuschauen. Mit zitternden Händen packte sie Handfeger und Kehrblech in den Ascheeimer und eilte in den nächsten Raum. Erst als der letzte Kamin gerichtet war und Ascheeimer und Blech wieder glänzten, konnte sie das mittlerweile getrocknete Nachthemd in die Weißwäsche mogeln.

Nach dem Dienstbotenlunch schickte die Köchin sie in ihre Kammer, um die Schürze zu wechseln. »Ich weiß nicht«, sagte sie zum ersten Hausmädchen, als Emma fast zur Tür hinaus war, »irgendwie riecht das Mädchen heute.«

»Mon Dieu! Was machst du denn hier?« Louise stand vor dem kleinen Spiegel und kniff sich in die Wangen, als Emma hereinkam. Ihre Schürze sah aus, als habe sie sie gerade erst aus dem Schrank genommen.

»Das Gleiche könnte ich dich fragen.« Emma schüttete etwas Wasser in die Schüssel. Hastig wusch sie sich Gesicht und Hände.

»Ich mach mich ein bisschen frisch. Wir gehen in den Park.«

»Du?«

»Ja«, antwortete Louise spitz. »Ich. Miss Torrell ist mal wieder verhindert. Es scheint, als könnte Ihre Ladyschaft nicht mehr ohne sie auskommen.«

»Und jetzt musst du dich kneifen, damit du es glaubst?«, fragte Emma, obwohl sie sehr genau wusste, warum Louise ihren Wangen einen rosigen Hauch verleihen wollte.

»Genau. Außerdem könnte es ja sein, dass ich einen feschen Constable treffe.«

»Oh ja, das könnte sein.« Schaudernd erinnerte sich Emma an ihre Begegnung mit Constable Kelly. »Vielleicht sogar einen mit Pickel.«

»Igitt, wie kommst du denn darauf?« Louise schüttelte sich.

»Das willst du nicht wissen, glaub mir.« Emma nahm eine frische Schürze aus dem Schrank.

Dieser Kelly hatte sie behandelt wie ein Kind. Sie konnte sich noch immer nicht entscheiden, ob sie froh oder wütend darüber war. Auf jeden Fall war er schuld daran, dass sie nun hier festsaß und Bill sauer auf sie war, weil er seine Leah nicht mehr heimlich treffen konnte.

»Wieso wechselst du eigentlich die Schürze?«, fragte Louise.

»Auch das willst du nicht wissen.« Nur mit Mühe gelang es Emma, den leichten Ton beizubehalten. Seit ihrer frühmorgendlichen Begegnung mit Miss Torrell starb sie tausend Tode aus Angst, rausgeworfen zu werden. Wie hatte sie nur so dumm sein können, sich einzumischen? Sie war keine Heldin in einem der romantischen Fortsetzungsromane der Zeitung, die sie der Köchin abends vorlas. Sie war Emma O'Brian, ein irisches Küchenmädchen. Und jemand wie sie sollte die Nase besser nicht in Dinge stecken, die sie nichts angingen. Weil es nämlich im wirklichen Leben keinen rettenden Helden gab.

»Oh«, flötete Louise, die nichts von Emmas Qualen wissen konnte, »die Gnädigste hat Geheimnisse.«

»Das ist hier so üblich«, flötete Emma zurück und verließ die Kammer. Sie ahnte nicht, dass sie Louise zum letzten Mal so fröhlich gesehen hatte.

8. Kapitel

Die Dienstboten fanden sich zu ihrem Nachmittagstee zusammen und Emma tat, was sie immer zu dieser Zeit tat – sie scheuerte Töpfe. Später würde sie einen der köstlichen Scones oder Biskuits essen, die die Köchin jeden Tag für die Dienerschaft buk. Das wäre dann der zweitbeste Augenblick ihres Tages. Der beste war, wenn sie den Kopf aufs Kissen legen konnte. Emma hasste dieses Leben. Sie sehnte sich nach frischer Luft und Kies unter den Schuhsohlen.

Zwischen zwei Schlucken heißer Milch lamentierte Mrs Osborne über die Unsauberkeit der Küchenmädchen. »Zu meiner Zeit«, sagte sie so laut, dass Emma sie hören konnte, »war meine Schürze bis zur Nacht wie frisch aus der Wäschekammer. Egal ob ich Kamine gesäubert oder Kupfer poliert habe. Die Mädchen von heute wissen sich einfach nicht mehr zu halten. Keine Erziehung.«

Die Zimmermädchen raunten zustimmend.

Emma beugte den Kopf tiefer über die kupferne Kasserolle, die sie gerade polierte. Die Paste aus Essig und Salz brannte sich in ihre Finger. Tränen schwammen in ihren Augen.

Wenn du wüsstest, dachte sie.

»Haben die Damen ihren Tee bereits?« Zu Emmas Erleichterung wandte sich die Köchin einem anderen Thema zu. Allein die Betonung des Wortes »Damen« verriet, was sie von einer Lady hielt, die ihren Tee mit der Governess nahm.

»Miss Torrell hat das Tablett geholt«, antwortete Bethany. »Zuerst hab ich sie gar nicht erkannt in ihrem gestreiften Kleid.« Sie stieß Luft durch die Nase. »Direkt verkleidet wirkte sie.«

»Wieso sollte sie verkleidet wirken?«, fragte die Köchin. »Ob nun schwarz oder gestreift ist doch wohl kein Unterschied.«

»Und ob es das ist!«, widersprach Bethany. »Miss Torrells Kleider sind sonst alle aus feiner Seide. Ihre Haarbürste hat sogar ein Wappen.«

»Was Miss Torrell hat oder nicht hat, ist nicht deine Angelegenheit«, rügte Mrs Cox sie.

»Mylady bat sie darum, dieses Kleid zu tragen«, sagte Miss Jacobi. »Ich sollte Kleider für das neue Kindermädchen raussuchen und Miss Torrell sollte sie vorführen. Das Baby wird ja bald kommen«, fügte sie träumerisch hinzu. »Hoffentlich wird es ein Mädchen. Sie sind so viel netter ...«

»Was ist mit dem Tablett für den kleinen Sir?«, unterbrach die Köchin sie. »Ich hab ihm extra Honigmuffins gebacken, die mag er so gerne.«

Bethany raschelte mit ihrer Zeitschrift. »Steht auf der Anrichte. Der kleine Sir ist wohl noch im Park.«

»Diese Louise ist ein Kindskopf«, murrte die Köchin, die es hasste, wenn ihre Backkünste nicht ausreichend gewürdigt wurden. »Sie weiß doch, wann Teezeit ist.«

Die Hintertür knarrte und ein Sonnenstrahl ließ die Kasserolle aufleuchten, die Emma scheuerte. Neugierig schaute sie auf, doch es war nur der Gärtner, der den

Geruch von frisch gemähtem Gras mit in die Küche brachte. Emma sah ihm nach. Wie gerne wäre sie an seiner Stelle gewesen.

»Setzen Sie sich zu mir, Mr Williams!« Die Köchin legte die Hand auf die Lehne des freien Stuhls zu ihrer Linken. Sie liebte es, mit dem Gärtner zu fachsimpeln. Gemeinsam kümmerten sie sich um den Küchengarten, den die Köchin zwischen Haus und Dienstbotentor angelegt hatte.

Emma schrubbte heftiger. Wenn die Köchin erst einmal über Stangenbohnen und Hühnerzucht plauderte, vergaß sie selbst das nichtsnutzige Küchenmädchen, das Emma in ihren Augen war. Vielleicht schaffte sie es, ein wenig frische Luft zu schnappen, wenn sie sich beeilte. Aber auch diese gestohlenen Minuten würden sie nicht weiter als bis zum Tor bringen.

Kindermädchen müsste man sein, dachte sie und bearbeitete den Topf mit einer harten Bürste.

Louise spielte jetzt mit dem kleinen Herrn im Park, während sie Töpfe schrubbte. Vielleicht traf sie sogar einen netten jungen Mann. Als Emma sich vorstellte, wie Louise mit einem schmucken Gärtner plauderte, entrang sich ein Seufzer ihrer Brust. Sie fühlte sich eingesperrt. Wie hatte ihre Mum es nur geschafft, ihren Dad kennenzulernen?

Die einzige Zeit des Tages, die Emma außerhalb des Hauses für sich hatte, waren der frühe Morgen und der späte Abend, wenn sie das Dienstbotentor auf- und wieder abschloss. Dann wagte sie schon mal einen oder zwei Schritte auf die Straße hinaus – einfach nur, um woanders zu sein. Aber zu diesen Zeiten traf man kein männliches Wesen, dem man sein Herz schenken konnte, bloß vom Alter gebeugte Straßenkehrer und Kutscher mit zerzausten Bärten.

Ansonsten sah Emma nur den grindköpfigen Bengel der Wäscherin, dem sie dienstags immer helfen musste, die Weißwäsche auf seinen Karren zu laden. Doch der war viel zu jung und außerdem dreist wie eine Straßenkatze. Das Gleiche galt für den Fleischerjungen, der jeden Morgen die Bestellungen für den Tag annahm. Vor der Köchin buckelte er, aber wehe, er traf Emma allein in der Küche an. Dann plusterte er sich auf und spuckte große Töne.

Ihre freien Nachmittage schließlich verbrachte Emma in der elterlichen Küche. Nicht einmal mehr mit Leah konnte sie spazieren gehen, weil ihre Mutter sie so mit Beschlag belegte. Nicht genug konnte sie kriegen von Emmas Berichten. Jedes Bild an den Wänden in Whitewood Manor musste Emma ihr bis ins kleinste Detail beschreiben. Begierig sog sie alles in sich auf.

»Nur schade«, pflegte sie zu sagen, »dass du die Gnädigste noch nie gesehen hast.« Dann seufzte sie in ihren Teebecher. »Sie soll sehr elegant sein.«

Ohne nachzudenken, wischte Emma sich mit dem Handrücken die Nase, die vor lauter Selbstmitleid zu laufen begonnen hatte. Der beißende Geruch des Essigs ließ ihre Augen endgültig überlaufen.

»Zu Hilfe!«

Vor Schreck fiel Emma die Spülbürste aus der Hand. Hilfe suchend schaute sie sich um. Die Gespräche an der Dienstbotentafel verstummten.

»Zu Hilfe!« Die Frauenstimme schien näher zu kommen.

»Was ist denn da los?« Der Biskuit, den die Köchin gerade in ihre Milch getaucht hatte, stockte auf halber Strecke zwischen Mund und Tasse.

»Gehen Sie nachschauen!« Mrs Cox nickte dem Gärtner

zu. Da der Butler mit Lord Collingwood unterwegs war, hatte sie die Oberaufsicht über das Personal.

Noch bevor Mr Williams seinen Stuhl zurückgeschoben hatte, polterte Louise in die Küche. In ihrem Haar hingen Blätter und ihre Schürze sah aus, als sei sie auf Knien durch den Staub gekrochen.

»Herr im Himmel!«, rief die Köchin, während der Biskuit in ihre Milch fiel. »Was ist passiert?«

»Der kleine Herr«, stammelte Louise. Schwankend stand sie mitten im Raum.

Mrs Cox sprang auf und drückte das schluchzende Mädchen auf einen Stuhl.

»Er ist fort.« Louise umschlang sich mit beiden Armen, als sei ihr kalt.

Emmas Händen entglitt die Kasserolle, die klappernd im Spülbecken landete.

»Nein«, flüsterte die Köchin.

»Wir haben Verstecken gespielt«, erzählte Louise, von Weinkrämpfen geschüttelt. »Ich hab ihn nicht gefunden.«

»Der kleine Herr ist weg?«, kreischte die Köchin. »Bist du wahnsinnig?«

»Alle sofort in den Park und den kleinen Herrn suchen! Sie führen die Aufsicht, Mrs Osborne!« Mrs Cox sprach mit der ruhigen Autorität, mit der sie all ihre Anordnungen traf. »Und du kommst mit mir zu Lady Belinda!«, sagte sie zu Louise.

»Es ist nicht meine Schuld.« Louise schlug die Hände vors Gesicht. »Er spielt doch so gerne Verstecken.«

»Wir werden ihn finden.« Mrs Cox zupfte ihr ein vertrocknetes Blatt aus dem Zopf.

Wie betäubt von der grausamen Nachricht ließ sich Emma aus dem Haus zerren. Obwohl die Sonne noch immer vom Himmel schien, hatte sich ein dunkler Schatten über den Tag gelegt. Der kleine Herr war verschwunden. Sie zitterte am ganzen Körper, fühlte sich schuldig. Wenn sie ihm nicht geholfen hätte, wäre er bestraft worden und hätte nicht in den Park gedurft. Dann säße er jetzt in seinem Kinderzimmer an dem kleinen Tisch und würde Honigmuffins essen. Und die Eisenbahn würde um ihn herumfahren, immer im Kreis. Die Gedanken ratterten durch Emmas Schädel – wie die Eisenbahn, immer im Kreis. Wäre. Hätte. Würde.

Das Gefühl der Schuld trieb sie in jedes Gebüsch, jagte sie über die Wege, ließ sie die Parkwächter ansprechen. Vergeblich. Niemand hatte den kleinen Herrn gesehen. Auch die anderen Bediensteten von Whitewood Manor schwärmten aus. Emma stieß in einem Busch mit Bethany zusammen.

»Pass doch auf, du Trampel!«, fauchte das Zimmermädchen.

Schließlich beteiligten sich sogar Dienstboten aus anderen Häusern an der Suche. Doch der kleine Herr blieb verschwunden.

Als es schon fast dunkel war, stand Emma mit den anderen am Ufer des Sees. Sie wussten nicht, was sie noch tun sollten. Die Constables hatten eine Kette gebildet und durchkämmten systematisch den Park.

»Vielleicht ist er in den See gefallen.« Mr Williams kratzte sich den Nacken.

Schwäne glitten über die Wasserfläche, die im Abendlicht glitzerte. Konnte es wirklich sein, dass der kleine Herr hier sein nasses Grab gefunden hatte? Emma wischte sich die Augen. Die Schuld tickte in ihr wie der Wecker. Wäre. Hätte. Würde.

Offenbar hatte niemand mehr Hoffnung, den Jungen

zu finden, aber keiner wollte der Erste sein, der den Park verließ.

»Wie konnte sie ihn nur aus den Augen lassen?«, schimpfte eins der Hausmädchen.

»Aber sie haben doch nur gespielt«, sagte Emma.

»Vielleicht hat ihn der Schatten geholt«, flüsterte ein Mädchen, das neben Emma stand.

»Red keinen Unsinn!«, zischte eine andere. Ihre weiße Schürze war mit Erde beschmiert und eine Strähne hatte sich aus ihrem Dutt gelöst. »Der Schatten holt nur die Kinder der Armen.«

»Er ist bestimmt in den See gefallen«, wiederholte der Gärtner.

»Die arme Mutter«, sagte ein Mädchen aus einem anderen Haus.

»Seine Mutter ist tot.« Ein böser Blick der Köchin traf die Fremde.

»Nein, wie schrecklich.« Das Mädchen schüttelte den Kopf. »Der arme Sir. Weiß er es schon?«

Emma schaute erst zur Köchin, bevor sie hastig den Kopf schüttelte. Mrs Cox war irgendwann zu ihnen gestoßen, um sich an der Suche zu beteiligen, und Emma hatte gehört, wie sie Mrs Osborne berichtet hatte, die Governess sei zum Telegrafenamt geschickt worden. Sie hatte auch gesagt, dass Louise in ihrer Kammer bleiben müsse, bis die Polizei mit ihr gesprochen habe.

»Das arme Ding«, hatte die Köchin gesagt. »Die wird ihres Lebens nicht mehr froh.«

Emma biss sich auf die Unterlippe.

»Komm!« Die Köchin griff nach ihrem Arm und lief los. »Die Leute müssen essen.«

»Ich könnte keinen Bissen runterkriegen.« Emma hatte Mühe, mit ihr Schritt zu halten.

»Red keinen Unsinn!«, schnaubte die Köchin. Für den Rest des Weges schwieg sie, erst an der Tür zur Küche sagte sie: »Pass auf: Wir kochen eine fette Hammelsuppe und einen süßen Pudding. Glaub mir, die Leute brauchen Suppe und Süßes, wenn sie traurig sind.« Sie wedelte eine Fliege fort, die an ihrem Gesicht vorbeibrummte, bevor sie die Tür öffnete. »Was ...?« Vor Schreck griff sie sich an die Kehle.

Auf Mrs Cox' Platz am Kopfende des Dienstbotentischs saß ein Constable, der sich Sconeskrümel von der Uniform wischte.

»Was tun Sie hier?« Die Fäuste in die Hüften gestemmt, baute sich die Köchin vor dem Polizisten auf. Whitewood Manor mochte dem Lord gehören, hier unten herrschte sie.

Emma hätte ihr sagen können, wer sich da so dreist an ihren Scones vergriff, aber sie schwieg und versuchte, nicht aufzufallen. Hitze stieg ihr in die Wangen. Sie wünschte, sie könnte wie eine Fliege davonfliegen.

»Constable Kelly, Ma'am, zu Ihren Diensten.« Der Polizist deutete eine Verbeugung an.

»Anstatt hier herumzusitzen, sollten Sie lieber nach dem Jungen suchen!«, fauchte die Köchin.

»Jeder ist an dem Ort, an den er gestellt wurde«, erwiderte der Constable.

»Und wer hat Sie in meine Küche gestellt?« Die Stimme der Köchin klang drohend.

»Inspector Webbe, Ma'am.«

»Und warum ausgerechnet in meine Küche?« Wie alle Köchinnen hielt Mrs Osborne nicht viel von den kräftigen, fünf Fuß acht Inches großen Männern, die nach ihrer Ansicht die blauen Uniformen nur trugen, um junge Hausmädchen zu verführen. »Mach Feuer!«, fuhr sie Emma an.

»Und dann hol den gesalzenen Hammelkopf aus der Vorratskammer!«

Den Blick sittsam auf ihre Schuhspitzen gerichtet, wollte Emma aus der Küche verschwinden, aber sie hatte die Rechnung ohne Constable Kelly gemacht.

»Dich kenn ich doch.« Er strahlte sie an. »Du bist die Kleine, die sich als Junge verkleidet hat.«

»Sie müssen mich verwechseln, Sir.« Emma spürte Mordlust in sich aufsteigen.

»Was reden Sie da?« Die Köchin runzelte drohend die Stirn.

Emma hastete aus der Küche. Als sie aus dem Vorratskeller zurückkehrte, schlug die Köchin gerade Eier auf und Constable Kelly stand mit einem Glas Bier in der Hand neben ihr. Die Köchin hatte wohl beschlossen, dass es angesichts der schwierigen Situation besser war, sich gut mit der Ordnungsmacht zu stellen.

»Und was ist mit Louise?«, hörte Emma sie fragen.

»Inspector Webbe verhört sie.« Constable Kelly schien sehr auskunftsfreudig zu sein.

Oh je, dachte Emma. Sie erinnerte sich gut an ihre eigene Begegnung mit dem Inspector.

»Warum?«, fragte die Köchin. »Was soll das arme Kind schon sagen? Der Junge ist ihr weggelaufen.«

»Behauptet sie das?« Constable Kelly musterte das Glas in seiner Hand, bevor er es zur Hälfte leerte. Er wischte sich mit der freien Hand den Schaum von der Oberlippe. »Vielleicht war sie«, er schmatzte genüsslich, »beschäftigt.«

Emma dachte daran, wie sich Louise in die Wangen gekniffen hatte. Trotzdem, Louise log nicht.

»Louise ist ein anständiges Mädchen.« Sie knallte den Topf mit dem Hammelkopf auf die Arbeitsplatte.

Wie konnte der Kerl es wagen, so über Louise zu sprechen?

»Es wäre nicht das erste Mal.« Constable Kelly schien nicht beeindruckt von ihrem Versuch, Louise zu verteidigen.

»Was wäre nicht das erste Mal?« Die Köchin zerdrückte eine Eierschale.

»Naja, so junge Dinger.« Constable Kelly lachte selbstgefällig.

Allein für diese Bemerkung hätte Emma seinen Kopf gern anstelle des gesalzenen Hammelkopfes in dem kochenden Wasser versenkt.

»Sie meinen ...?« Die Köchin bekreuzigte sich, dann wandte sie sich an Emma: »Hol Milch, Kind!«

Emma griff nach dem Milchkrug und lief wieder in Richtung Vorratskammer, wo die verderblichen Lebensmittel in einem Eiskasten, der zweimal wöchentlich mit Eisbarren befüllt wurde, aufbewahrt wurden. Dachte dieser Constable wirklich, dass Louise einem Verbrecher auf den Leim gegangen war und deshalb den kleinen Herrn entführt hatte? Nie würde sie so etwas tun. Sie hing viel zu sehr an dem Jungen und seinem Vater. Während Emma den Rahm unterrührte, dachte sie an ihr letztes Gespräch. Konnte es sein, dass Louise aus Eifersucht gehandelt hatte? Schaudernd schöpfte Emma Milch in die Kanne und stieg die Treppe zur Küche hinauf.

»So eine ist Louise nicht«, hörte sie die Köchin sagen und blieb auf der obersten Stufe stehen, um zu lauschen.

»In Häusern wie diesem gibt's viele Münder, die viel reden«, sagte der Constable und Emma fragte sich, was er damit meinte.

»Alles Geschwätz!« Der Quirl der Köchin schlug heftig

gegen den Schüsselrand. »Das arme Kind! Sie wird doch ihres Lebens nicht mehr froh.«

»Wenn sie keine Schuld trifft, wird Inspector Webbe das herausfinden.«

»Ihr Wort in Gottes Ohr!« Die Köchin klang nicht überzeugt. »Wo bleibt denn die Milch? Emma?«

»Ich komme, Mrs Osborne.« Emma trampelte ein paarmal auf der Stelle, als käme sie gerade erst aus der Vorratskammer. Sie drückte sich an Constable Kelly vorbei – irgendwie stand er ihr immer im Weg, als würde er das absichtlich machen. Mit einem Knall stellte sie die Kanne auf die Anrichte.

»Pass auf, du Trampel!« Der Warnruf der Köchin kam zu spät; die Kanne kippte und Milch floss über Emmas Schürze. »Hat man so etwas Ungeschicktes schon gesehen?« Die Köchin schlug die Hände über dem Kopf zusammen. »Steht da wie Lots Weib. Soll ich das etwa aufwischen oder vielleicht der freundliche Constable hier?«

»Ja, bitte, äh, nein natürlich nicht.« Emma band die Schürze ab und rannte los, um Lappen und Eimer zu holen. Als sie zurückkam, war niemand mehr in der Küche. Das konnte ihr nur recht sein. Tränen liefen über ihre Wangen, während sie den Boden wischte.

Schnaufend kehrte die Köchin mit einem frischen Krug Milch zurück. »Beeil dich gefälligst und hol dir eine frische Schürze! So ein Unglückstag.« Sie seufzte.

»Ja, Ma'am.« Emma wagte nicht aufzuschauen. Nachdem sie die Küche endlich hatte verlassen können, rannte sie die Stufen zu ihrer Dachkammer hinauf. Oben angekommen, feuerte sie die Schürze wütend in die Ecke und versetzte ihr einen Tritt, der sie unters Bett beförderte. Sie wischte sich die Nase. Der kleine Herr war verschwunden und sie benahm sich wie ein Trampel. Dieser Kelly musste sie doch für eine Idiotin halten.

Und das bist du auch, rief sie sich selbst zur Ordnung. Was ist vergossene Milch schon gegen das Unglück, das dem kleinen Sir widerfahren ist?

Schluchzend dachte sie an den Jungen mit dem nassen Hemd. Dann öffnete sie die Schranktür und erstarrte. Ihr Schürzenfach war leer. Natürlich – sie trug ja bereits ihre zweite Schürze. In ihrer Not öffnete sie Louises Schrank. Leer! Emma fuhr herum: Auch das Bett war abgezogen. Nur Louises Schürze hing noch am Wandhaken. Hastig griff Emma danach und lief zurück in die Küche. Als sie eintrat, stand die Köchin gebückt vor dem Ofen, Mrs Cox neben ihr.

»Louise ist fort«, platzte Emma heraus. Keinen Augenblick länger konnte sie das Ungeheuerliche für sich behalten.

»Ich weiß, Kind«, sagte Mrs Cox.

»Aber wo ist sie hin?«

»Sie haben sie nach Bridewell gebracht«, flüsterte die Köchin. Ihre Knie knackten, als sie sich aufrichtete. »Ich hab doch gesagt, sie wird ihres Lebens nicht mehr froh.«

»Aber sie hat nichts getan.« Emma wusste aus den Zeitungen, was es bedeutete, im Gefängnis zu sein.

Wie konnte man ein Mädchen wie Louise nur an einen solchen Ort bringen? Zwischen all den Tagedieben und Straßenmädchen würde sie sich zu Tode fürchten.

»Red keinen Unfug!«, sagte Mrs Cox. »Nicht aufgepasst hat sie, und das ist schlimm genug. Der kleine Herr ist verschwunden und Lord Collingwood hat seinen Erben verloren.«

»Vielleicht ist ja schon ein anderer unterwegs«, murmelte die Köchin, aber es schien, als habe nur Emma sie gehört.

»Hoffentlich kommt ein Brief«, sagte Mrs Cox. »Lord Collingwood würde jeden Preis bezahlen, um den Kleinen wieder in die Arme schließen zu können.«

»Aber wer sollte ihm schreiben?«, fragte Emma, ohne nachzudenken.

»Du redest, wie du arbeitest.« Die Köchin verdrehte die Augen. »Man schnappt sich ein Kind, und wenn seine Leute es zurückhaben wollen, müssen sie zahlen. So läuft das«, erklärte sie. »Und nun bind dir endlich die Schürze um und mach dich an die Möhren!«

9. Kapitel

Nach nur drei Tagen raffte Mrs Smith das Wochenbettfieber hinweg. Mr Smith bekreuzigte sich an ihrem Leichnam, drückte der Hebamme murrend ein paar Pennys in die Hand und befahl Gladys, die Tote auszuziehen und sich um das Baby zu kümmern. Ihre Sachen seien zu gut für den Kirchhof, sagte er. Er wolle sie später zur Petticoat Lane bringen.

Es war nicht so, als hätte Gladys noch nie eine Leiche berührt. Sie hatte mit ihrer Mum genug Babys zum Kirchhof gebracht. Aber eine tote Frau auszuziehen war etwas ganz anderes. Die Haut war kalt und teigig, das kannte Gladys von den Babys. Doch Mrs Smith war schwer wie ein Mühlstein und ihre Gelenke so steif, als wolle sie sich wehren. Gladys zerrte und zog an ihrem Rock, und das war gut so. Denn hätte die tote Mrs Smith es ihr nicht so schwer gemacht, hätte sie den Beutel übersehen. So aber landete der Rock klirrend auf den Dielen. Und dass Leinen nicht klirrte, wusste sogar Gladys.

Hastig schaute sie sich um. Außer ihr und dem Baby, das in einer Lade der Kommode schlief, war niemand im Raum. Sie bückte sich und untersuchte mit fliegenden Fingern den Rock. Jeden Augenblick konnte eins der Kinder oder, schlimmer noch, Mr Smith hereinkommen.

Schließlich fand sie, was sie suchte: Der Lederbeutel war mit groben Stichen in eine Rockfalte eingenäht.

»Bist du endlich fertig?« Mr Smiths Schritte näherten sich.

Gladys zog und zerrte. Der Zwirn, mit dem der Beutel festgenäht war, schnitt ihr in die Fingerkuppen. Gleich würde Mr Smith hier sein. Ein letzter verzweifelter Ruck, der Zwirn gab nach und Gladys landete auf ihrem Hintern. Sie hatte gerade noch Zeit, den Lederbeutel unter die Matratze zu schieben, bevor Mr Smiths Schatten auf sie fiel.

»Was hockst du da?«, fragte er misstrauisch.

Gladys sagte das Erste, was ihr in den Sinn kam. »Mir ist auf einmal ganz komisch geworden.«

»Hilf mir!«

Gemeinsam hüllten sie die tote Mrs Smith in Sackleinen, dann schaffte Mr Smith ihre Leiche auf einem Handkarren fort. Während er weg war, heftete Gladys den Lederbeutel an ihren Gürtel. Ihr war klar, dass das keine gute Idee war – so oft, wie Mr Smith sich an ihren Röcken zu schaffen machte. Aber wo sonst sollte sie den Schatz verstecken? Im ganzen Haus gab es keinen Ort, der sicher war vor den schmutzigen Fingern der Smith-Blagen.

Gladys' Hände zitterten, als sie zum Abendläuten Zwiebeln häutete und Brot vom Laib schnitt. Noch immer hatte sie keine Lösung für ihr Problem gefunden, geschweige denn eine Gelegenheit, den Lederbeutel irgendwie loszuwerden. Es waren einfach zu viele Menschen um sie herum.

Das Baby lag nah am Herd in einer Schublade, die Gladys mit Lumpen ausgepolstert hatte. Zwei der Smith-Kinder hockten unter dem Küchentisch, wo sie mit einem Katzenfell spielten, und die beiden Älteren halfen

Tom im Laden. Gladys schaute durch die offene Tür. Ein Schnupftuchhändler breitete gerade seine Ware auf dem Tresen aus. Er hatte ein hageres Gesicht mit spitzer Nase. Während er mit Tom verhandelte, hielt er den Kopf demütig gesenkt.

»Erledigt.« Mr Smith polterte durch die Hintertür in die Küche. Zufrieden wog er die Geldkatze in der Hand.

Wenn du deine Frau zum Kirchhof gebracht hast, bin ich der Engel der Themse, dachte Gladys.

Wahrscheinlich hatte er sie an einen der Ärzte verkauft, die Leichen aufschnitten. Gladys war froh, dass sie es gewesen war, die Mrs Smiths Geheimnis entdeckt hatte.

»Ab jetzt kümmerst du dich um die Wellhornschnecken.« Mr Smith kratzte sich den Schritt und kam näher.

Der Mann hat weniger Anstand als eine Kanalratte, dachte Gladys. Seine Frau ist noch nicht mal unter der Erde und er will mir schon wieder an die Wäsche.

»Haut ab!«, sagte Mr Smith zu den beiden Kindern, die wie Schaben in den Laden huschten.

Gladys' Finger krampften sich um den Messergriff. Wenn er den Lederbeutel fand, würde sie am Galgen enden. Das Herz pochte in ihrer Kehle. Sie wich zurück und stieß gegen die Schublade, in der das Baby lag. Sofort schrie es.

»Mach, dass es still ist!« Mr Smith spuckte ins Feuer. »Es vergrault mir noch die Kunden.«

»Es braucht eine Amme.« Gladys bückte sich nach dem Baby.

»Dann frag die Nachbarin!«

Das ließ Gladys sich nicht zweimal sagen. Mit dem Baby auf dem Arm verließ sie das Haus. Diesmal war sie davongekommen, aber was würde beim nächsten Mal sein?

Sie klopfte an jede Tür, aber keine der Nachbarinnen war bereit, ihre Milch mit dem kleinen Wurm zu teilen. Mr Smith hatte schon jede von ihnen übers Ohr gehauen. Wollte Gladys das Kind retten, würde sie Geld brauchen, und Mr Smith würde ihr bestimmt nichts geben. Sie rang mit sich.

Das Baby war wieder eingeschlafen. Ein zitterndes Lächeln huschte über seine Lippen und es sah aus wie Gladys' kleiner Bruder, den der Schatten geholt hatte. Gladys hätte es an einem mit Gin getränkten Lappen nuckeln lassen können; ihre Mum hatte das manchmal getan, wenn sie nicht genügend Milch gehabt hatte. Sie strich mit dem Zeigefinger über die noch rosige Wange. Nicht mehr lange und sie würde gelb und faltig sein. Mr Smith würde das Baby nicht vermissen.

Aber ich, dachte Gladys zu ihrem eigenen Erstaunen. Sie hatte geholfen, es auf diese Welt zu holen, und seine Mutter bestohlen. Sie musste ihm helfen. Also schob sie sich in einen der engen Durchgänge zwischen zwei Häusern, in denen selbst ein Furz den Bauch einziehen musste, und holte einen Farthing aus Mrs Smiths Beutel, bevor sie an die nächste Tür klopfte. Als ihr eine Frau öffnete, drückte sie ihr die Münze in die Hand.

»Dafür doch immer«, lispelte die Frau zahnlos und nahm das Baby an die Brust.

Gladys hoffte, dass ihre Milch gut war; ihr Atem stank auf jeden Fall nach Gin. »Ich hol ihn später ab«, sagte sie.

»Lass dir Zeit, Liebchen!«

Ziellos irrte Gladys die Oxford Street entlang, und als wüssten ihre Füße, was zu tun war, liefen sie schließlich zu ihrem geheimen Ort. Dort vergrub Gladys ihren Schatz in der weichen Erde unter einem Strauch. Ihr gefiel der Gedanke, dass nun ein Krieger auf ihr Geld aufpasste.

10. Kapitel

May Day war vorbei, doch es war kein Brief gekommen, und die Hinweise, die eingingen, waren nutzloser als die Zeitung vom Vortag, die man wenigstens noch zum Feuermachen nehmen konnte. Der kleine Herr blieb verschwunden. Mit jedem Tag, der verging, schrumpfte die Hoffnung, bis sie irgendwann so vertrocknet war, dass ein Lufthauch ausreichte, um sie unter den Tisch zu wehen. Dort erwischte sie Emmas Besen und sie kehrte sie mit dem Schmutz zur Tür hinaus.

Der Gärtner berichtete, dass die Polizei schon wieder die Seen im Hyde Park mit langen Stangen abgesucht hatte. Ständig war ein Constable im Haus und auch davor patrouillierten Polizisten.

»Warum eigentlich?«, hatte Emma Constable Kelly gefragt und die großspurige Antwort bekommen, dass ein Täter immer an den Ort des Verbrechens zurückkehre.

Sie hatte den Eindruck, dass jeder von ihnen unter Verdacht stand.

Bereits am Abend nach dem Verschwinden des kleinen Herrn hatte der Inspector die Dienstboten in der Bibliothek verhört. Auch wenn er sich jovial gab, hatte Emma sich jede Antwort dreimal überlegt, um nur ja nicht ihr Geheimnis auszuplaudern. Sie wollte nicht wie Louise in Bridewell enden.

Und dann hieß es, der Schatten habe das Kind geholt. Selbst die Morning Post verglich den Aufwand, den die Polizei betrieb, um den kleinen Herrn zu finden, mit der Gleichgültigkeit, mit der sie hinnahm, dass jedes Jahr Dutzende Kinder in Seven Dials verschwanden. Emma las der Köchin den Artikel vor. Der Butler hatte die Zeitung ungelesen zum Ofenpapier geworfen, aber Emma hatte sie gerettet. Der Artikel schloss mit den Worten: »Vielleicht hat das Verschwinden des kleinen Lords doch ein Gutes und die Polizei findet jetzt endlich den Schatten, der schon so lange die Kinder der Ärmsten bedroht.«

»Dummes Zeug!«, schimpfte die Köchin. »Was hat mein kleiner Sir mit den Blagen in Seven Dials zu schaffen?«

»Aber selbst der Premierminister hat es in seiner Rede im Oberhaus gesagt«, wagte Emma einzuwenden. Sie hatte es in der Zeitung vom Vortag gelesen.

»Der Premierminister?« Für einen Moment war die Köchin sprachlos. Sie öffnete gerade den Mund, um etwas zu sagen, als es an der Hintertür klopfte. »Geh du nachschauen!«, forderte sie ganz gegen ihre sonstige Gewohnheit. »Hoffentlich ist es nicht wieder dieser Kelly. Wenn er nicht bald aufhört, mit den Zimmermädchen zu poussieren, schütte ich ihm noch Blausäure in sein Bier.«

»Geben Sie ihm doch einfach nichts«, schlug Emma vor und faltete die Zeitung zusammen.

»Was du dir in deinem Spatzenhirn zusammenspinnst.« Die Köchin schnalzte mit der Zunge. Der Gedanke, einen Amtsträger nicht zu bewirten, überstieg wohl ihre Vorstellungskraft.

»Guten Morgen«, flüsterte die Hebamme. »Ich hatte geklopft.«

»Ich weiß.« Die Köchin warf Emma einen vorwurfsvollen Blick zu. »Möchten Sie Tee?« Sie winkte Mrs Westwood, sich zu ihr zu setzen.

»Nein, danke«, erwiderte die Hebamme.

»Hat sie«, die Köchin nickte in Richtung der Zimmerdecke, »schon wieder nach Ihnen geschickt?«

Seit dem Verschwinden des kleinen Herrn kam die Hebamme mit der gleichen Regelmäßigkeit nach Whitewood Manor wie Constable Kelly.

»Die Aufregung tut ihr nicht gut.«

»Sie isst kaum noch etwas.« Die Köchin schüttelte den Kopf. Fast schien es, als habe sie Mitleid mit Lady Belinda.

»Kochen Sie ihr eine Hühnerbrühe und besorgen Sie ihr frische Brunnenkresse«, sagte die Hebamme.

»Ich hätte nicht gedacht, dass sie sich das Verschwinden des kleinen Sirs so zu Herzen nimmt.«

»Warum sollte sie das nicht?«, flüsterte die Hebamme. »Immerhin ist er ihr Stiefsohn.«

»Ja, schon«, räumte die Köchin ein.

Emma sah ihr an, dass sie sich für ihre unbedachte Äußerung schämte. Auch wenn die Hebamme dem kleinen Herrn auf die Welt geholfen hatte, so war sie doch eine Fremde, vor der man das Gesicht wahren musste.

»Die Morning Post schreibt, der Schatten hätte den kleinen Sir geholt«, sagte die Köchin hastig.

Die Hebamme ging nicht darauf ein. »Das Huhn sollte nicht zu alt sein.« Sie holte ein verkorktes Apothekenfläschchen aus ihrem Korb. »Und geben Sie ihr davon einen Esslöffel in die abgekochte Morgenmilch! Sie kochen die Milch doch ab, wie ich es gesagt habe?«

»Natürlich«, antwortete die Köchin gereizt. »Lesen Sie selbst! Hier steht's.« Sie schob die Zeitung über den Tisch.

»Mrs Osborne.« Die Hebamme zog ihren Schal von den Schultern und faltete ihn zusammen. »Diese Schreiberlinge würden sich selbst beschuldigen, wenn dadurch ein Penny mehr in ihre Taschen klimpern würde.«

»Aber das tun sie nicht«, trumpfte die Köchin auf. »Sie beschuldigen den Schatten.«

»Dumme Menschen schreiben dumme Dinge.«

»Selbst der Premierminister sagt es.« Einmal überzeugt gab die Köchin nicht so schnell auf.

»Dumme Menschen halt.« Nicht einmal der Premierminister schien die Hebamme zu beeindrucken. Sie griff nach ihrem Korb. »Ich muss zu Lady Belinda.«

Emma war schneller als sie. »Ich helfe Ihnen«, sagte sie, nahm den Korb, und bevor die Köchin widersprechen konnte, eilte sie damit aus der Küche.

»Aber nur bis zum ersten Treppenabsatz«, rief ihr die Köchin hinterher.

»Wie geht's dir, Kind?«, fragte die Hebamme, als sie Emma erreicht hatte, und legte ihre gichtige Hand auf Emmas Unterarm. Erstaunlich, dass diese verkrümmten Finger immer noch Kindern auf die Welt helfen konnten.

»Es ist schrecklich, Mrs Westwood«, brach es aus Emma heraus. »Wenn ich ...« Sie war kurz davor, der Hebamme ihre Schuld zu gestehen, als Miss Torrell die Treppe herunterkam.

»Wenn was?« Die Governess trug ein schwarzes Kleid, eine schwarze Haube verbarg ihr kupferblondes Haar. Sie schaute auf Emma herunter wie auf einen Käfer, der sich ins Haus verirrt hatte.

»Nichts.« Emma hielt den Korb vor dem Bauch, um ihre Anwesenheit auf der Treppe zu rechtfertigen.

»Mylady geht es gar nicht gut«, sagte die Governess zur Hebamme. Sie zog ein schwarzes Spitzentaschentuch aus dem Ärmel und wischte sich die Augen. »Sie schläft nicht mehr, und wenn ihr für einen Moment die Augen zufallen, sieht sie, wie ein Schatten das arme Kind umschlingt.«

»Mylady sollte die Zeitungen meiden«, murmelte die Hebamme.

»Ich halte sie ja fern von ihr«, versicherte die Governess. Auch sie sah mitgenommen aus. »Trotzdem hat sie diesen Traum.«

Als Emma in die Küche zurückkehrte, saß Constable Kelly schon wieder auf dem Platz des Butlers. Den Zylinder hatte er abgenommen und vor sich auf den Tisch gelegt. Sobald er Emma sah, stand er auf. Ihr wäre es lieber gewesen, er wäre sitzen geblieben. Sie fühlte sich sicherer, wenn sie nicht zu ihm aufschauen musste.

»Wo ist Mrs Osborne?« Sie sah sich um.

Auf dem Herd stand ein Topf, in dem Wasser simmerte.

»Wenn ich sie richtig verstanden habe, wollte sie einen Mord in Auftrag geben«, sagte Constable Kelly.

»Reden Sie eigentlich immer nur Unfug?« Emma streckte sich, um eine der Schüsseln aus dem oberen Regal zu nehmen.

Es wurde Zeit, das Dinner vorzubereiten.

»Warte!« Mit einem Schritt trat Constable Kelly neben sie und griff ebenfalls nach der Schüssel.

Ihre Hände berührten sich und Emma spürte Hitze in ihre Wangen steigen.

»Ich hätte schon gedacht, dass in so einem herrschaftlichen Haushalt mehr als ein Huhn in die Suppe kommt«, sagte er.

»Oh, die Suppe ist nur für Mylady«, antwortete Emma und ärgerte sich gleich wieder über sich selbst.

Was ging ihn das an?

»Ist ja auch nicht einfach für die Dame«, sagte Constable Kelly mitfühlend. »Ich meine: in ihrem Zustand.«

»Mrs Westwood ist bei ihr.« Wieder ärgerte sich Emma. Warum antwortete sie überhaupt?

»Mrs Westwood.« Constable Kelly kratzte sich die Nase und gleich hatte Emma wieder das Bild eines blühenden Pickels vor Augen. »Ist das nicht die Dame, die bei deiner Mutter ...?« Er beendete den Satz nicht.

Emmas Wangen glühten.

»Wie geht's eigentlich deiner Mutter?«, fragte Constable Kelly. »Sie muss doch mächtig froh sein, dass du hier ...« Auch diesen Satz beendete er nicht.

»Sie verraten mich doch nicht?« Das Blut verließ Emmas Wangen ebenso schnell, wie es sie gefüllt hatte.

»Beinahe hätte ich es, oder?« Der Constable reichte ihr die Schüssel. »Tut mir leid.«

Wieder berührten sich ihre Hände. Emma starrte in das blasse Weiß der Schale, ein Sprung zog sich über den Boden.

»Aber«, Constable Kelly legte den Zeigefinger gegen die Lippen, »jetzt passe ich besser auf.«

»Danke.« Emma knickste automatisch und die Hitze kehrte in ihre Wangen zurück.

Wieso benahm sie sich so dämlich? Die Zimmermädchen hätten bestimmt nicht geknickst, sondern etwas gesagt, was ihm die Röte in die Wangen getrieben hätte. Fieberhaft suchte sie nach einer schnippischen Bemerkung, die ihren Knicks in einem anderen Licht erscheinen ließ, doch in ihrem Kopf herrschte Leere.

»Was ist mit Louise?«, fragte sie schließlich. »Ist sie noch ...?«

»Nein. Wir haben sie laufen lassen.«

»Also glauben Sie ihr?«

»Darüber darf ich nicht reden«, sagte er.

Emma seufzte. Er behandelte sie wirklich wie ein Kind.

»Dafür sind Sie aber recht gesprächig.« Unbemerkt war die Köchin zurückgekehrt. Sie schlug ihre Schürze über die Hände, hob den Topf vom Herd und füllte das heiße Wasser in einen Blecheimer. »Geh das Huhn für Mylady rupfen«, sagte sie zu Emma und ihre Stimme klang, als presse sie die Backenzähne aufeinander, »bevor ich eins mit dir rupfe! Herumtändeln, in meiner Küche!«

Mit einem dumpfen Knall landete der Topf auf dem Holztisch.

»Und Sie«, fügte sie an Constable Kelly gewandt hinzu, »schämen sollten Sie sich, kleinen Mädchen den Kopf zu verdrehen! Als ob es hier nicht schon genug Unglück gäbe.«

Emma öffnete den Mund, um sich zu verteidigen, aber der böse Blick der Köchin hieß sie schweigen. Hastig griff sie nach dem Eimer und verließ die Küche. Draußen wehte ihr ein warmer Wind den Duft der blühenden Büsche in die Nase. Als sie den schmalen Pfad entlanglief, der zum Hühnerstall führte, wärmte die Sonne ihren Nacken. Für einen Moment fühlte sie sich frei und unbeschwert. Unwillkürlich hob sie die Knie höher, lief schneller. Sie wollte die Arme ausbreiten, doch das Gewicht des Wassereimers holte sie zurück in die Welt der Pflichten.

Etwas außer Atem erreichte sie den Stall. Über den blutverklebten Hals des toten Huhns krabbelten bereits schillernde Fliegen. Emma verscheuchte sie, tauchte das Huhn in das heiße Wasser und setzte sich auf die Bank, die der Gärtner um den Birnbaum gezimmert hatte. Ein Specht steckte den Kopf aus seinem Loch, als wolle er nachschauen, wer seine Ruhe störte. Pfeilschnell flog er davon und verschwand zwischen den Büschen.

Seufzend zog Emma den Eimer mit dem aufgeweichten toten Huhn zwischen ihre Beine. Sie hasste es, die leblose Haut zu berühren. Die nassen Daunen klebten an ihren Händen und die Kiele der Schwungfedern pressten sich schmerzhaft in ihre Finger. Das einzig Gute am Rupfen war, dass sie dabei draußen sitzen und ihre Gedanken spazieren schicken konnte. Das Gespräch mit dem Constable ging ihr nicht aus dem Sinn. Louise war nicht mehr im Gefängnis, das war die Hauptsache. Aber sie würde nie wieder als Kindermädchen arbeiten können.

Die Gedanken in Emmas Kopf wippten auf und nieder. Sie kaute auf ihrer Unterlippe, während ihre Finger unablässig rupften. Wo Louise jetzt wohl war? Es gab nicht viele Orte, an denen sie sein konnte, eigentlich nur einen: Seven Dials. Wer nirgendwo hingehörte, landete dort. Emma zerrte an einer Schwungfeder. Wenn sie sich doch nur nicht eingemischt hätte. Dann wäre der kleine Herr nicht verschwunden und Louise müsste nicht ohne Geld und Freunde in einer fremden Stadt zurechtkommen. Emmas Tränen tropften auf die nackte Brust des Huhns. An dieser Stelle ihrer Gedanken schreckte sie das Knarren des Eisentors auf. Schritte knirschten über den Kies. Wer mochte das sein? Für die Händler war es schon zu spät. Emma reckte den Hals, um besser sehen zu können.

»Was willst du denn hier?« Fast enttäuscht wandte sie sich wieder ihrer Arbeit zu.

Es war nur der grindköpfige Junge der Wäscherin, der so abrupt vor ihr stehen blieb, dass Kies gegen ihre Füße spritzte. Er keuchte, als sei er den ganzen Weg gerannt. Emma wischte sich die Nase. Es war ihr peinlich, dass der Bengel sie beim Weinen erwischte.

»Bist du Emma, bist du?« Er riss sich die Mütze vom

Kopf und knetete sie in den Händen. Schweiß glänzte auf seiner Stirn.

»Gestern war ich's noch«, antwortete Emma.

Die grindigen Wangen des Jungen färbten sich rot und seine Mundwinkel zuckten.

»Dann werd' ich's heute wohl auch sein«, fügte sie hinzu.

»Hier.« Der Junge griff in sein Hemd, holte einen Zettel heraus und streckte ihn ihr entgegen.

»Von wem hast du den?« Zögernd wischte Emma sich die nassen Daunen von den Fingern und griff nach dem Zettel.

Das Papier war feucht und warm vom Körper des Jungen. Irgendwo schlug ein Fenster zu und unwillkürlich suchte Emma die im Sonnenlicht glitzernden Scheiben ab.

»'ne Froschfresserin.« Der Junge setzte die Mütze wieder auf und ging zwei Schritte rückwärts. »Sie hat gesagt, ich soll ihn abgeben, hat sie.« Dann drehte er sich um und lief weg.

Nur wenige Augenblicke später knarrte das Tor und Emma war wieder allein. Trotzdem schaute sie sich unbehaglich um, bevor sie den Zettel las.

»Ich muss dich sehen«, stand in ungelenken runden Buchstaben darauf. »Ich bin unschuldig! Wenn du kannst, komm während des Dienstbotentees zum Tor. Bitte!«

Mit klopfendem Herzen schob Emma den Zettel in ihre Schürzentasche und lauschte dem Wind, der in den Blättern rauschte. Louise wollte sie treffen. Warum? Ihr Nacken kribbelte, als stehe jemand hinter ihr, doch da war niemand. Sie zog den Zettel wieder heraus. Es schien, als habe sich ein Schatten über die Sonne gelegt. In Emma tobte ein Sturm: Gehorsam oder Freundschaft. Freundschaft oder Gehorsam. Gehorsam oder ... Sie drehte den

Zettel in ihren Händen. Plötzlich hörte sie Schritte auf dem Kiesweg. Jemand pfiff die Melodie von »Heut' ist ein besonderer Tag.«

Emma sprang auf, stopfte den Zettel in das Spechtloch, schnappte sich das gerupfte Huhn, rannte zum Haus und prallte gegen den Constable, der sie einen Augenblick zu lang im Arm hielt. Sein Herz klopfte gegen ihre Wange.

»Lassen Sie mich!« Das tote Huhn in der Hand stemmte sie sich gegen seine Brust.

Lachend gab er sie frei. »... wo ich es wohl wagen mag.« Er rückte seinen Zylinder zurecht und setzte seinen Weg fort.

Emma schaute ihm nach. »Heut' ist ein besonderer Tag.« Die Melodie summte durch ihren Kopf und ihr Atem ging schneller. Warum nur?

11. Kapitel

Die Dienstboten saßen unter Mr Pithers Aufsicht am langen Tisch in der Küche und tranken ihren Tee. Emma stellte den Topf ab, den sie gerade gespült hatte, und wischte sich die Hände an der Schürze trocken. Jetzt war die Gelegenheit günstig. Sie hatte sich entschieden, Louise zu helfen. Das war sie ihr schuldig, denn ohne sie wäre Louise nicht im Park gewesen und der kleine Herr wäre nicht verschwunden.

»Wohin willst du?«, fragte die Köchin, als Emma schon an der Tür zum Hof war.

»Der Eimer«, antwortete Emma. »Ich hab ihn im Garten vergessen.«

»Wo sind die jungen Dinger nur immer mit ihren Gedanken?«, murrte die Köchin. »Zu meiner Zeit hätte es das nicht gegeben.«

»Sie sollten nicht von Emma auf andere schließen, Mrs Osborne«, sagte Bethany spitz.

Dir gehört doch der Mund mit Seife ausgewaschen, dachte Emma. Was kann ich dafür, dass deine Cousine diese Stelle nicht bekommen hat? Sie trat von einem Fuß auf den anderen. Wenn die Köchin sie jetzt nicht hinausließ, würde Louise vergeblich auf sie warten.

»Seien Sie nicht so streng mit ihr!« Seufzend stellte

Mrs Cox ihre Teetasse ab. »Wir machen alle schwere Zeiten durch.«

»Mylady war sehr dankbar für die Suppe«, fügte Miss Jacobi hinzu. Wie immer, wenn Missstimmung drohte, sagte sie etwas Freundliches, um die Wogen zu glätten. »Und Miss Torrell hat sie auch gelobt.«

Die Meinung der Governess zu ihren Kochkünsten war der Köchin mehr als gleichgültig, trotzdem lenkte die Bemerkung ihre Aufmerksamkeit offenbar von Emma ab.

»Finden Sie das nicht merkwürdig?«, fragte Mrs Cox nachdenklich und sprach damit aus, was jeder im Raum dachte, denn seit der kleine Herr verschwunden war, wich die Governess nicht mehr von Lady Belindas Seite.

»Aber nein.« Lächelnd legte sich Miss Jacobi ein Eisandwich auf den Teller. »Die Suppe duftete doch sehr bekömmlich.«

Emma biss sich auf die Unterlippe. Sie war sich sicher, dass Mrs Cox nicht von der Suppe gesprochen hatte.

»Du stehst ja immer noch da«, sagte die Köchin und verscheuchte Emma mit einem Wedeln ihrer Hand.

Langsam öffnete Emma das schwere Tor, welches das Grundstück von der Straße trennte. Sie hatte Angst, sein Knarren könnte den Gärtner anlocken. Also hielt sie die Luft an, als würde das Geräusch ihres Atems ihn herbeiholen. Zwei rasche Schritte und sie war auf dem Gehweg. Die Sonne stand bereits im Westen und Emma schirmte ihre Augen ab, um Ausschau nach Louise zu halten. Nur wenige Fußgänger waren um diese Zeit noch unterwegs. Pferdebusse und Droschken ratterten an schwer bepackten Karren vorbei, die von behäbigen Kaltblütern gezogen wurden. Keine Spur von Louise. Enttäuscht kehrte Emma zum Tor zurück. Noch einmal drehte sie sich um, suchte die Straße ab. Und dann sah sie Louise. Sie kam von der anderen Straßenseite. Ihre schmale Gestalt schlängelte sich durch den dichten Verkehr.

»Komm schnell!« Emma zog sie in den Küchengarten.

Erst in dessen Sicherheit schaute sie Louise richtig an. Sie schlug die Hand vor den Mund, denn Louise sah grauenhaft aus. Ihr Haar stand ihr in kurzen Zotteln vom Kopf ab.

»Was ist denn mit deinen Haaren?«, fragte Emma entsetzt.

»Ich hab sie verkauft.« Louise fuhr sich mit der Zunge über die rissigen Lippen. Ihre ehemals rosige Haut sah aus wie gelöschter Kalk. Auch ihre Kleidung zeigte ihren Verfall: Die Haube war staubig und der Rock voller Schlammspritzer. Außerdem roch sie wie die Themse bei Niedrigwasser.

Unwillkürlich wich Emma zurück. »Wo schläfst du jetzt?«

»Bei einer Frau.« Louise wischte sich die Nase. »Mon Dieu! Es ist so schrecklich.« Schluchzend schlug sie die Hände vors Gesicht.

»Pst, nicht so laut!« Angstvoll schaute Emma zu den schwarzen Fensterscheiben. Wenn sie jemand sah, würde sie gerade noch die Gelegenheit bekommen, ihre Sachen zu packen, bevor man sie mit Schimpf und Schande aus dem Haus jagte. Sie hätte nicht herkommen sollen. Aber andererseits wäre Louise ohne sie nicht in dieser Situation. »Hast du Hunger?«

Louise nickte.

»Warte hier!« Emma lief zum Haus zurück. Geräuschlos öffnete sie die Tür und schlich sich in die Spülküche.

Mr Pither sprach gerade mit erhobener Stimme in dem

deklamierenden Tonfall, den er immer anschlug, wenn er einen jüngeren Diener tadelte. Die Gelegenheit war günstig. Jeder am Tisch würde auf seinen Teller starren, um nur ja nicht die Aufmerksamkeit des Butlers auf sich zu lenken.

Emma rannte hinunter in die Speisekammer. Keuchend starrte sie auf die gefüllten Regale. Was hatte sie sich nur gedacht? Sie konnte doch nicht einfach etwas wegnehmen. Die Köchin würde es merken und sie verdächtigen. Im Haus gab es nicht einmal eine Katze, der man die Schuld geben konnte. Emmas Blick streifte das Tablett mit den Resten vom Frühstück der Herrschaften. Bei dem ganzen Durcheinander im Haus war die Köchin noch nicht dazu gekommen, sie zu verarbeiten. Meistens machte sie aus dem Schinken, den Nierchen und allem, was sonst noch übrig geblieben war, einen Pudding für die Stallburschen. Von diesen Resten konnte Emma etwas nehmen, ohne dass es auffallen würde. Sie schob Brot und Schinken unter ihre Schürze und eilte die Stufen hinauf. Auf dem Weg zur Spülküche stieß sie fast mit der Governess zusammen. Vor Schreck hätte sie beinahe die Lebensmittel fallen lassen. Was machte die denn hier unten?

»Wieso rennst du so?«

»Ich hab einen Eimer vergessen.« Emma knickste und rannte aus dem Haus, als sei der Teufel hinter ihr her. Atemlos erreichte sie Louise und packte ihr die Lebensmittel in die Hände. »Hier, nimm!«

»Du bist so gut zu mir.« Tränen liefen Louise übers Gesicht und hinterließen glänzende Spuren auf ihren fahlen Wangen.

»Nichts bin ich«, erwiderte Emma. Auch ihr machten Tränen die Kehle eng. Ihre Augen liefen über. Sie konnte nicht mehr. Die Aufregung war zu viel für sie. Sauer wie

Erbrochenes drängte sich die Wahrheit in ihre Kehle. Sie musste es sagen oder sie würde daran ersticken. »Wenn ich nicht gewesen wäre, wär das alles nicht passiert.«

»Wieso sagst du das?« Louise krallte ihre Hand in Emmas Ärmel. »Was weißt du?«

»Der kleine Sir – er hat sich nass gemacht und ich hab ihm ein neues Nachthemd angezogen.« Die Worte sprudelten aus Emma heraus.

In ihrem Kopf wisperte die ernsthafte Stimme des Jungen: »Ich bin schon groß. Ich kann ein Geheimnis bewahren.«

»Ja und?«

»Wenn Miss Torrell es gemerkt hätte, hätte sie ihn nicht mit dir in den Park gehen lassen.«

»Aber sie wusste es doch.«

»Sie wusste es?«

»Naturellement. Der kleine Sir konnte Geheimnisse so gut halten wie sein Wasser.« Louise wischte sich die Nase.

»Und trotzdem hat sie ihn in den Park gelassen?«

»Wahrscheinlich wollte Mylady ihn aus dem Weg haben. Sie hat die Governess doch ständig mit Beschlag belegt.« Louise hob die Schultern und ließ sie wieder fallen. »Was nützt es, darüber zu grübeln? Ich denke auch die ganze Zeit: Hätte ich dies nicht, hätte ich das. Aber das bringt ihn nicht zurück. Er war so ein lieber Kerl.« Schluchzend schlug sie die Hände vors Gesicht.

»Und Geheimnisse konnte er wirklich nicht behalten«, sagte Emma und dachte wehmütig an ihr Zusammentreffen. »Er hat mir von dem Streich erzählt.«

»Welchem Streich?« Louise sah sie erstaunt an.

Bevor Emma antworten konnte, hörte sie Schritte.

»Morgen um die gleiche Zeit?«, fragte Louise, dann hastete sie zum Tor. Dort schaute sie noch einmal zurück.

Ihr flehender Blick traf Emma bis ins Mark. Sie nickte und wartete, bis Louise das Tor von außen geschlossen hatte und verschwunden war. Als sie sich umdrehte, stand die Governess vor ihr.

»Mit wem hast du gesprochen?«

»Mit niemandem.« Emma schrumpfte unter dem strengen Blick der Governess. »Ich hab nur die Straße entlanggeschaut.« Fieberhaft suchte sie nach Worten. »Ich dachte, ein Kind hat geweint, und wollte helfen. Ich ... Ich muss den Eimer in die Küche bringen.« Panisch zwängte sie sich an der Governess vorbei und griff nach dem Blecheimer. Sie wollte nur fort. So schnell sie konnte, rannte sie zum Haus zurück und stolperte die Stufen zur Küche hinunter. Als die Tür hinter ihr zuschlug, atmete sie erleichtert auf. Sie hatte das Gefühl, einer großen Gefahr entronnen zu sein. Doch als sie aufsah, fiel ihre Erleichterung in sich zusammen wie ein Soufflé.

Die Köchin stand mit vor der Brust verschränkten Armen vor ihr und wippte ungeduldig mit dem Fuß. »Wo bist du so lange gewesen?«, fauchte sie. »War der Eimer etwa festgewachsen?«

»Nein, ich ...« Emma wusste nicht, was sie sagen sollte. »Die Governess hat mich aufgehalten«, behauptete sie schließlich; das war immerhin nicht gelogen. Sie knickste und stellte den Eimer zurück in die Abstellkammer neben dem Herd.

»Was wollte die denn von dir?« Die Köchin kratzte sich mit dem kleinen Finger am Auge, wie sie es immer tat, wenn etwas sie verwirrte.

Emma unterdrückte einen Seufzer. Was beim heiligen Patrick sollte sie nun sagen? Doch ihr Mund war klüger als sie selbst, denn er plapperte einfach weiter.

»Wissen, ob wir etwas von Louise gehört haben.« Emma

fühlte sich, als laufe sie über einen morschen Steg, der jeden Augenblick zusammenbrechen konnte. Hoffentlich würde sie sich alles merken können, was sie gerade verzapfte.

»Das arme Kind!« Für einen Moment zog die Köchin mitleidvoll die Augenbrauen zusammen. »Und nun mach, dass du an die Arbeit kommst! Vergiss nicht, die Leber in Milch einzulegen und das Gemüse zu putzen, und die Kartoffeln müssen auch noch geschält werden!«

»Ja, Mrs Osborne.« Emma knickste bei jedem Auftrag. Sie war froh, dass die Köchin nicht weiter nachfragte.

Als Emma spät abends in ihre Kammer kam, duftete der Raum nach Maiglöckchen. Die Governess saß auf Louises Bett und bürstete ihre kupferblonden Haare. Sie trug ein weißes Leinennachthemd und Pantoffeln, von denen Emma zwei pro Fuß gebraucht hätte.

»Was machen Sie denn hier?«, entfuhr es ihr. Erschrocken über die Kessheit ihrer Frage knickste sie und schlich hinüber zu ihrem eigenen Bett.

»Mylady will mein Zimmer für das Baby neu gestalten«, erklärte die Governess.

Ihre Stimme klang nicht so hochmütig wie sonst, deshalb traute sich Emma, eine weitere Frage zu stellen: »Aber was ist mit dem Zimmer des kleinen Sirs?«

»Sei nicht dumm! Sie will diesen Raum natürlich nie wieder betreten«, sagte die Governess, dann bürstete sie wieder mit kräftigen Strichen ihr Haar.

Wie hypnotisiert starrte Emma auf die Schildpattbürste. Sie hatte noch nie etwas Schöneres gesehen. Den mit Silber eingefassten Bürstenkopf schmückte ein Wappen, das im Kerzenlicht glänzte. Kein Wunder, dass Bethany die Bürste aufgefallen war.

»Also soll es mein Zimmer werden«, fuhr die Governess fort. Mit Mieder und Kleid schien sie auch ihre Unnahbarkeit abgelegt zu haben. »Hach!« Sie ließ die Hände in den Schoß fallen. Tränen glänzten in ihren Augen.

»Sie haben ihn bestimmt lieb gehabt.« Emma wusste nicht, was sie anderes hätte sagen sollen. Sie hängte die Schürze über den Stuhl und drehte der Governess den Rücken zu, um sich das Kleid aufzuknöpfen. Es war seltsam, vor Louise hatte sie keine Scham gekannt, aber jetzt brannten ihre Wangen. Hastig zog sie das Nachthemd wie einen Umhang über den Kopf und entkleidetet sich im Schutz des Leinenstoffes.

»Stört es dich, wenn ich noch lese?«, fragte die Governess.

»Nein, natürlich nicht«, stammelte Emma. Sie wagte nicht, ihr zu sagen, dass es verboten war, in den Dachkammern zu lesen – zu schnell konnte ein Feuer ausbrechen, wenn jemand einschlief, ohne die Kerze zu löschen.

»Du mochtest Louise, nicht wahr?«

Emma nickte die Wand an.

»Ich auch.« Die Stimme der Governess klang nachdenklich. »Sie war ein lustiger Kerl.«

»Es war bestimmt nicht ihre Schuld. Ich meine ...« Noch immer kniff Emma ihr Gewissen.

»Ja.« Die Governess seufzte. »Es ist schrecklich.«

»Sie ist so unglücklich.«

»Hat sie dir das gesagt?«

Die Frage erwischte Emma wie ein Schlag in den Rücken. Warum nur konnte sie ihre Klappe nicht halten? Aber jetzt war es zu spät.

»Äh ...« Sie musste sich etwas einfallen lassen, sonst würde die Governess eins und eins zusammenzählen. »Ich dachte ... Bestimmt ist es so.« Sie räusperte sich und war froh, dass sie mit dem Gesicht zur Wand stand, sonst hätte die Governess ihr die Lüge an der Nasenspitze angesehen.

»Böse Kinder holt der Engel der Themse«, dröhnte die Stimme ihrer Mutter in ihrem Kopf.

»Gute Nacht!« Emma schlüpfte in ihr Bett. Dann beobachtete sie die Governess, die im flackernden Licht der Kerze las.

Sie schien ganz versunken in die Welt des Buches – mal lächelte sie, mal runzelte sie die Stirn. Emma beneidete sie um dieses Gefühl. Zu gerne hätte sie gewusst, was die Governess las, und noch viel lieber hätte sie selbst gelesen. Aber nach den Vorfällen im letzten Haus, in dem sie gedient hatte, wagte sie es nicht, sich in die Bibliothek zu schleichen.

Emma blinzelte schlaftrunken. Wie es wohl sein musste, von der Herrschaft so sehr gemocht zu werden, dass man kostbare Geschenke erhielt? Als Küchenmädchen würde ihr das bestimmt nicht passieren. Sie lebte einfach im falschen Teil des Hauses, und das würde sich auch nicht ändern. Nur hübsche Mädchen konnten Hausmädchen werden, und sie war bestimmt nicht hübsch, auch wenn ihr Vater etwas anderes behauptete.

Seufzend drehte sie sich zur Wand und schloss die Augen. Wenn sie jetzt nicht endlich schlief, würde das Kehrblech morgen so schwer sein wie ein gefüllter Wassereimer. Sie hörte das Ticken des Weckers und das Rascheln der Buchseiten und sah das zarte Profil der Governess vor ihrem inneren Auge. Sie musste an ihre Begegnung in der Nähe der Speisekammer und im Garten denken. Ob die Governess ahnte, wen sie getroffen hatte? Und wenn ja, war das schlimm? Sie hatte so nett über Louise gesprochen.

Schwere breitete sich in Emmas Körper aus. Die Bilder in ihrem Kopf verschwammen und aus der Governess wurde Louise und aus Louise der kleine Herr, der lachend durch den Park rannte. Noch einmal holte die Stimme der Governess sie vom Rande des Schlafs zurück.

»Ich werde froh sein, wenn ich wieder unten bin.« Sie seufzte und blies die Kerze aus. »Hier ist es ja kalt wie in einer Gruft, und dabei ist schon Mai.«

Das war das Letzte, was Emma hörte. Dann schlief sie traumlos, bis der Wecker klingelte.

12. Kapitel

Gladys hatte nicht vor, die Ersparnisse der toten Mrs Smith für das Baby auszugeben. Doch im Gegensatz zu Mr Smith wollte sie es auch nicht verhungern lassen. Also verkaufte sie Wellhornschnecken auf eigene Rechnung, um die Nachbarin zu bezahlen. Das war nicht so einfach, weil Tom immer dabei war. Aber die gierigen Hände des Schneckenhändlers hatten sie auf eine Idee gebracht. Mädchen wie sie mussten nutzen, was ihnen die Natur gegeben hatte. Und sie mussten es nutzen, solange es frisch war. Für eine Handvoll zusätzlicher Schnecken durfte der Händler ihr an den Busen langen. Diese Schnecken trug sie in einem Beutel unter dem Rock und verkaufte sie, nachdem Tom und sie sich getrennt hatten.

Nach einer dieser Touren stellte sie ihren leeren Korb auf den Küchentisch und ging zur Schublade, um das Baby zur Nachbarin zu bringen. Der Kleine war fort. Sie rannte in Mr Smiths Schlafkammer. Den Raum hatte sie seit dem Tod seiner Frau nicht mehr betreten, und auch jetzt traute sie sich nur hinein, weil Mr Smith im Laden war. Aber selbst hier war kein Baby. Das Herz rutschte Gladys zwischen die Knie. Auf einmal war sie wieder in der kalten Gasse: Ihre Mum kreischte, Tom heulte und die Leute gafften sie an. Einen Wimpernschlag später war sie zurück im Haus der Smiths. Sie rannte hinüber in den Laden.

»Das Baby. Es ist fort.«

Mr Smith scheuerte ihr eine. Gladys' Kopf flog zur Seite, sie spuckte Blut und ein Stück Zahn aus. Er zerrte sie zurück in die Kammer.

»Der Schatten hat's geholt, hörst du?« Ganz nah war sein Gesicht.

Sie roch seinen sauren Atem und sah die Lüge in seinen Augen. Verzweifelt schluckte sie ihr Blut und ihre Angst herunter.

»Hast du mich verstanden?« Er schüttelte sie so heftig, dass ihre Zähne aufeinanderschlugen.

Der plötzliche Schmerz, der ihr in den Kopf fuhr, ließ sie Sterne sehen. Aber er brachte sie auch zur Besinnung. Seit dieser kleine Sir im Park verschwunden war, sprach ganz London wieder über den Schatten. Doch Mrs Smiths Baby hatte er bestimmt nicht geholt, das wusste Gladys so sicher, wie ihr Zahn pochte. Dieses Kind hatte sein eigener Vater verschachert. Was sollte sie tun? Zu einem Blauen gehen? Bestimmt nicht! Sie war einmal in Holborn gelandet, ein zweites Mal würde ihr das nicht passieren. Also nickte sie und Mr Smith ließ sie los.

Als er wieder im Laden war, wischte sie sich das Blut aus dem Gesicht, häutete Zwiebeln und schnitt Brot vom Laib. Das Leben ging weiter und sie hatte zu viel Arbeit, um lange an das arme Kind zu denken. Wo immer es war, würde es besser sein als in diesem Loch. Und wahrscheinlich würde sie bald selbst so ein Wurm im Bauch haben, und darauf musste sie vorbereitet sein. Deshalb durfte der Schneckenhändler sie weiter betatschen, auch wenn sie keine Milch mehr für den Kleinen brauchte. Dafür füllte sich der Lederbeutel mit den Pennys, die ihr der Verkauf der Wellhornschnecken einbrachte.

Irgendwie war sie sogar fast wieder zufrieden. So war das eben bei Menschen ohne Hoffnung: Sie waren froh, wenn ein großes Unglück vorbei war und sie sich in ihrem nicht ganz so großen Unglück eingerichtet hatten. Außerdem hatte Gladys ja ihre gestohlene Zeit. Wann immer sie konnte, ging sie in den Park. Dort grub sie den Lederbeutel aus, wischte die Maden ab, die reichlich unter dem Busch lebten, und schüttelte den Beutel am Ohr, um das Klimpern der Münzen zu hören. Dann vergrub sie ihn wieder in der weichen Erde. Danach saß sie oft noch für einige Minuten einfach auf der Bank, die Hände im Schoß verschränkt.

Gladys liebte es, den feinen Leuten im Park beim Flanieren zuzuschauen oder den Kindermädchen, die mit den Kleinen Reifen schlugen. Eigentlich hätte sie neidisch sein müssen, aber sie hatte ja ihren Lederbeutel, der immer dicker wurde. Und irgendwie tröstete es sie auch, dass es noch ein anderes Leben gab.

Manchmal dachte sie an ihren Bruder Tom, wenn sie die Straßenjungen beobachtete, die – immer auf der Hut vor den Parkwächtern – die Taschen der Wohlhabenden leerten und letztlich die Taschen von Leuten wie Mr Smith füllten. Er würde nicht am Galgen oder in der Kolonie enden, wenn einer der Bengel erwischt wurde. Gladys wusste selbst nicht, woher all diese Gedanken kamen. Es lag wohl daran, dass sie zum ersten Mal in ihrem Leben Zeit für sich hatte. Oft dachte sie auch an das Baby. Sie hatte es wirklich gemocht, weil es sie an Tom erinnert hatte.

Wie so oft riss das Läuten des Clock Tower sie aus ihren Gedanken. Sie zählte die Töne an ihren Fingern ab. Es war sechs Uhr und damit Zeit zurückzukehren. Sie vergewisserte sich, dass der Stein auf dem Geldversteck lag, und rannte los. Aus Bemerkungen, die Mr Smith gemacht hatte, wusste Gladys, dass er zumindest ahnte, dass sie sich jeden Tag ein wenig Zeit stahl. Aber solange Brot und Zwiebeln auf dem Tisch standen, wenn er mit dem nächsten Stundenschlag aus dem Laden zurückkehrte, ließ er sie gewähren. Wenn sie sich allerdings verspätete, setzte es Ohrfeigen.

Ohne nach rechts oder links zu schauen, rannte Gladys auf den Weg und stieß gegen einen Jungen. Beide plumpsten auf den Kies.

»Verdammt!«

Bevor ihr Hintern überhaupt merkte, dass er Bodenkontakt hatte, rappelte der Junge sich schon wieder auf. Und genau in diesem Moment erkannte sie ihn. Der Schmerz, der ihr den Rücken hochschoss, war nichts im Vergleich zu der Freude, die ihr Herz überlaufen ließ.

»Tom.« Ihre Finger krallten sich in sein Hosenbein.

»Lass los, du Schlampe!« Er trat nach ihr, starrte mit schreckensweiten Augen hinter sich. Er erkannte sie nicht. Ihr eigener Bruder erkannte sie nicht.

In dem Moment hörte Gladys das Schnarren der Rassel, mit der die Blauen Hilfe herbeiriefen. Was war nur aus Tom geworden?

»Halt die Klappe!«, fauchte sie.

Dieser eine Satz ließ ihn herumfahren. Erkennen kämpfte gegen die Panik an, die ihm fast die Augen aus dem Kopf drückte. Er sah so verhungert und armselig aus mit seinen grindigen Wangen. Gladys streckte die Hand nach ihm aus. Aber jetzt war nicht der richtige Zeitpunkt, um sich in die Arme zu fallen. Hastig stand sie auf und zog ihn zwischen die Büsche.

»Kriech da hinein!«

Kaum war er verschwunden, rannte sie zurück auf den Weg und setzte sich dorthin, wo der Zusammenprall sie das erste Mal zu Boden geschickt hatte. Lügen sind dann am besten, wenn sie einen ordentlichen Schluck Wahrheit intus haben, hatte ihre Mum immer gesagt. Und die hatte Bescheid gewusst. Wäre Gladys einfach nur stehen geblieben, hätte man ihr die Schuld an ihrem hochroten Gesicht angesehen.

Kaum saß sie wieder auf ihrem Hinterteil, schnaufte ein Parkwächter heran.

»Er ist in diese Richtung gelaufen«, rief Gladys und zeigte den Weg entlang.

Eine atemlose Sekunde lang schaute der Wächter auf sie herab. Er traute ihr nicht. Tränen stiegen ihr in die Augen und sein Gesicht verschwamm. Er konnte ihr den Bruder nicht einfach wieder wegnehmen, nicht nachdem sie ihn gerade erst wiedergefunden hatte. Dann war der Moment der Unsicherheit vorbei und der Parkwächter rannte weiter. Kies spritzte auf Gladys' Schürze. Müde stand sie auf, als sie erneut schnelle Schritte hinter sich hörte. Sie fuhr herum.

»Ist hier wer vorbeigekommen, Mädchen?« Keuchend blieb ein Blauer vor ihr stehen. Er war riesig. In der einen Hand hielt er seine Rassel, in der anderen einen Knüppel.

Gladys stockte der Atem. Sie schluckte an ihrer Angst wie an einer angeschimmelten Zwiebel. Seit der Nacht, in der ihr kleiner Bruder verschwunden war, hatte kein Blauer mehr so nah bei ihr gestanden. Dieser hier sah aus wie ein Schotte. Er hatte einen blonden Schnauzbart und sein Kopf war mindestens so rot, wie sich Gladys' Gesicht anfühlte.

»Ein Parkwächter, Sir«, sagte sie mit zittriger Stimme. »Er ist da entlanggelaufen.« Sie zeigte wieder auf den Weg, dann senkte sie den Blick und klopfte sich den Staub vom Rock. Nun fühlte sie sich sicherer, denn sie hatte ja die Wahrheit gesagt.

»Danke«, presste der Blaue hervor und lief weiter.

Gladys schaute ihm nach, bis er um die nächste Kurve bog. Sie hatte ihn schon häufiger gesehen. Er gehörte zu den Polizisten, die seit dem Verschwinden des Jungen ständig im Park patrouillierten. Obwohl sie alle groß waren, überragte er die meisten von ihnen um Haupteslänge. Außerdem leuchteten seine Haare in der Sonne.

Als keine Schritte mehr zu hören waren, kehrte Gladys zu ihrer geheimen Bank zurück. Die Sonne stand schon tief über den Häuserdächern. Gladys würde auf keinen Fall rechtzeitig das Abendessen auf dem Tisch haben. Aber jetzt, wo sie Tom wiederhatte, war es ihr egal. Sie wusste, dass sie nicht in das Haus in der Oxford Street zurückkehren würde.

13. Kapitel

Die Hände in den Hosentaschen vergraben stand Tom neben der Bank. Er hatte ein hochmütiges Gesicht aufgesetzt, aber sein linkes Auge und seine Mundwinkel zuckten. Vorsichtshalber knallte Gladys ihm erst mal eine. Nicht zu fest, aber so, dass klar war, wer die Ältere war.

»Bist also Taschendieb geworden?«

»Bin ich nicht.« Tom rieb sich die Wange, aber immerhin hatte das Zucken aufgehört.

»Willst du am Galgen enden?«

In Seven Dials klauten alle Jungs. Wenn sie groß genug waren, dass sie an die Hosentaschen der feinen Herren reichten, fingen sie mit einfachen Sachen wie Schnupftüchern an, und wenn sie älter und geschickter wurden, klauten sie Taschenuhren oder Brieftaschen. Und irgendwann endeten sie am Galgen.

»Ich tu nicht klauen«, behauptete Tom.

»Die sind also nur zum Spaß hinter dir her?«

»Klar. Seit dieser reiche Junge verschwunden ist, jagen sie jeden, tun sie.« Tom spuckte aus. »Selbst der Rasen ist blau, so viele kriechen zwischen den Büschen rum. Wie Wanzen sind die Kindermädchen mit dem Blagen aus dem Park verschwunden. Gerannt sind sie, als sei der Schatten hinter ihnen her.«

»Du lügst doch.«

»Tu ich nicht.« Toms Auge zuckte wieder und auch seine Mundwinkel setzten sich in Bewegung.

Woher kam dieses Zucken nur? Das erste Mal hatte Gladys es gesehen, als sie vor ihrer toten Mum gekniet hatten. Damals war sein Gesicht zerschlagen gewesen und sein Schädel kahl. Ihnen beiden waren die Haare nachgewachsen, aber da, wo keiner hinschauen konnte, trugen sie immer noch die schwärenden Wunden mit sich herum.

»Ich schwör.«

»Beim Grab von Mum?« Eine blöde Frage, dachte Gladys, weil Mum doch mit einem Haufen anderer Frauen in einer Grube verrottet.

»Wenn du willst.« Tom schaute sie mit großen Augen an. Sie waren blau wie der Sommerhimmel an einem windigen Tag. Von Mum hatte er die nicht und auch von keinem der Väter, die Gladys kannte.

»Also gut«, sagte sie schließlich.

Sie glaubte ihm, denn sie dachte, sie würde es merken, wenn er sie anlog – weil er ja ihr kleiner Bruder war. Früher hatte er sie nie anlügen können. Aber in Holborn lernte man zu lügen.

Die beiden setzten sich auf die Bank und Gladys überlegte, wie es nun weitergehen sollte. Zu Mr Smith wollte sie nicht mehr, aber sie wollte Tom auch nicht ihren Schatz zeigen. Also fragte sie ihn, wo er schlafe, und er erzählte ihr von den Jakins', einer Wäscherin und ihrem Mann. Die hatten sich Kinder aus Holborn geholt, weil die Kinder, die vorher für sie gearbeitet hatten, am Blauhusten krepiert waren. Was er sonst noch von ihnen berichtete, klang nicht schlecht – auf jeden Fall besser als alles, was ihr passiert war. Und dann fragte Tom, wie es ihr ergangen war, und sie sagte, gut, aber sie könne nicht mehr zurück.

»Dann tust du mit mir kommen«, schlug er vor.
»Würden die mich denn nehmen?«
»Wenn du arbeiten kannst.«
Damit war's abgemacht und sie verließen gemeinsam den Park.

Das Haus, in dem die Jakins' lebten, lag nahe der Blackfriars Bridge in einer der Gassen zwischen Fleet Street und Fluss, in die nur selten Tageslicht fiel. Mrs Jakins kniff die Augen zusammen und kam ganz nah an Gladys heran. Ihr Atem roch ein wenig faulig, aber immerhin nicht nach Gin.

»Ich will keinen Ärger.« Sie richtete sich auf.

Gladys senkte demütig den Kopf. »Ich bin fleißig.« Verstohlen musterte sie die Wäscherin.

Mrs Jakins sah aus wie eine der Frauen, die in Mr Smiths Laden Garn kauften, und das beruhigte Gladys irgendwie. Sie trug ein braunes Kleid, darüber eine Schürze und auf dem streng in der Mitte gescheitelten Haar eine gefältelte Haube. Ihr Gesicht war rundlich mit rosigen Wangen und schütteren Augenbrauen. Die schmalen Augen lagen tief in den Höhlen und neben der grobporigen Nase zogen sich Falten bis zu den Mundwinkeln. Die Hände waren gerötet, aber nicht geschwollen. Man sah ihnen an, dass sie harte Arbeit gekannt hatten, aber schon lange nicht mehr selbst anpackten.

»Du bist zu alt.« Mrs Jakins schritt um Gladys herum, wie Mrs Dungeon es bei der Morgeninspektion in Holborn immer getan hatte.

Unwillkürlich zog Gladys den Kopf ein.

»Warum bist du weg?« Mrs Jakins' Stimme klang, als steckten Bohnen in ihrer Nase.

»In Holborn hab ich in der Wäscherei gearbeitet.« Gladys plapperte einfach drauflos. »Und ich bin kräftig.«

»Ich hab dich was gefragt.«

»Nun ...« Gladys schluckte. Mrs Jakins erschien ihr gnadenloser als der Engel der Themse.

Hastig schaute sie zu Tom. Sie wollte nicht, dass er dachte, sie könne sich nicht wehren. Es war nicht gut, wenn Kerle, egal wie alt sie waren, das dachten. Nicht einmal der eigene Bruder sollte einen für schwach halten. Doch die Kraft ihrer Gedanken reichte nicht aus, um Tom zu verscheuchen.

Gladys schluckte erneut. »Die Herrin. Sie ist gestorben und ...«

»Bist du etwa ...?«, fragte Mrs Jakins, während Tom mit offenem Mund zwischen ihnen stand und augenscheinlich kein Wort verstand.

Gladys schüttelte den Kopf, dabei wusste sie es selbst nicht. Wie Kinder gemacht wurden, war ihr klar. Aber wie merkte man, ob man angebufft war?

»Und ich will's nicht werden«, fügte sie hinzu und biss die Zähne so fest aufeinander, dass es wehtat. Das war zumindest nicht gelogen. Gladys wollte keinen Bastard haben, nicht von Mr Smith und auch von sonst keinem. Auf keinen Fall wollte sie so enden wie ihre Mum.

»Dann halt dich von den Kerlen fern!«, sagte Mrs Jakins. »Zumindest solange du für mich arbeitest.«

»Das werde ich.« Gladys knickste, wie sie es in Holborn gelernt hatte.

Tom hatte nicht gelogen: Die Jakins' waren anständige Leute. Zwar ließen sie die Kinder hart arbeiten, doch dafür hatten diese ein Dach über dem Kopf und bekamen zu essen, nicht mehr und nicht weniger. Wem das nicht passte, der konnte gehen.

Im Haus lebten vielleicht ein Dutzend Waisenkinder.

Während das Ehepaar Jakins mit seinen Terriern zwei Räume im oberen Stockwerk bewohnte, hausten die Kinder neben den Kesseln, in denen die Lauge für die Wäsche dampfte. Sie bekamen zwei Mahlzeiten am Tag, und solange sie ihre Arbeit taten und sonntags in St Pauls beteten, ging es ihnen gut.

Die Mädchen kümmerten sich um die Wäsche. Mrs Jakins achtete sehr auf Reinlichkeit, deshalb hatten sie immer viel zu tun. Die Sachen wurden sogar aus den Häusern am Park gebracht, weil die Kunden wussten, dass sie alles ordentlich gefaltet und sauber zurückbekamen. Das war in London nicht immer einfach.

Gladys' Aufgabe war es, die Weißwäsche in den Bottichen mit einem langen Stock zu wenden und die Kurbel der Wringmaschine zu drehen. Das war schwere Arbeit, aber es machte ihr nichts aus. Solange ihr keiner unter den Rock fasste, war ihr alles recht. Außerdem musste sie die Wasserfässer füllen, wenn die Jungen unterwegs waren. Meist lief sie nur zum öffentlichen Brunnen, aber wenn es länger nicht geregnet hatte, musste sie das Wasser mit Eimern aus dem Fluss schöpfen. Alles in allem war es kein schlechtes Leben bei den Jakins'. Sie hatte genug zu essen und einen halbwegs trockenen Schlafplatz.

Die Jungen hatten andere Pflichten. Wenn sie kräftig genug waren, die schwere Wäschekarre zu ziehen, arbeiteten sie als Boten. Oder sie bewachten mit Knüppeln bewaffnet die Wäsche, die auf Leinen zwischen den Häusern trocknete. Das war schon ein merkwürdiger Anblick: All die mit Monogrammen und Spitzen verzierte Weißwäsche, die im Armenviertel im spärlichen Wind flatterte. Früher hatte Mrs Jakins sie an den Flusswiesen aufgehängt, aber seit die Themse eingedeicht wurde, ging das nicht mehr.

Zwei der kleineren Jungen nahm Mr Jakins mit auf seine tägliche Tour. Als Kaminkehrer kannte er jedes Haus in East London, und nicht nur dort. Wenn alles normal ablief, hatten die Jungen einen guten Tag. Dann trabten sie hinter Mr Jakins her und trugen ihm seine Besen. Doch wenn ein Vogel einen Kamin verstopfte, ließ Mr Jakins einen von ihnen am Seil hinab, und das war gefährlich. So manchen Jungen hatte nicht einmal mehr ein kräftiges Feuer aus dem Kamin geholt.

»Dann musste die Bengels zerschneiden«, sagte Mr Jakins kurz angebunden. Er sprach selten viel, und wenn, dann nur mit seiner Frau.

Die ganz kleinen Jungen, deren Beine zu kurz waren, um mit Mr Jakins Schritt zu halten, gingen mit den Terriern des Ehepaars auf Rattenjagd. Oder sie suchten bei Ebbe das Flussbett nach Kohle, Seilresten, Knochen oder Zimmermannsnägeln ab, die man zu Geld machen konnte.

Es gab also für jeden etwas zu tun. Lohn bekamen die Kinder allerdings keinen, sodass Gladys keine Möglichkeit mehr hatte, auch nur einen Farthing zu verdienen. Trotzdem kaufte Tom sich Pasteten oder eine Hose in der Petticoat Lane. Als Gladys ihn fragte, woher er das Geld habe, behauptete er, die Dienstmädchen in den feinen Häusern würden ihm was zustecken, wenn er Briefe zu ihren Liebsten brachte. Und wieder glaubte Gladys ihm, weil sie es wollte, aber dann fand sie doch die Wahrheit heraus.

Die Tage wurden länger, und damit auch die Arbeitszeiten. Fast wünschte sich Gladys den Winter zurück, wenn es schon am Nachmittag zu dunkel war, um etwas zu tun. Eines Abends – die Weißwäsche lag gerade in der Lauge –

ging sie vors Haus. Aber in der Gasse war es nicht weniger stickig. Zwei Nachbarinnen stritten, weil der Ehemann der einen betrunken im Bett der anderen gelandet war. Die Leute, die um sie herum standen, hetzten die beiden gegeneinander auf.

Gladys hatte keine Lust, sich das Gekeife anzuhören. Sie schlenderte bis zu der Holzbrücke, die anstelle der kaputten Blackfriars Bridge über den Fluss führte. Obwohl die Brücke so wackelig war wie die Zähne einer alten Frau, drängten sich die Menschen auf ihr. Gladys hockte sich auf das Geländer und genoss die Brise, die über dem Fluss wehte. Sie war glücklich, nicht Teil der schiebenden und hastenden Masse zu sein, als sie Tom sah. Er wieselte zwischen den Leuten umher, als sei er ein Botenjunge. Hätte sie ihn nicht beobachtet, hätte sie nicht bemerkt, wie er einem Juden in den Kaftan griff, so schnell war er. Im nächsten Moment war er verschwunden.

Gladys hätte schreien können vor Wut, aufstampfen, jemandem ihre Faust auf die Nase donnern. Doch nichts davon tat sie. Stattdessen ging sie einfach still zurück zum Haus der Jakins'. Aber als sie nachts zwischen den Kesseln lagen, stellte sie Tom zur Rede. Er würde am Galgen landen, wenn er seine Finger nicht bei sich behielt, sagte sie. Tom lachte nur. Er geriet mehr nach ihrer Mum, nahm den Tag, wie er kam, und dachte nicht an morgen.

»Wer hat dir das beigebracht?«, fragte Gladys.

Tom stellte sich taub. Doch wer immer es getan hatte, Tom war ein guter Schüler gewesen, und er bildete sich etwas auf seine Fingerfertigkeit ein. Nachdem Gladys nun Bescheid wusste, unterhielt er in manchen Nächten, wenn die Jakins' schon schliefen, die anderen Kinder beim Schein der Kesselfeuer mit seinen Tricks. Er konnte einem das Schnupftuch unter der Nase wegklauen und man merkte es erst, wenn einem der Schnodder über die Finger lief.

Für die kleinen Jungen war Tom natürlich der Held, und das genoss er. Gladys glaubte, er war so lange geduckt worden, dass er den Pisspott der Königin geklaut hätte, damit jemand mit runden Augen zu ihm aufschaute. Sie lachte mit den anderen, doch in ihr war ein Schmerz wie Zahnreißen. Irgendwann würden die Blauen ihren kleinen Bruder erwischen, und dann würden sie ihn nach Millbank schaffen oder am Hals aufhängen oder auf Nimmerwiedersehen in die Kolonien verfrachten.

14. Kapitel

Emma schaffte es auch in den nächsten Tagen, Louise mit Lebensmitteln zu versorgen. Sie nahm sie allerdings nicht mehr aus der Speisekammer, sondern sparte sie sich vom Mund ab. Wie ein Dieb stahl sie sich aus dem Haus und hatte dabei immer das Gefühl, beobachtet zu werden. Doch sie hatte Glück – nicht einmal der Gärtner begegnete ihr, wenn sie sich mit Louise traf. Die hatte inzwischen eine Schlafstelle im Zimmer einer Witwe in der Nähe der Southwark Bridge gefunden. Tagsüber verkaufte sie Brunnenkresse und nachts passte sie auf die Kinder der Witwe auf. Dafür musste sie nichts für ihr Bett bezahlen.

»Aber was macht sie denn nachts?«, fragte Emma und drückte Louise ein Stück trockenen Kuchen in die Hand. »Mehr habe ich heute nicht.«

»Frag nicht!« Louise verdrehte die Augen. »Es ist auf jeden Fall schrecklich. Bei Flut rauscht das Wasser so nah am Haus vorbei, dass man Angst hat, aus dem Fenster zu schauen, und bei Ebbe stinkt es bestialisch.«

»Immerhin musst du nicht auf der Straße schlafen.«

»Ich versuche, eine Überfahrt nach Hause zu bekommen«, erklärte Louise, den Mund voller Kuchen. »Aber ich hab kein Geld.«

»Ich auch nicht.« Emma konnte sich Essen vom Mund absparen, ihren Lohn musste sie zu Hause abgeben.

»Du tust schon so viel für mich«, sagte Louise. »Ich hoffe nur, du bekommst keinen Ärger.«

»Heute war es leicht«, antwortete Emma. »Constable Kelly ist pünktlich zum Tee erschienen und Mr Pither hat ihn eingeladen, eine Tasse mit ihnen zu trinken. Da hat keiner auf mich geachtet.«

»Dieser Kelly will euch bestimmt aushorchen.«

»Nun, Mr Pither will ihn auch aushorchen. Sie umschleichen sich wie Katzen den Rahmtopf.«

»Es ist so schrecklich, nicht zu wissen, was mit dem kleinen Herrn passiert ist.« Louises Augen füllten sich mit Tränen. »Ich kann an nichts anderes mehr denken.«

»Bestimmt ist er entführt worden.« Emma legte mehr Überzeugung in ihre Stimme, als sie empfand.

»Mon Dieu! Aber warum kommt dann kein Brief?«

»Die Köchin sagt, es gibt auch andere Gründe, warum Kinder entführt werden.«

»Was sollten das für Gründe sein?« Louise brach noch ein Stück von dem trockenen Kuchen ab.

»Ich weiß es nicht. Sie hat nichts weiter gesagt. Vielleicht hat Lord Collingwood Feinde.« Nachdenklich starrte Emma auf ihre staubigen Schuhspitzen. Der Gedanke, dass jemand einen kleinen Jungen verschwinden ließ, um den Vater zu bestrafen, überstieg ihr Vorstellungsvermögen. »Oder es war alles nur ein unglücklicher Zufall. Der Mann hat den kleinen Sir gesehen und zugeschlagen.«

»Woher willst du wissen, dass es ein Mann war?«, fragte Louise.

»Könnte eine Frau einem Kind etwas antun?«

»Wieso nicht?«, entgegnete Louise. »Ich grüble und grüble und denke immerzu: Warum ist es gerade an diesem Tag passiert, und warum der kleine Sir? Ich meine – mon Dieu! –, London ist eine große Stadt und es waren viele Kinder im Park.«

»Vielleicht hat er euch beobachtet.«

»Oder sie. Mir geht dieser Streich nicht aus dem Sinn.«

»Aber Miss Torrell hat mit Lady Belinda Tee getrunken. Sie kann nicht im Park gewesen sein.« Emma schüttelte den Kopf. Sie fühlte sich hin- und hergerissen. Mit jedem Abend fiel es ihr schwerer, die Governess nicht zu mögen. Miss Torrell hatte ihr sogar ein Buch geliehen. Und auch wenn Emma nicht wagte, wie sie im Bett zu lesen, so las sie doch in jeder freien Minute. Nein, Emma konnte sich nicht vorstellen, dass Miss Torrell etwas mit dem Verschwinden des kleinen Herrn zu tun hatte. »Du verrennst dich.«

»Du hast ja recht«, räumte Louise ein. »Ohne Erpressung macht alles keinen Sinn.« Sie seufzte. »Bleibt nur der Schatten.«

»Pst«, zischte Emma. »Da kommt jemand.«

Vor Schreck ließ Louise den Rest des Kuchens auf den Weg fallen und rannte zum Tor. Sie hatte es gerade hinter sich geschlossen, als Constable Kelly zwischen den Büschen auftauchte.

»Mit wem hast du gesprochen, Mädchen?«

»Mit niemandem.« Emma knickste.

»Und was machst du hier?« Er schaute sich um. »Hühner füttern?«

»Ich verstehe nicht.«

»Vielleicht Vögel füttern.«

»Vögel?« Emma hatte keine Ahnung, wovon der Constable sprach.

»Genau.« Constable Kelly rieb sich den Nacken. Um seine Augen herum waren Lachfalten. »Vögel.« Er zeigte auf den Kuchen, den Louise hatte fallen lassen.

»Ach so, ja«, stotterte Emma. »Sie haben mich erschreckt.«

»Dich oder das Kindermädchen?«

»Sie haben Louise gesehen?« Emma biss sich auf die Unterlippe. Angst zerquetschte ihr Herz.

»Die Polizei sieht alles.«

»Ich hab nichts Böses getan.« Obwohl ihr Herz pochte, reckte Emma das Kinn vor. Die Lachfältchen in seinen Augenwinkeln gaben ihr Mut. Er hatte sie schon einmal nicht verraten. »Und Louise auch nicht. Es ist nicht ihre Schuld, dass der kleine Sir verschwunden ist.«

»Du bist eine treue Freundin, nicht wahr?«

»Daran ist nichts Unrechtes.«

»Es kommt darauf an«, sagte Constable Kelly ernst. »Auch wenn du aus Freundschaft, Treue oder Liebe ein Verbrechen begehst, bleibt es ein Verbrechen.«

»Barmherzigkeit ist kein Verbrechen. Werden Sie mich verraten?«

»Stiehlst du?«

»Natürlich nicht.« Emma dachte an die Frühstücksreste und kreuzte die Finger unter der Schürze.

Das war nur einmal gewesen, und bloß, weil Louise Hunger gehabt hatte. Den Stalljungen hatte bestimmt nichts gefehlt. Trotz dieser innerlichen Rechtfertigung stieg Hitze in Emmas Wangen. Sie senkte den Kopf und starrte auf ihre staubigen Schuhspitzen.

»Du sparst es dir vom Mund ab?«

»Das ist kein Unrecht.«

»Nur wenn du vom Fleisch fällst. So ein nettes Mädchen wie du.«

Emma öffnete den Mund und schloss ihn gleich wieder. Ihre Wangen brannten. Ihr wurde bewusst, dass sie ganz allein mit Constable Kelly in diesem Teil des Gartens war.

Er stand so nah vor ihr, dass sie das Gefühl hatte, sein Geruch nach Tabak und Schweiß würde sie einhüllen.

»Er will euch aushorchen«, wisperte Louises Stimme in ihrem Kopf. »Aushorchen. Aushorchen.«

»Ich muss zurück.«

Doch Constable Kelly machte keine Anstalten, den Weg freizugeben. Es schien, als habe er sie gar nicht gehört. Stattdessen sah er ihr tief in die Augen und ihr Herz schlug, als wäre sie gerannt.

»Es ist schon eine merkwürdige Geschichte mit dem Jungen«, sagte er nachdenklich und strich sich mit Daumen und Zeigefinger über den Bart.

Emma trat von einem Fuß auf den anderen. Wenn er nicht bald den Weg freigab, würde die Köchin sie zu Ragout verarbeiten oder, schlimmer, mit Schimpf und Schande aus dem Haus jagen.

»Und wir haben keinen Anhaltspunkt«, fuhr Constable Kelly fort. »Niemand hat ihn gesehen. Es ist, als ob er sich in Luft«, er schnippte mit den Fingern, »aufgelöst hat.«

»Vielleicht war's doch der Schatten.«

»Es gibt keinen Schatten.«

»Aber es steht in den Zeitungen. Sie können's nicht leugnen. All diese verschwundenen Kinder.«

»Glaub mir«, Constable Kelly blickte mit hochgezogenen Augenbrauen auf Emma herab und sie hatte auf einmal große Lust, ihm gegens Schienbein zu treten, »es gibt viele Schatten in Seven Dials. Mehr als sich dein hübsches Köpfchen vorstellen kann. Nein, das Verschwinden des kleinen Sirs hat nichts mit irgendwelchen Schatten zu tun.«

»Das sagt Mrs Westwood auch.«

»Eine kluge Frau.« Constable Kelly grinste und Emma bereute, Mrs Westwood erwähnt zu haben. Seine nächsten Worte bestätigten ihren Verdacht, dass auch er sich an den Tag ihrer größten Schmach erinnerte. »Du warst sehr überzeugend, obwohl du mir als Mädchen besser gefällst.«

»Reden Sie nicht so!« Emma wand sich unter seinen Blicken.

»Du hast recht. Es ist nicht die richtige Zeit und der richtige Ort für so etwas. Ein Kind ist verschwunden. Aber glaub mir: Wir finden heraus, wer das getan hat.« Constable Kelly straffte die Schultern.

Emma konnte nicht anders, als bewundernd zu ihm aufschauen. Er war wirklich ein stattlicher Mann.

»Trinken Sie deshalb Tee mit Mr Pither und den anderen?«

»Auch«, sagte er, und nun färbten sich seine Wangen.

Bevor Emma ihn fragen konnte, aus welchem anderen Grund er denn kam, rief die Köchin nach ihr und er gab endlich den Weg frei. Nach ein paar Metern drehte sie sich noch einmal um und sah, wie sich das Tor hinter ihm schloss.

Am nächsten Tag wartete Emma vergeblich auf Louise und auch an den folgenden. Vielleicht hatte Constable Kelly sie vertrieben oder Louise hatte ein Schiff gefunden, das sie in die Heimat bringen würde. Emma tröstete sich mit dem Gedanken und aß ihr Brot. Sie wollte ja nicht vom Fleisch fallen.

15. Kapitel

Gladys hatte sich gut bei den Jakins' eingewöhnt. Da sie sich nicht mit Jungs hinter den Waschtrögen rumtrieb und ihre Arbeit ordentlich machte, behandelten die beiden sie so freundlich, wie es Leuten wie ihnen möglich war: Sie schlugen sie nicht und beachteten sie ansonsten nicht weiter.

Obwohl Gladys nicht wirklich viel über Gattenliebe wusste, glaubte sie doch, dass diese zwei strengen Menschen sich zärtlich liebten. So fürchterlich Mr Jakins fluchen konnte, wenn seine Frau nicht in der Nähe war, so frisch geplättet quatschte er, wenn sie den Raum betrat. Und Mrs Jakins hörte sofort auf zu keifen, sobald sein schwerer Schritt auf der Schwelle zu hören war. Gladys erlebte auch nie, dass Mr Jakins sich betrunken in das Bett einer Nachbarin verirrte, obwohl so manche ihn wohl nicht von der Bettkante gestoßen hätte. In diesem Teil der Stadt war ein Mann wie Mr Jakins so selten wie ein gestutzter Pudel.

Inzwischen war es so heiß, dass selbst der Schimmel an den Wänden trocknete, und das sei noch nie passiert, sagte Mrs Jakins. Sogar am frühen Morgen, wenn die Sonne noch im Fluss badete, wärmte die Luft schon wie sonst kaum im Hochsommer. Das Wasser wurde so knapp, dass der Magistrat das Brunnenseil verlängern ließ. Weil sie keinen weiteren Zahn bei den täglichen Prügeleien am Brunnen verlieren wollte, verließ Gladys mit dem ersten Licht das Haus, um am Damm Wasser zu holen. Mrs Jakins sagte, dass das Themsewasser um diese Zeit noch sauber genug für die Wäsche der Herrschaften war. Wenn erst die Arbeit in den Tuchfabriken und Schlachthäusern angefangen hatte, verpissten sich selbst die Fische.

Auch wenn Gladys' Kopf meistens noch bis zum Morgenrot schlief, mochte sie die Stunden am Fluss. Die Hitze wrang sie aus. Und gerade morgens konnte sie kaum atmen, ohne sich übergeben zu müssen. Nur am Fluss ging es ihr besser. Die Luft schmeckte nicht so, als hätten schon zu viele faulige Münder sie geatmet, sondern nach dem Holz, das die Arbeiter verbauten. Der Geruch erinnerte Gladys an den Park und ihren Schatz. Dann dachte sie daran, woher sie gekommen war, und in diesem Moment war sie glücklich.

Normalerweise war der Glücksmoment vorbei, wenn sie mit brennenden Handflächen die ersten Eimer Wasser aus dem Fluss gezogen hatte, aber immerhin. Die längste Zeit ihres Lebens war sie nicht einmal für die Dauer eines Atemzugs glücklich gewesen. Wenn es also nach ihr gegangen wäre, hätte es immer so weitergehen können. Aber irgendwie fand das Schicksal wohl, dass sie noch für einige Späße gut war.

Gladys zog gerade den dritten oder vierten Eimer aus dem Fluss. Um sie herum begann das Hämmern und Sägen der Arbeiter. Sie streckte die Hand aus, um den Eimer auf den Damm zu heben, als sie das Mädchen sah. Wären nicht die Möwen gewesen, die über ihm kreischten, Gladys hätte es nicht bemerkt. Die Strömung drehte den Körper und es wirkte, als schwebe er auf dem Wasser. Die Tote war schon fast vorbei, als Gladys begriff, dass da ein Mensch und kein Baumstamm an ihr vorbeitrieb. Klatschend landete der Eimer wieder im Wasser und sie rief um Hilfe – wie damals ihre Mum, als das Baby verschwunden war. Dabei wusste Gladys doch, was Leuten wie ihr passierte, wenn sie Geschrei machten. Trotzdem konnte sie nicht aufhören.

Erst kamen die Arbeiter und dann die Blauen. Sie zogen das Mädchen aus dem Wasser. Ihr Gesicht war aufgedunsen und teigig und ihre Haare klebten wie Pech an ihr, trotzdem erkannte Gladys sie. Sie hätte nicht sagen können, woran – oder warum. Sie sah einfach nur vor ihrem inneren Auge, wie ein Mädchen mit weißer Haube und Schürze mit einem Kind an der Hand aus einem großen Haus am Park trat. Die Bilder verwirbelten in ihrem Kopf: das lachende Mädchen, das Kind, das tote Mädchen. Jemand fing sie auf. Als sie die Augen wieder aufschlug, sah sie, dass es ein Blauer war.

»Ist ja gut, Mädchen«, sagte er.

Er erkannte sie nicht und sie war froh darüber. Denn sie hatte ihn sofort erkannt, sein breites schottisches Gesicht mit dem blonden Schnauzbart, das jetzt weiß wie ein Laken war.

»Das Mädchen«, japste sie und kotzte erst einmal neben seine gewichsten Stiefel. Dann erzählte sie ihm, dass sie die Tote schon mal gesehen hatte. Gleichzeitig wütete es in ihr und sie dachte: Ich fress 'nen Besen mit Zwiebeln und Senf, wenn ich wüsste, warum ich überhaupt die Klappe aufgemacht habe.

Leute wie sie redeten nicht mit Blauen, sie duckten sich weg, wenn die Polizei auftauchte. Sie lagen nicht in ihren Armen und fühlten sich geborgen.

Die Bartspitzen des Blauen zitterten, doch seine wasserhellen Augen ruhten freundlich auf ihrem Gesicht. Bestimmt war es das, was sie zum Reden gebracht hatte. Wann hatte sie jemand das letzte Mal freundlich angeschaut? Gladys fiel niemand ein – außer der Hebamme. Die war freundlich gewesen, als sie sie über Mrs Smiths Bauch gezogen hatte. Aber sonst? Niemand.

Vielleicht wollte sie sich aber auch nur aufspielen. Sie wusste es nicht. Für einen winzigen Augenblick hatte sie vergessen, dass sie in die Gosse gehörte.

»Wann war das?« Der Blaue kniff die Augen zusammen. Seine Finger pressten sich in Gladys' Oberarme.

»Hab ich einen Kalender um den Hals hängen?«, blaffte sie. Ihr Verstand kehrte offenbar zurück.

Verdammte Freundlichkeit! Prügel war besser zu ertragen. Dagegen konnte man sich verschließen wie eine Auster.

»Ist ja gut«, sagte der Blaue, als ob er wüsste, was in ihr vorging.

»Als der junge Herr verschwunden ist«, stotterte sie schließlich.

16. Kapitel

»Miss Torrell ist wirklich eine große Stütze für Mylady.« Miss Jacobi säumte mit zierlichen Stichen ein Nachthemd für Lady Belinda. Sie verbrachte immer mehr Zeit in der Küche und es wirkte fast so, als habe die Governess ihren Platz eingenommen.

Mrs Cox hob den Blick von den Zahlenreihen, die sie addierte. »Ja, das ist sie in der Tat.« Ihre Stimme klang, als meine sie das Gegenteil.

»Sie ist so freundlich«, mischte sich Emma ein, die das Gefühl hatte, die Governess verteidigen zu müssen. Seit sie sich die Kammer teilten, hatte sie ihre Angst vor Miss Torrell überwunden. »Und sie hat so wunderschöne Dinge.«

»Was geht's dich an?«, fragte Bethany spitz.

»Nicht mehr und nicht weniger als dich.« Die Köchin stopfte Leber in den Fleischwolf. »Du bist doch nur neidisch. Emma kann ja schließlich nichts dafür, dass in ihrer Kammer ein Bett frei war. Und du sollst das Silber putzen, nicht abschaben!«

»Ich bin nicht neidisch«, erwiderte Bethany schnippisch. Klappernd landete ein Silberlöffel auf dem Tisch.

»Lieber würde ich neben dem Herd schlafen als mit dieser eingebildeten Ziege in einer Kammer.«

»Sie ist nicht eingebildet«, widersprach Emma. »Ich durfte ihr sogar das Haar kämmen.«

»Oh, unser Küchenmädchen ist eine verhinderte Zofe.«

»Es reicht!« Mrs Cox legte den Stift zur Seite.

»Entschuldigung.« Bethany senkte den Kopf. »Aber Emma sollte nicht vergessen, wer sie ist.«

»Ich bin mir sicher, unsere Emma weiß, wo ihr Platz in diesem Haus ist«, sagte die Köchin. »Pass auf!« Sie streckte die Hand nach Emma aus, die sich gerade aufrichtete, während sie eine dampfende Kasserolle in den Händen hielt.

Doch der Warnruf kam zu spät. Mit einem hässlichen Geräusch riss Emmas Schürze.

»Wie konnte das denn nur wieder passieren?« Die Köchin seufzte.

»Ich weiß nicht.« Tränen schossen Emma in die Augen. »Sie muss sich am Ofengriff verfangen haben.«

»Ja, so wird's wohl gewesen sein.« Die Köchin schüttelte den Kopf. »Ein Welpe ist geschickter als du. Und nun mach, dass du auf dein Zimmer kommst und die Schürze wechselst!«

»Ja, Mrs Osborne.« Emma knickste, stellte die Kasserolle ab und rannte die Stufen zu ihrer Kammer hinauf.

Es war so ungerecht: Seit Tagen war ihr nichts passiert, obwohl sie immer so müde war, dass sie im Stehen hätte einschlafen können, und nun hieß es wieder, sie sei ungeschickt. Sie stieß die Tür auf und schleuderte die Schürze auf ihr Bett. Den Riss würde sie am Abend flicken müssen – wieder eine halbe Stunde Schlaf weniger.

Sie öffnete den Schrank und schnappte nach Luft. Ihr Schürzenfach war leer. Mist, sie hatte vergessen, sich welche aus der Wäschekammer zu holen. Stöhnend sank sie aufs Bett. Woher sollte sie jetzt auf die Schnelle eine Schürze bekommen?

»Was ist denn mit dir los?« Die Governess lehnte im Türrahmen. Sie trug einen Stapel saubere Weißwäsche.

»Nichts«, log Emma und wischte sich die Nase.

»Red keinen Unfug, raus mit der Sprache!« Die Governess sah sie aufmerksam an, dann legte sie den Wäschestapel auf ihr Bett.

»Meine Schürze ist zerrissen.«

»So etwas passiert. Nimm eine andere und mach dich wieder an die Arbeit!«

»Ich hab keine«, jammerte Emma.

»Warum hast du dir keine geben lassen?«

»Ich habs vergessen.« Emma schlug die Hände vors Gesicht. Noch nie hatte sie sich so geschämt.

»Davon geht die Welt nicht unter.« Die Governess trat an den Schrank und zog eine ihrer gestärkten Schürzen heraus. »Die kannst du haben. Sie ist geflickt.«

»Aber die ist doch viel zu fein.«

»Fein hin, fein her. Welche anderen Möglichkeiten hast du?«

»Keine.« Emma seufzte. »Sie sind so gut«, stammelte sie. »Gar nicht so streng, wie ich gedacht habe.«

»Hat dich etwa Louise mit schaurigen Geschichten über mich gefüttert?« Die Governess lachte.

»Nein«, beteuerte Emma. »Sie hat immer freundlich von Ihnen gesprochen. Auch als ich ...« Sie stockte. Am liebsten hätte sie sich die Zunge abgebissen. Wie hatte sie sich nur so verplappern können?

»Auch als du was?« Die Governess setzte sich zu ihr auf die Bettkante und legte ihr die Hand aufs Knie.

»Am Morgen, bevor der kleine Sir verschwand ...« Emma schluckte. »Ich war in seinem Zimmer.«

»Ich erinnere mich. Du hast den Kamin angezündet.«

»Nicht nur.« Emma holte tief Luft und erzählte der Governess, was zwischen ihr und dem kleinen Herrn vorgefallen war.

»Er hat dir also von unserem Geheimnis erzählt.« Die Governess drehte sich zur Seite und nahm Emmas zerrissene Schürze. »Der Kleine konnte eben kein Geheimnis bewahren.« Eine Träne zitterte an ihren Wimpern. Sie wischte sie fort und straffte den Rücken. »Wenn du magst, flicke ich sie dir.«

»Nicht nötig«, stotterte Emma, überwältigt von ihrer Freundlichkeit. »Ich meine: Danke.«

»Ich tu's gern. Du bist ein gutes Kind. Vielleicht zu gut«, sagte die Governess nachdenklich. »Und nun geh, sonst reißt die Köchin uns beiden den Kopf ab!«

Wie nett sie ist, dachte Emma, während sie die Treppe hinunterlief. Gar nicht eingebildet. Eine wirkliche Dame.

Als sie die Küche betrat, schaute die Köchin von der Schüssel auf, in der sie die zerkleinerte Leber mit Ei und Majoran vermengte.

»Musstest du die Schürze erst weben?«, fragte sie. »Gib mir mal das Salz!«

»Was ist das für eine Schürze?« Bethany beugte sich vor. »Das ist doch nicht deine.«

»Doch«, erwiderte Emma. »Sie gehört mir.« Wenn sie jetzt die Wahrheit sagte, würde Bethany nicht aufhören zu hetzen.

Miss Jacobi schaute von ihrer Näharbeit auf. »Eine hübsche Spitze«, sagte sie. »Miss Torrell hat eine ähnliche.«

»Wenn es mal nicht ihre Schürze ist«, stichelte Bethany, dann schlug sie ein Samttuch um das Silberbesteck und verließ die Küche.

»Was ist so toll daran, mit einer Governess das Zimmer

zu teilen, frag ich mich«, brummte die Köchin. »Lehm bleibt Lehm.«

Miss Jacobi senkte den Kopf. In ihren Mundwinkeln zitterte ein Lächeln.

»Warum ist sie überhaupt noch hier?«, fuhr die Köchin fort.

»Wer?« Verwirrt schaute Mrs Cox von ihrem Haushaltsbuch auf.

Bevor die Köchin antworten konnte, klopfte es an der Hintertür.

»Kann das der Weinhändler sein?«, fragte Mrs Cox. »Ich dachte, wir erwarten ihn erst morgen.«

»Hallo?«, dröhnte Constable Kellys Stimme aus der Spülküche.

»Kommen Sie nur rein!« Die Köchin wischte die Hände am Schüsselrand ab. »Möchten Sie einen Tee?«

»Wenn es keine Umstände macht.« Constable Kelly saß schon, bevor er den Satz beendet hatte.

»Nun mach schon«, forderte die Köchin Emma auf, »schenk dem Mann Tee ein!«

»Sie sehen erhitzt aus«, bemerkte Mrs Cox. »Gibt es Neuigkeiten?«

»Keine guten, fürchte ich.« Constable Kelly nahm seinen Zylinder ab und strich sich über die verschwitzten Haare, während Emma ihm Tee einschenkte.

»Gott steh uns bei!« Unwillkürlich bekreuzigte sich die Köchin. Ihre Finger hinterließen Ei- und Leberspuren auf ihrer Stirn. »Haben Sie den Jungen gefunden?«

»Nein.« Constable Kelly sah kurz zu Emma, dann räusperte er sich. »Das Kindermädchen.«

»Was ist mit Louise?«

Niemand tadelte Emma für ihre vorlaute Frage.

»Sie ist tot. Ertrunken.«

»Nein!«

Mit einem Knall landete die Teekanne auf den Steinfliesen und zerbrach. Ihr heißer Inhalt durchnässte Emmas Rock, doch das war ihr egal. Sie drehte sich um und rannte aus der Küche, hinaus in den Garten, so als könne sie Louise zum Leben erwecken, wenn sie nur am richtigen Ort auf sie warten würde. Hinter dem Hühnerhaus fiel sie weinend auf die Knie. Louise würde nie wieder hier auf sie warten.

Eine Hand legte sich auf ihre Schulter. Sie schaute auf. Es war Constable Kelly.

»Was haben Sie mit ihr gemacht?«, fragte sie.

»Nichts«, antwortete er. »Wie kommst du darauf?«

»Sie sind ihr gefolgt.«

»Natürlich sind wir das. Wir wollten die Entführer schnappen.«

»Aber Louise war unschuldig. Sie haben sie doch gehen lassen.«

»Du solltest dir was Trockenes anziehen.«

»Was geht es Sie an?«

»Weil du dir den Tod holst, wenn du tropfnass mit mir kommst.«

»Oder der Tod mich.« Emma ignorierte seine ausgestreckte Hand und rappelte sich auf. Der Wollstoff klebte an ihren Beinen. »Ich werde nirgendwo mit Ihnen hingehen.«

»Oh doch«, erwiderte Constable Kelly, »das wirst du. Inspector Webbe will dich sehen.«

Schniefend rannte Emma ins Haus. Im Erdgeschoss ließ ein Luftzug sie schaudern. Die Dienstbotentür zur Halle stand einen Spalt weit offen. Emma zögerte. Warum sollte sie nicht einfach durch die Halle gehen und durch den Haupteingang verschwinden? Niemand würde sie sehen, und bis der Constable ungeduldig würde, wäre sie bestimmt schon weit weg. Nur fort von diesem Ort, von Kelly, von den Gedanken an Louise. Schritte kamen die Treppe hinunter.

Es war Bethany, die am Fuße der Treppe abrupt stehen blieb. »Was machst du denn hier?«, fauchte sie. »Und wie siehst du überhaupt aus?«

»Louise ist tot.«

»Oh mein Gott!« Bethany taumelte. »Wer sagt das?«

»Der Constable.«

»Sie hat sich also selbst gerichtet.«

»Wie kannst du so etwas sagen? Louise ist unschuldig.«

»Na, du musst es ja wissen.« Bethany drängte sich an Emma vorbei. »Vielleicht habt ihr ja nicht nur das Zimmer geteilt, sondern auch noch eure Geheimnisse.«

»Hab keine Angst!«, sagte Constable Kelly, als sie das Haus verließen.

Aber Emma hatte Angst, und die wurde größer, weil sich seine Finger um ihren Oberarm legten, sobald sie die Markthallen erreicht hatten. Dachte er vielleicht, sie könnte ihm in dem Gewimmel verloren gehen? Als sie schließlich am Royal Opera House in die Bow Street einbogen, brannten Emmas Füße. Widerwillig stieg sie die Stufen zum Revier hinauf. Am Eingang der Wachstube wich sie zurück. Es stank nach Fußschweiß, Exkrementen und Zwiebeln. Ein Constable drängte sich an ihnen vorbei und lief die Stufen hinunter in die Sonne. Am liebsten wäre Emma ihm gefolgt. Doch als könne Constable Kelly ihre Gedanken lesen, verstärkte er den Griff um ihren Oberarm. Emma wischte sich die schweißnassen Hände am Rock ab.

»Hier entlang!« Constable Kelly führte sie durch den Raum zu einer Treppe.

Ein Kind hockte selbstvergessen auf der untersten Stufe und spielte mit einer toten Schabe. Irgendwo kreischte eine Frau. Starr vor Angst blieb Emma stehen. Ein Mann fluchte, dann folgte ein klatschendes Geräusch und das Geschrei der Frau verebbte in einem Wimmern. Unwillkürlich drängte sich Emma an Constable Kelly.

»Keine Sorge«, sagte er. »Das ist nur Fat Lizzy. Sie ist ein bisschen ...« Er tippte sich gegen die Stirn und schob Emma die Treppe hinauf.

Oben betraten sie ein Büro. Im trüben Gaslicht saß Inspector Webbe und schrieb in ein dickes Buch. Als er sie bemerkte, legte er die Feder zur Seite.

»Setz dich, Mädchen!« Er griff nach einem Wiegelöscher und trocknete die Eintragungen. »Weißt du, warum du hier bist?«

Emma schüttelte den Kopf. Wie hypnotisiert beobachtete sie, wie Inspector Webbe den Wiegelöscher abstellte, das Buch schloss, die tintenfleckigen Ärmelschoner abstreifte, an seinen Manschetten zupfte, die Hände faltete und sich schließlich mit einem Seufzer zurücklehnte.

»Hat's dir die Sprache verschlagen?«

»Nein. Entschuldigung«, stammelte Emma.

»Name? Alter?«

Emma beeilte sich zu antworten, auch wenn er sie das alles schon nach dem Verschwinden des kleinen Herrn gefragt hatte, als alle Dienstboten verhört worden waren.

»Du hast dich heimlich mit dem Kindermädchen getroffen, sagt Constable Kelly.«

Emmas Wangen brannten. Er wusste es. Sie würde ins Gefängnis kommen und elend zugrunde gehen, ihre Eltern würden die Schande nicht ertragen.

»Es war nur das eine Mal. Ich hab nichts Unrechtes getan.«

Inspector Webbe zog die buschigen Augenbrauen hoch und beugte sich vor. »Was war nur das eine Mal?«

»Louise war doch so hungrig und ich hatte meinen Tee schon und ...«

»Halt!«, unterbrach der Inspector Emmas Redefluss. »Es interessiert mich nicht, ob du Essen bei deiner Herrschaft abgezweigt hast. Ich möchte wissen, was ihr gesprochen habt.«

»Nichts.« Emma kämpfte mit den Tränen. Sie wünschte, ihr Vater wäre hier, um sie zu beschützen. Zumindest würde sie sich dann nicht so allein fühlen.

»Nichts?« Inspector Webbes Faust donnerte auf das dicke Buch.

Der dumpfe Knall ließ Emma zusammenzucken. »Sie hat gesagt, dass sie nach Hause will und dass sie bei einer Frau am Fluss lebt.«

»Sonst nichts?«

»Sie war traurig und ...« Emmas Stimme sank zu einem Flüstern herab. »Wir haben uns Sorgen gemacht – um den kleinen Sir.«

»Weiter, Mädchen!«

»Es ist so schrecklich, wenn ein Kind verschwindet.«

»Weiter!«

»Aber«, Emma drehte sich zu Constable Kelly um, der an der Wand lehnte, »ich weiß nichts weiter.«

»Erzähl uns einfach alles, Kind!«, sagte Inspector Webbe. Für einen Moment klang seine Stimme müde. »Vielleicht hat Louise ja etwas gesagt, das uns helfen kann, ihren Tod aufzuklären.«

»Ich dachte, es war ein Unfall.« Emma schlug die Hand vor den Mund. Ihr fiel ein, was Bethany gesagt hatte, aber die war gehässig und gemein. Emma konnte nicht glauben, dass Louise ihr Leben einfach so weggeworfen hatte. »Sie wollte doch nach Hause. Es war bestimmt ein Unglück.«

»Kinder fallen ins Wasser und ertrinken«, sagte Inspector Webbe. »War Louise ein Kind?«

Emma schüttelte den Kopf.

»Gut, dann erzähl uns endlich alles, was du weißt.«

Emma konnte nicht sagen, wie lange die Befragung gedauert hatte. Als sie schließlich mit Constable Kelly das Revier verließ, hatten sich dunkle Wolken vor die Sonne geschoben. Dicke Regentropfen platzten im Staub, erst einzelne, dann immer mehr. Im Nu verwandelte sich der Dreck zu Matsch. Emma zog ihr Tuch über den Kopf und rannte los. Constable Kelly folgte ihr.

»Warte!« Am Dienstbotentor hielt er sie zurück. Sein Atem ging keuchend.

Auch Emma japste nach Luft. Ihr Herz wummerte in der Kehle und unterhalb ihrer Rippen wühlten Messer in ihren Eingeweiden. Sie beugte sich vor. Regenwasser tropfte von ihrer Nase und ihr Wollkleid dampfte. Das Unwetter war ebenso schnell vergangen, wie es begonnen hatte, und nun stand die Sonne wieder am wolkenlosen Himmel. Wie eine Brücke spannte sich ein Regenbogen über den Horizont und in den Büschen hinter der hohen Mauer tschilpten die Spatzen. Emma richtete sich gegen den Schmerz in ihrem Bauch auf.

»Was ist?« Sie wollte nichts lieber, als sich in ihre Kammer flüchten und das nasse Wollkleid abstreifen.

»Ich bin nicht dein Feind.«

»Natürlich nicht«, keuchte Emma, ohne es zu meinen.

Während des gesamten Heimweges hatte sie ihn auf den Grund der Themse gewünscht. Ihn und diesen Inspector

Webbe, der sie gemustert hatte wie einen aufgespießten Schmetterling. Natürlich war er ihr Feind. Für wie dumm hielt er sie? Die Polizei verdächtigte sie, mit Louise unter einer Decke zu stecken.

Louise! Bethany hatte recht gehabt. Der Gedanke verdrängte das Tschilpen der Spatzen. Emmas Knie gaben nach, sie klammerte sich an das Tor. Hatte Louise sich einfach fallen lassen? Wie mochte es sein, die Kälte zu spüren? Vom Gewicht der Röcke in die schwarze Tiefe hinabgezogen zu werden? Zu versinken? Emma griff sich an die Kehle.

»Ich glaub nicht, dass du etwas mit der Sache zu tun hast. So eine bist du nicht.« Auch von Constable Kellys Kinn tropfte das Wasser. Er stand jetzt so dicht vor ihr, dass seine Gestalt die Sonne verbarg.

Emmas Herz stolperte. So mochte sich das Karnickel im Bau fühlen, wenn der Fuchs die Schnauze in den engen Gang schob.

»Danke«, flüsterte sie, wieder ohne es zu meinen. Sie glaubte ihm kein Wort.

»Ich will dir wirklich nur helfen.« Er schien ihren Widerwillen zu spüren.

Emma zwang sich zu einem zitternden Lächeln.

»Wenn dir etwas komisch vorkommt oder du einen Rat brauchst: Ich bin immer für dich da.« Constable Kelly zog ein Schnupftuch aus der Tasche und wischte sich übers Gesicht.

»Danke.« Emma biss die Zähne aufeinander.

Wenn der Inspector sie nicht gerade verhört hätte, wäre sie vielleicht auf Kelly reingefallen. Er machte seine Sache wirklich gut. Männer wie er hatten Übung darin, die Herzen von einfachen Dienstmädchen höher schlagen zu lassen. Wie alt mochte er sein? Mitte zwanzig? Er wollte bestimmt Sergeant werden. Und er wollte sie dazu benutzen, sie einsülzen, um ihr dann eine Falle zu stellen.

Aber so dumm bin ich nicht, dachte Emma und hielt das Lächeln in den zitternden Mundwinkeln. Auch wenn du das denkst.

»Du willst doch, dass wir den Jungen finden, nicht wahr?«

»Ja«, hauchte Emma. Sie drückte das Tor auf. »Ich muss mich sputen. Die Köchin wartet.«

Auf der Mitte des Weges blieb sie stehen und lauschte. Er folgte ihr nicht. Aber sie wusste, dass er ab jetzt immer irgendwo sein würde. Wie ein Strick legte sich die Angst um ihren Hals.

17. Kapitel

Irgendwann hatten die Blauen Gladys dann doch gehen lassen. Das bisschen Wasser, das sie hatte, reichte natürlich hinten und vorne nicht, und inzwischen war es zu spät, um neues zu holen. Der Fluss war jetzt so dreckig, dass sich selbst die Fische schon verpisst hatten. Mrs Jakins war zuerst furchtbar wütend, weil sie keine Wäsche waschen konnten. Aber dann erzählte Gladys ihr, was passiert war, und da strich Mrs Jakins ihr doch tatsächlich über das Haar, das struppig nachgewachsen war. Sie solle sich ein wenig ausruhen, sagte sie, und Gladys fiel fast tot um. Das war das zweite Mal an diesem Tag, dass jemand nett zu ihr war.

Wenn das so ist, könnte ich häufiger tote Mädchen in der Themse finden, dachte sie, aber nur ganz kurz. »Warum so eine wohl ins Wasser geht?«, fragte sie Mrs Jakins.

»Vielleicht war sie, du weißt schon ...«, antwortete die und wandte den Kopf ab. Sie sprach nicht gern über körperliche Sachen, das gehörte sich nicht.

Gladys wusste das. Mrs Jakins war wirklich fromm, nicht nur so wie Mr Smith, der vor dem Pfarrer buckelte. Trotzdem fragte Gladys, woran man das merken würde.

»Nun ja«, sagte Mrs Jakins, »die Frau blutet nicht mehr und ihr ist übel.«

Gladys fühlte sich, als sei ihr Herz in die Wringmaschine geraten. Verdammt, dachte sie. Wann hast du eigentlich das letzte Mal geblutet? Ihr wurde heiß und kalt.

Mrs Jakins, die wohl glaubte, Gladys sei verzweifelt, weil sie das tote Mädchen gefunden hatte, nahm sie tröstend in den Arm und Gladys heulte sich an ihrem Busen aus. So viel wie an diesem Tag hatte sie in ihrem ganzen Leben nicht geweint. Aber es war nicht wegen des toten Mädchens. Der tat kein Zahn mehr weh. Die würde auch nicht hungern und frieren, aber Gladys, wenn sie von den Jakins' wegmusste. Und das würde sie mit einem Balg im Bauch. Das war der Nachteil bei den wirklich frommen Leuten: Sie glaubten an so etwas wie Verheiratetsein, wenn man ein Kind bekam.

Reg dich nicht auf, dachte Gladys. Du hast doch nie jeden Monat geblutet. Dabei wusste sie, dass sie sich selbst etwas vormachte. Sie hatte Angst. Gladys fiel ihre Mum ein. Immer wenn ein neues Balg in ihr gewachsen war, hatte sie besonders viel gesoffen. Gladys' Magen hob sich und sie presste die Zähne so fest zusammen, dass sie knirschten. Konnte es wirklich sein? Und wie konnte man es herausfinden, bevor der Bauch so dick wurde, dass jeder es wusste? Sie musste jemanden finden, der mehr wusste als sie. Sie dachte an die Hebamme, verwarf den Gedanken aber gleich wieder. Sie hatte keine Ahnung, wo sie sie finden würde.

Vielleicht konnte sie eins der Straßenmädchen fragen. Die kannten sie bestimmt und wussten auch, wie man wegmachte, was man nicht haben wollte. Wäre Gladys nicht so übel gewesen, sie hätte in den Waschtrog beißen können vor Wut. Musste sie wirklich ihr schönes Geld ausgeben, um Mr Smiths Balg loszuwerden?

Das alles ging ihr durch den Kopf, während sie Mrs

Jakins' Brusttuch mit Tränen tränkte. »Darf ich für sie beten?«, fragte sie schließlich. Es tat schlimmer weh als ein eingeklemmter Finger, aber sie musste die Güte der Frau ausnutzen.

Mrs Jakins' Atem stockte. »Geh nur, Kind!«, sagte sie dann aber doch.

Gladys knickste hastig und rannte aus dem Haus, bevor Mrs Jakins ihre Meinung ändern konnte. Sie musste zu ihrem Versteck. Ohne Geld wären die Mädchen zugeknöpft wie Nonnen zur Fastenzeit. Auf dem Weg zum Park stolperte sie über ihre eigenen Füße, so schlecht fühlte sie sich. Fast wäre sie unter den Pferdebus geraten, wenn nicht ein stinkender Bettler sie im letzten Augenblick von der Straße gezerrt hätte. Sie war verwirrt und wütend – auf Mr Smith, das tote Mädchen, sich selbst und vor allem auf Mrs Jakins. Wie konnte die nur so nett zu ihr sein und damit machen, dass sie sich wegen einer Lüge schlecht fühlte? Das durfte nicht sein. Niemand war freundlich zu jemandem wie ihr, nicht einmal Leute wie sie selbst.

Ihre Mum war immer nur für ein Nachtlager oder Gin nett gewesen. Dafür hatten ihr die Kerle den Bauch vollgepackt. Und Tom war so nett wie ein Straßenköter: wedelte mit dem Schwanz, damit die Leute ihn mochten, und schnappte zu, wenn er sich fürchtete. Mrs Jakins hätte es besser wissen müssen. Man war nicht freundlich zu Leuten wie Gladys. Es war nicht richtig, wenn die Welt kopfstand.

Wie ein wild gewordener Hund rannte Gladys durch die Straßen, und dann fing es auch noch an, wie aus Eimern zu schütten. Der Regen kühlte ihre Wut, bis nur noch die auf Mr Smith in ihr brannte. Aber die reichte, um sie durch die Sturzbäche zu treiben. Irgendwann würde sie es ihm heimzahlen, das schwor sie sich.

Gerade als sie in die Straße einbog, in der sie das tote Mädchen zum ersten Mal gesehen hatte, rissen die Wolken auf. Und dann entdeckte sie ihn: den Constable. Er stand vor dem Dienstboteneingang des Hauses, aus dem das Mädchen damals mit dem kleinen Jungen gekommen war. So ein Dingelchen war bei ihm, beide ebenso nass wie Gladys. Ihre Stimmen trieben über die Straße.

Er sei immer für sie da, sagte er zu ihr.

So etwas sollte mal einer zu mir sagen, dachte Gladys. Ich würde nicht mit gesenktem Kopf abhauen und ihn stehen lassen.

Sie dachte an die blauen Augen des Constable und wurde gleich wieder wütend, diesmal auf sich selbst. Dümmer geht immer. Sie schlug sich gegen die Stirn, um die Erinnerung aus ihrem Kopf zu vertreiben. Trotzdem stellte sie sich vor, wie es sein musste, in so einem Haus zu leben und einen Liebsten wie ihn zu haben.

Du bist dümmer als eine Pennyhure, die ihren Verstand versoffen hat, rief sie sich selbst zur Ordnung. Du brauchst keinen Liebsten, sondern Geld.

Nach dem Sturzregen waren nicht einmal Wächter im Park. Die Vögel sangen in den Büschen und Tropfen glitzerten auf den Grashalmen. Der Wind schüttelte Regenwasser von den Bäumen. Gladys schauderte und rannte zu ihrem Versteck. Wollte sie nicht das einzige Zuhause verlieren, das jemals diesen Namen verdient hatte, musste sie sich beeilen.

Eine Fanfare ertönte, kaum dass sie den Hauptweg verlassen hatte. Wie jeder Londoner wusste auch sie, was dieses Signal bedeutete: Prinz Edward verließ Buckingham Palace. Nun, in diesen Teil des Parks würde es ihn vermutlich nicht verschlagen.

Gladys kroch zwischen die Büsche und grub ihren Schatz aus. Die Erde war dunkel und schwer vom Regen. Sie wischte Erdklumpen und Maden vom Beutel und setzte sich auf die Bank, auch wenn die nass war. Aber nasser, als sie ohnehin schon waren, konnten ihre Röcke nicht mehr werden. Sie haderte mit sich, wie viel von ihrem Schatz sie nehmen sollte. Es war keine leichte Entscheidung. Die Straßendirnen rochen Geld und konnten sehr ekelig werden, wenn sie es haben wollten.

Schließlich steckte Gladys fünf Half Farthings in ihre Rocktasche und vergrub den Beutel wieder. Als sie auf den Hauptweg zurückkehrte, schoben Kindermädchen bereits dreirädrige Karren, in denen sich prächtig gekleidete Kinder die Seele aus dem Leib brüllten, weil sie lieber durch die Pfützen gelaufen wären. Ein Mann mit Zylinder eierte auf einem zweirädrigen Ungetüm auf Gladys zu. Im letzten Augenblick sprang sie zur Seite, sonst hätte er sie umgefahren.

18. Kapitel

»Bei allen Heiligen, hast du dich etwa auch in den Fluss gestürzt?« Das Nudelholz der Köchin zeigte wie eine Degenspitze auf Emmas Bauch.

»Streng genug riechen tut sie.« Bethany schaute von der Silberkanne auf, die sie polierte.

»Hör nicht auf sie!«, sagte die Köchin. »Und nun lauf und zieh dir dein Hauskleid an! Ach, das ist ja auch nass.« Sie seufzte.

»Vielleicht leiht ihr die liebe Miss Torrell auch eins ihrer Kleider, wo sie doch so freigiebig ist.« Bethany kniff ein Auge zusammen und hielt die Silberkanne gegens Licht. »Aber wahrscheinlich weiß sie gar nichts von ihrer Großzügigkeit.«

»Sei nicht so gehässig!«, schimpfte die Köchin, dann wandte sie sich wieder an Emma: »Und du spute dich, damit du mir alles erzählen kannst.«

»Oh ja«, mischte sich Bethany ein, die sich nicht so leicht den Mund verbieten ließ. »Mich würde auch interessieren, warum sie dich nicht gleich dabehalten haben.«

»Du bist jetzt sofort still oder ich werde ein ernstes Wort mit Mrs Cox über dich reden müssen.«

Emma verließ die Küche und stolperte die Treppen hinauf. Sie zitterte vor Angst. Die Erkenntnis, dass Louise sich selbst gerichtet hatte, brannte hinter ihrer Stirn. Ihre Gedanken überschlugen sich.

Ins Wasser gegangen. Sich selbst gerichtet. Ins Wasser gegangen. Angelogen. Ins Wasser gegangen. Sich selbst gerichtet. Schuldig. Und ich habe ihr geholfen.

Vor Verzweiflung schluchzte Emma auf und biss sich in die Fingerknöchel. Jetzt verdächtigte die Polizei sie. Da mochte Constable Kelly noch so nett tun. Sie hatten sie nur laufen lassen, weil sie den kleinen Herrn durch sie finden wollten.

Was hast du getan, Louise?, dachte Emma und öffnete die Tür zu ihrer Kammer.

Ihr Kleid hing zum Trocknen über der Leine und ihre Schürze lag fein säuberlich gefaltet auf dem Kopfkissen. Wahrscheinlich würde die Governess ihre Freundlichkeit bereuen, wenn sie erfuhr, dass Emma Louise geholfen hatte. Tränen flossen über Emmas Wangen, während ihre Finger mit den nassen Knöpfen kämpften. Doch schließlich war es geschafft.

Emma hängte das regenschwere Wollkleid über die Leine, zog das Hauskleid an – zum Glück war der Rock nur noch klamm – band die Schürzenbänder, strich die Schürze glatt und eine Welle der Verzweiflung schlug ihr die Beine weg. Wie ein Käfer fiel sie aufs Bett und weinte heiße Tränen in ihr Kissen. Louise war tot und sie hatte ihr geholfen. Zwar nur mit Essen, aber wer würde ihr das glauben? Constable Kelly würde immer wiederkommen, jeden ihrer Schritte beobachten und Fragen stellen. Und nicht nur Bethany würde bald eins und eins zusammenzählen, sondern auch die Köchin, Mrs Cox und schließlich die Governess. Jeder würde sie verdächtigen. Sie würden sie ins Gefängnis stecken und den Schlüssel wegwerfen. Nie wieder würde sie das Licht der Sonne sehen.

Sie musste fort. Wer glaubte schon einem einfachen Küchenmädchen? Die Zeitungen waren voll mit Geschichten von Dienstboten, die im Gefängnis oder am Galgen endeten. Jede Faser ihres Körpers drängte zur Flucht. Bill würde sie verstecken. Sie hatte sich schon einmal als Junge verkleidet, sie konnte es wieder tun. Und diesmal würden ihre Haare sie nicht verraten. Sie würde sie abschneiden.

Emma stemmte sich hoch, als sie mit der linken Hand etwas Hartes fühlte. Verwirrt wischte sie sich die Nase, stand auf und hob die Strohmatratze an. Darunter lag die Schildpattbürste der Governess, es waren sogar noch goldblonde Haare zwischen den Borsten. Aber wie kam sie dorthin?

Emmas Herz schlug hart gegen ihre Brust. Sie dachte an Bethany, die ihr Miss Torrells Freundlichkeit neidete und sich leicht in die Kammer hätte schleichen können. Plötzlich hörte sie Schritte auf dem Flur und das Knarren von Dielenbrettern. Ihr blieb keine Zeit, die Bürste zurückzulegen, also ließ sie sie in ihre Schürzentasche gleiten.

Schon stand die Governess in der Tür. »Die Köchin hat mir gesagt, dass du hier bist. Du sollst zu Mylady kommen.«

»Zu Mylady?« Emmas Herzschlag setzte aus, doch nun war es zu spät, um zu fliehen. Sie folgte der Governess durch das Dienstbotentreppenhaus und den Flur, der zu den Schlafräumen der Herrschaften führte, bis in ein mit flauschigen Teppichen ausgelegtes Ankleidezimmer, das sie noch nie betreten hatte.

»Warte hier!«, sagte die Governess zu ihr und öffnete eine Tür.

Für einen Augenblick hörte Emma die Stimme eines Mannes, dann wurde die Tür geschlossen und sie blieb allein zurück. Das Gaslicht über ihr zischte leise. Ihr schlug das Herz in der Kehle. Die Bürste in ihrer Tasche fühlte sich so schwer an wie Blei. Wäre die Governess doch nur eine Minute später gekommen, dann hätte sie sie zurücklegen können. Emma wagte nicht, sich vorzustellen, was passieren würde, wenn man die Bürste bei ihr fände. Wohin nur damit?

Hastig schaute sie sich um. Auf einem Schminktisch lag neben schimmernden Flakons ein silberner Handspiegel. Emmas Atem stockte. Der Spiegel trug das gleiche Wappen wie die Haarbürste der Governess. Das konnte nicht sein! Sie griff in ihre Schürzentasche und legte die Bürste neben den Spiegel. Tatsächlich, es war das gleiche. In diesem Moment öffnete sich die Tür, durch die die Governess verschwunden war, und Emma wich vom Schminktisch zurück.

»Was machst du da?« Miss Torrell runzelte die Stirn.

»Nichts.« Emma schluckte.

»Komm! Mylady wartet.«

Emma wischte sich die schweißnassen Hände am Rock ab und folgte der Governess. Obwohl sie schon seit Wochen in Whitewood Manor arbeitete, kannte sie Lady Belinda nur von dem Porträt, das im Treppenhaus hing. Wunderschön und gütig lächelte sie dort aus ihrem goldenen Rahmen auf die Hausbewohner herab.

Im Salon brannte trotz des warmen Wetters ein Feuer im Kamin. Lady Belinda ruhte auf dem Kanapee, auf dem Emma sich schon so häufig in ihren Träumen geräkelt hatte, während sie in Wirklichkeit Buchenscheite gestapelt und Feuer entzündet hatte. Hinter Mylady stand die Hebamme, das Gesicht unter der schmalen Haube unbeweglich.

»Stell dich dorthin!« Mit einer müden Handbewegung

zeigte Lady Belinda in die Mitte des Raumes. Sie ähnelte so gar nicht ihrem Porträt. Natürlich war sie wunderschön. Ihr goldblondes Haar fiel ihr in weichen Wellen über die Brust. Obwohl es schon spät am Nachmittag war, trug sie einen seidenen Morgenmantel und ihre zierlichen Füße steckten in roten Pantöffelchen, die so klein waren, dass ein Kind sie hätte tragen können. Aber zwischen ihren strahlend blauen Augen grub sich eine Falte in die alabasterweiße Stirn.

Emma schaute zu Boden und entdeckte die nassen Abdrücke von Männerstiefeln. Ein Hauch von Tabakrauch mischte sich mit dem Maiglöckchenduft im Raum.

Mylady und Miss Torrell riechen sogar gleich, schoss es Emma durch den Kopf. Der Gedanke verwirrte sie.

»Was wollte die Polizei von dir?«, fragte Lady Belinda streng. »Sag die Wahrheit, Mädchen!«

Emma schluckte. Gestern hatte sie noch über das frühe Aufstehen und die viele Arbeit geklagt, aber heute würde sie alles tun, um diese Stelle zu behalten.

»Es war wegen Louise.« Sie knickste, auch wenn sie wenig Hoffnung hatte, dass das ihre Lage verbessern würde.

»Du hast ihr also tatsächlich geholfen.« Lady Belinda strich ein Blatt Papier glatt, das neben ihr auf dem Kanapee lag.

Emma hatte es vorher nicht bemerkt. »Ich ... Sie ...« Wie eine Kröte blähte sich die Zunge in ihrem Mund auf. Nur mit Mühe beendete sie den Satz. »Sie hatte Hunger.«

»Die Mädchen haben sich eine Kammer geteilt«, erklärte die Governess.

»Ihr wart also Freundinnen?« Mit einem Seufzen richtete sich Lady Belinda auf und massierte sich die Schläfen.

Sofort eilte die Governess aus dem Raum und kehrte mit einem duftenden Taschentuch zurück. »Hier, Mylady!« Sie reichte Lady Belinda das Tuch.

Die versenkte ihre Nase darin, als würde Emma stinken wie die Kloaken in Seven Dials. »Hat es dir die Sprache verschlagen?«, fragte sie.

Emma senkte den Blick. »Ja, sie war meine Freundin«, murmelte sie schließlich. Schweiß lief ihr in die Augen, vermischte sich mit ihren Tränen. Nun war es so weit: Mit Schimpf und Schande würde man sie aus dem Haus jagen.

»Was weißt du über ihren Tod?«

»Nichts, Mylady. Wirklich!« Emma knickste.

»Wenn Emma das sagt, wird es so sein«, mischte sich die Hebamme ein.

»Aber vielleicht weißt du etwas über den kleinen Sir?« Lady Belinda beugte sich vor. Ihr Morgenmantel fiel auseinander und entblößte ihre von dicken Venen durchzogenen Brüste.

»Nein, Mylady!« In ihrer Panik sprach Emma immer lauter. »Bestimmt nicht.«

»Ich kenne Emma seit ihrem ersten Atemzug«, kam ihr die Hebamme erneut zu Hilfe. »Sie ist ein anständiges Mädchen. Vielleicht ein bisschen dumm, aber anständig.«

Lady Belinda seufzte. »Geh!« Sie wedelte mit dem parfümierten Tuch, als verscheuche sie eine Fliege. »Ich muss darüber nachdenken, was ich mit dir mache. Dieser Brief ist eine Zumutung.«

Während Emma rückwärts hinausstolperte, fragte sie sich, was in dem Brief stand, den Lady Belinda erhalten hatte. Im Ankleidezimmer sah sie ihr blasses Gesicht im Spiegel. Hinter ihr öffnete sich die Tür und die Hebamme kam herein.

»Komm und hilf mir!« Sie drückte Emma ihren Korb in die Hand.

Emma folgte ihr durchs Treppenhaus und die Küche zum hinteren Ausgang. Nicht einmal die Köchin wagte es, sie aufzuhalten.

19. Kapitel

Auch wenn Gladys es eilig hatte, in der Straße hinter dem großen Haus wurden ihr die Füße schwer. Es war, als würde dieses Gebäude einen besonderen Reiz auf sie ausüben. Oder vielleicht weniger das Haus als vielmehr die Möglichkeit, noch einmal den Constable zu sehen. Gladys wusste selbst, wie dumm das war. Ein Mann wie er würde sich vielleicht in einer dunklen Ecke mit ihr vergnügen, wie es die Matrosen getan hatten, aber er würde sich nie so um sie sorgen wie um das Dienstmädchen.

Warum sollte er auch, dachte Gladys. Ihre Mutter war eine Säuferin gewesen, ihr Bruder ein Dieb und sie selbst: beschädigt. Auf so eine hatte der Constable bestimmt nicht gewartet.

Der Gedanke schmerzte wie ein abgebrochener Zahn. Wahrscheinlich würde er sie auch gar nicht erkennen. Mädchen wie sie gab es ein Schock für den Penny auf Londons Straßen. Trotzdem schielte sie zum Gartentor, und das war gut so. Denn sonst hätte sie die Hebamme nicht gesehen. Die Kleine von vorhin war bei ihr.

»Mach dir keine Sorgen!«, sagte die Hebamme zu ihr. »Du bist ein gutes Kind.«

Was hatte dieses Mädchen nur an sich, dass jeder ihr gut zuredete? Nicht einmal Gladys' Mum hatte sie jemals ein

»gutes Kind« genannt. Das Beste, was sie in ihrem Leben über sich gehört hatte, war, dass sie fleißig war, und das hatte sich schon gut angefühlt. Vielleicht nicht so gut wie »Du bist ein gutes Kind«, aber deutlich besser als »Mach die Beine breit!«.

Auf einmal hatte Gladys eine Idee, wie sie einen oder zwei Half Farthings sparen konnte. In dem Moment fuhr ein Pferdewagen vorbei und nahm ihr die Sicht. Als er weg war, war auch das Mädchen verschwunden. Die Hebamme lief mit ihrem Korb über dem Arm den Gehweg entlang. Gladys krallte die Zehen in ihre Holzschuhe, damit sie ihr nicht von den Füßen fielen, und rannte mit gerafften Röcken über die Straße.

»Mrs Westwood, bitte!« Ein Peitschenknall brachte sie zum Stehen.

»Pass doch auf!« Ein Gig ratterte vorbei und der Kutscher tippte sich mit dem Zeigefinger gegen die Stirn.

»Mrs Westwood!« Gladys rannte weiter. »Mrs Westwood!«

Endlich drehte sich die Hebamme um. Als Gladys sie erreicht hatte, stemmte sie keuchend die Hände in die Seiten. Das Gesicht der Alten war so faltig wie der Schlamm des Flusses bei Ebbe. Sie kniff die Augen zusammen und holte ein Lorgnon unter ihrem Brusttuch hervor.

»Ich kenn dich«, sagte sie. »Du bist die Kleine von den Smiths.«

»Ich bin weggelaufen.«

»Und jetzt treibst du dich herum?« Der Mund der Hebamme wurde noch faltiger und spitz vor Missbilligung.

»Nein, Ma'am.« Vorsichtshalber knickste Gladys.

Die Leute mochten es, wenn man das Knie beugte und sich klein machte. Sie fühlten sich dann gleich viel größer.

Man vergaß wohl sein eigenes Elend, wenn es jemanden gab, der vor einem buckelte.

»Mr Smith ...« Gladys senkte den Blick. Sie kannte keine Frau, die nicht spätestens jetzt den Furz gerochen hätte.

Auch die Hebamme war keine Ausnahme. »Er ist dir also zu nahe getreten?«, fragte sie.

Wenn er mal nur getreten wäre, dachte Gladys, während sie eifrig nickte. »Ja, Ma'am.« Sie legte die Hand über den Rockbund. »Ich konnte mich nicht wehren.« Zu ihrer eigenen Überraschung schossen ihr Tränen in die Augen. Sie wischte sich die Nase. Natürlich war sie froh über die Tränen, aber sie war auch wütend. Wenn man sich selbst als Opfer fühlte, war man eins, und sie wollte kein Opfer sein.

»Und jetzt glaubst du, dass du ein Baby erwartest?«, fragte die Hebamme.

Gladys starrte sie an. Baby? Dieses Ding in ihr sollte so etwas sein wie Tom und die anderen Kinder, die sie unter ihrem Umhang gewärmt hatte, wenn ihre Mum in der Schenke gewesen war? Am liebsten hätte Gladys der Hebamme eine gescheuert, einfach weil sie »Baby« gesagt hatte. Dieses Ding war kein Baby. Es war Mr Smiths Balg. Es hockte in ihr mit seinen Stelzenbeinen und seinem Fassbauch und rieb sich seine glitschigen Hände.

Natürlich wusste Gladys, dass es nicht so war. Schließlich hatte sie Mrs Smiths Kind gesehen und sie hatte es sogar gemocht. Aber das war etwas anderes gewesen. Seine Frau hatte Mr Smith vor Gott genommen, aber sie vor dem Teufel.

»Wer kümmert sich jetzt eigentlich um das arme Wurm der Smiths?«, fragte die Hebamme, als Gladys nicht antwortete.

»Der Schatten hat's geholt«, sagte Gladys. Niemand

würde ihr glauben, dass der fromme Mr Smith sein eigenes Kind verschachert hatte.

»Der Schatten?« Die Hebamme steckte ihr Lorgnon zurück. »Komm mit!«, sagte sie und setzte sich in Bewegung. Für eine alte Frau war sie erstaunlich schnell.

»Ich hab aber kein Geld«, log Gladys, während sie neben ihr herlief. Auch wenn die Half Farthings in ihrer Rocktasche klimperten, einen Versuch war's wert.

»Das habt ihr nie, nicht wahr?« Die Hebamme schob ihren Korb auf den anderen Arm; er musste schwer sein.

»Lassen Sie mich das tragen!« Gladys griff nach dem Korb.

»Nein.« Die Hebamme drehte sich zur Seite, Gladys' Hand fiel herab. »Ohne sein Gewicht trägt der Wind mich fort.«

Sie sah wirklich so vertrocknet aus wie die Blätter im Herbst, trotzdem fand Gladys, dass sie ganz schön wirr im Kopf sein musste, um so etwas zu sagen. An ihr war ja auch nicht viel dran, aber an den meisten Tagen fühlte sie sich, als seien ihre Glieder mit Blei ausgegossen. Vielleicht war es anders, wenn man sich keine Sorgen um den nächsten Tag machen musste. Vielleicht brauchte man dann etwas, was einen auf der Erde hielt. Wer konnte das schon sagen?

»Bettelst du?«, fragte die Hebamme nach einer Weile.

»Nein.« Gladys erzählte ihr von der Wäscherin, bei der sie Arbeit gefunden hatte.

»Das ist gut. Aber was machst du dann hier?«

»Ich ...« Mit dieser Frage hatte Gladys nicht gerechnet, dabei war sie so natürlich wie das Atmen. Was machte eine wie sie in dieser Gegend? Sie trug keinen Bauchladen, zog keinen Karren. Schließlich sagte sie das Erste, was ihr in den Sinn kam: »Ich hab heute Morgen ein Mädchen gefunden, beim Wasserholen.« Dann erzählte sie der Hebamme von der Toten und auch, dass sie das Mädchen schon einmal mit einem kleinen Jungen in der Park Lane gesehen hatte. Sie verhedderte sich in den Sätzen. Schließlich behauptete sie, irgendetwas hätte sie zu dem Haus gezogen, aus dem das Mädchen damals gekommen war.

Weder Tom noch ein anderer von ihrer Sorte hätte ihr diesen Quatsch abgekauft. Leute wie sie rochen eine Lüge, wahrscheinlich weil jeder jeden anlog und jeder das auch wusste. Aber die Hebamme schien ihr zu glauben.

»Der arme Lord Collingwood«, murmelte sie mitleidig. »Erst die Frau im Kindbett, dann das Kind.«

Gladys fragte sich, warum die Hebamme aus dem Haus gekommen war, wenn es dort doch offenbar keine Herrin mehr gab. Dass man auch zwischen seidenen Laken verrecken konnte, hätte sie nicht gedacht. Mit diesen Überlegungen war sie so beschäftigt, dass sie viel zu spät bemerkte, wie die Hebamme in die Gasse einbog, in der die Jakins' ihre Wäscherei hatten. Sie schickte ein Stoßgebet zum Himmel – oder zur Hölle. Wer wusste schon, wer für sie zuständig war, und in der Hölle konnte zumindest ihre Mum ein gutes Wort für sie einlegen.

Nüchtern genug müsste sie ja sein, dachte Gladys.

Sie hatte tatsächlich Glück. Als sie am Haus der Jakins' vorbeigingen, lehnte nur Tom an der Mauer. Er kaute auf einem Strohhalm. Aus den Augenwinkeln beobachtete Gladys, wie er sich von der Mauer abstieß und ihnen folgte.

Kurze Zeit später liefen sie am Deich vorbei, wo die Zimmerleute hämmerten und sägten, und erreichten schließlich die Marschwiesen am Themseufer. Zwischen den Stelzenhütten trockneten Netze im Wind und auf den nassen Wiesen lagen Boote. Hölzerne Stege führten zu den Hütten. Behände kletterte die Hebamme die steile Leiter aus geteertem Holz hinauf, die zu einer der Hütten führte.

»Ich dachte, hier leben nur Fischer.« Irgendwie war Gladys enttäuscht. Sie hatte angenommen, dass eine Hebamme besser wohnte.

Aber vielleicht wollte Mrs Westwood es ja nicht anders. Hier am Fluss war es nicht so eng wie in den Gassen, wo die Menschen sich drängten wie Heringe in einem Fass.

Gladys folgte der Hebamme die Leiter hinauf, dann duckte sie sich und betrat die Hütte. An den gekalkten Wänden entdeckte sie feuchte Flecken und auch die Einrichtung war karg: eine Feuerstelle, über der eine Pfanne und ein Topf hingen, ein Bett, ein Tisch mit Wasserkrug, Waschschüssel und Bibel, ein schmaler Schrank und ein Schaukelstuhl mit einem Kissen darauf. Der einzige Zimmerschmuck war ein Bild über dem Bett. Es zeigte einen Engel, der über der Themse schwebte. Gladys hatte das Gefühl, dass seine Augen ihr folgten.

»Unheimliches Bild«, entfuhr es ihr.

»Kennst du ihn nicht?«

»Wen?«

»Na, den Engel der Themse.«

»Doch, schon«, erwiderte Gladys, schließlich hatte jedes Kind in Seven Dials davon gehört. »Es heißt, wenn er auftaucht, geschieht ein Unglück.« Sie schauderte.

»Das auch«, sagte die Hebamme. »Aber er kümmert sich vor allem um die Kinder der Armen, weißt du?«

Davon hab ich nichts gemerkt, dachte Gladys, die sich auskannte mit den Kindern der Armen. Ihre Mum hatte genug von ihnen auf den Kirchhof gebracht. Sie hoffte, dass die Hebamme ihr die Gedanken nicht von der Stirn ablesen konnte; zugetraut hätte sie es ihr. Denn wenn sie auch nicht viel von ihrer Mum gelernt hatte, eins schon: Man widersprach keinen Leuten, egal woran sie glaubten.

Mit einem leisen Ächzen schob die Hebamme ihren

Korb unter den Tisch und nickte zum Bett hinüber. »Leg dich hin!«

»Muss ich?« Auf einmal fürchtete Gladys sich vor der Wahrheit.

»Wenn du wissen willst, ob du ein Baby bekommst, dann ja.« Die Hebamme schüttete Wasser in die Waschschüssel und wusch sich die Hände.

Gladys setzte sich auf die Bettkante, streifte die Holzschuhe von den Füßen und legte sich hin. Die Strohmatratze war unbequem, außerdem starrte der Engel auf sie herab. Ob er wusste, was sie vorhatte? Sie schloss die Augen. Die Hebamme setzte sich neben sie, ihre Hände tasteten über Gladys' Bauch und drückten ihre Brust, wie der Schneckenhändler es getan hatte. Gladys biss sich auf die Unterlippe.

»Du bist nicht schwanger«, sagte die Hebamme schließlich und stemmte sich hoch. »Du kannst dein Geld behalten.«

»Ich hab kein Geld«, log Gladys und schlüpfte schnell in ihre Schuhe. Nur fort von hier! Die Frau war ihr unheimlich.

»Dann behalt einfach das, was in deiner Rocktasche klimpert!« Die Hebamme kippte den Inhalt der Waschschüssel aus dem Fenster. »Und vor allem: Behalte dein Leben! Weißt du nicht, dass es gefährlich ist, was du vorhast?«

»Nicht gefährlicher als das Leben in Seven Dials.« Gladys dachte an ihre Mum.

Was wusste die Hebamme schon? Aber dann drehte sie sich um und Gladys sah ihr Gesicht, ihre Augen. Und ihr wurde klar, dass die Hebamme alles über das Leben in Londons Straßen wusste. Sie hatte die alten Augen des Engels, der über ihrem Bett schwebte.

20. Kapitel

Am Abend schleppte Emma sich in ihre Kammer und hockte sich auf die Kante ihres Bettes. Der Duft von Maiglöckchen lag noch in der Luft, doch das zweite Bett war abgezogen. Nachdenklich kaute Emma die Haut von ihren Fingernägeln. In ihrem Kopf wimmelte es von Fragen, auf die sie keine Antwort fand: Wie war die Haarbürste der Governess unter ihre Matratze geraten? Wieso trug sie das gleiche Wappen wie der Spiegel von Lady Belinda? Warum dies? Warum das? Emma hielt inne, schmeckte Blut auf ihrer Zunge, schaute auf ihre Fingernägel. Die Nagelhäute sahen aus wie geraspelt.

Wenn sie doch nur mit jemandem sprechen könnte. Aber mit wem? Sie schniefte. Wer war sie schon? Ein Niemand. Noch war sie das Küchenmädchen, ein Nichts. Aber selbst das war sie nur, bis die Polizei sie ins Gefängnis steckte. Weil sie nicht wussten, wo der kleine Herr war, und jemanden brauchten, dem sie die Schuld geben konnten. Ihre Eltern würden vor Scham sterben, Bill würde seine Leah nicht heiraten können und sie selbst würde am Galgen oder in den Kolonien enden. Sie fühlte sich wie eine Fliege in einem Spinnennetz.

Wer konnte ihr nur helfen? Keiner der anderen Dienstboten, das war klar. Die wunderten sich einfach nur, warum sie nicht aus dem Haus gejagt worden war. Doch niemand ahnte den Grund. Emma selbst hatte es zwar vermutet, aber erst die Hebamme hatte ihren Verdacht bestätigt. Sie war dabei gewesen, als der Constable Lady Belinda den Brief überreicht hatte.

»Du stehst unter Beobachtung, Kind«, hatte sie gesagt.

Es stimmte also tatsächlich: Der Inspector glaubte, dass sie mit Louise gemeinsame Sache gemacht hatte und wusste, wo der kleine Herr war. Nur deshalb war sie noch hier. Deshalb hatte der Butler ihr wie jeden Abend den Wecker aufgezogen und sie hatte ihn wie immer mit in ihre Kammer genommen. Und jetzt saß sie hier und wartete auf ein Wunder.

Du brauchst kein Wunder, sagte sie zu sich selbst und ballte die Fäuste. Du musst eine Entscheidung treffen.

Emma schaute dem Licht des Mondes zu, das über die Holzdielen wanderte. Sie wusste nicht, wie lange sie reglos auf ihrem Bett gesessen hatte, aber schließlich wusste sie, was zu tun war. Keine Sekunde länger konnte sie in diesem Haus bleiben. Sie musste fort. Und zwar jetzt sofort. Im Schutze der Nacht konnte sie sich aus dem Haus schleichen und Bill würde ihr helfen, wie er es schon einmal getan hatte. Doch jetzt ging es nicht um eine Jungmädchenschwärmerei, sondern um ihr Leben.

Emma setzte die Haube auf, band sich den Wollumhang um die Schultern und schlüpfte leise wie ein Schatten aus der Kammer. Die Schnürstiefel in der Hand rannte sie durchs hintere Treppenhaus. Auf dem Treppenabsatz duftete es nach Maiglöckchen. Bevor Emma sich darüber wundern konnte, stürzte sie kopfüber in die Tiefe.

21. Kapitel

Als Gladys die Hütte der Hebamme verließ, hockte Tom in einem der Boote und kaute immer noch auf seinem Strohhalm herum. Er spuckte ihn ins Gras und war mit zwei Schritten bei ihr auf dem Steg. Über ihnen kreischten die Möwen und auf dem Fluss knatterten die Segel eines Schiffes, das in den Hafen einfuhr.

»Was willst du bei der Alten?«, fragte Tom. Jeder kannte die Hebamme, selbst so ein dummer Junge wie er. »Bist du angeschossen, bist du?«

»Halt die Klappe!« Am liebsten hätte Gladys ihm eine gescheuert. Aber der Schwung des Schlages hätte sie ins nasse Gras neben dem Steg befördert. Also spuckte sie ihre Wut nur in den Wind und ging stur weiter.

»Die Jakins hat gesagt, du bist beten.« Tom lief rückwärts vor ihr her und ließ sie nicht aus den Augen. »Du hast 'ne Tote gefunden, sagt sie.«

»Hab ich auch.« Während sie zum Haus der Jakins' gingen, erzählte Gladys ihm die Version, die sie zuvor der Hebamme aufgetischt hatte.

Selbst wenn er ihr Bruder war, bedeutete das nicht, dass sie ihm ihren Schatz verraten würde. Schließlich war er ein Dieb. Er trug schon den Strick um den Hals, auch wenn er ihn nicht spürte. Irgendwann würde er mit gebrochenem Genick neben ihrer Mum in der Hölle hocken. Wahrscheinlich würde er dort auch seinen versoffenen Vater treffen und die Väter von Mums anderen Babys. Und schließlich auch sie, Gladys Brothers. Nur die Babys nicht. Daran glaubte sie fest. Leute wie sie bissen besser früh ins Gras, wollten sie in den Himmel kommen.

»Wie sah das Mädchen aus?«, fragte Tom, als sie den Kai erreicht hatten. Er musste gegen das Hämmern der Zimmerleute anschreien, die Nägel in das Skelett des neuen Deichabschnitts trieben.

»Ziemlich tot. Ein Auge fehlte ihr.« Gladys dachte an die Möwen. Dieses Bild würde sie bis ins Grab verfolgen.

»Nein, ich mein die, wo die Alte gesagt hat, es passiert ihr nix.«

»Keine Ahnung.« Gladys versuchte sich zu erinnern. »Rundes Gesicht. Braune Haare. Nichts Besonderes halt.«

»Die kenn ich.« Tom hielt sie am Arm zurück, als sie gerade in die Gasse einbiegen wollte, in der die Jakins' lebten. »Ich hab ihr einen Brief gebracht.«

»Von ihrem Liebsten?« Etwas wie Eifersucht kochte in Gladys auf.

Dieses Mädchen hatte einen Liebsten, der ihr Briefe schrieb. Und sie konnte sie sogar lesen.

»Nein, von 'ner Froschfresserin«, sagte Tom.

Gladys drehte sich zu ihm um. »Das Mädchen, das ich gefunden habe, war 'ne Französin. Hat zumindest der Constable gesagt. Sie war Kindermädchen für den reichen Jungen, der verschwunden ist.«

»Da steckt Geld drin für uns.« Tom spuckte aus.

»Halt die Klappe!« Gladys hatte Sorge, dass sie Ärger kriegten, wenn herauskam, dass Tom was mit der Toten und dem Dienstmädchen zu tun hatte.

»Nein, wirklich.« Vor Aufregung riss Tom sich die Mütze

vom Kopf und warf sie in die Luft. »Denk doch mal nach! Wir finden den Jungen und kassieren die Belohnung.«

»Woher weißt du von 'ner Belohnung?«

»Bist du taub? Die Leute reden von nix anderem.«

»Lauf ich wie du durch die Straßen und klau den Leuten die Schnupftücher aus den Taschen?«

»Willst du ewig Wäsche waschen, willst du?«

»Irgendwann erwischen sie dich, und dann wärst du lieber an der Wäschepresse als mit gefesselten Händen am Galgen.«

»Mit der Belohnung müsst ich nie wieder in fremde Taschen langen.«

»Das musst du jetzt schon nicht«, sagte Gladys. »Du hast ein Dach über dem Kopf, Brot und Suppe.«

»Ich will was haben, was mir gehört. Du nicht?«

»Und das findest du in fremden Taschen?« Gladys ging weiter und dachte an ihren Schatz im Park.

Tom folgte ihr. »Wir müssen doch nur aufpassen, was das Mädchen tut. Sie führt uns sicher zu dem Jungen, und dann befreien wir ihn und sind Helden und kriegen ein Schock Geld.« Seine Augen leuchteten vor Begeisterung. »Was willst du mehr?«

»Die Jakins' schmeißen uns raus, wenn wir nicht bald zurück sind.«

»Ich geh nicht mit, tu ich nicht.« Tom verschränkte die Arme vor der Brust. Seine Unterlippe zitterte und seine Augen füllten sich mit Tränen.

Gladys sah ihre Mum vor sich und es schnürte ihr die Brust zu. »Halt die Klappe und komm endlich!« Sie griff nach seiner Hand.

Seine Augenlider zuckten. Für die Dauer eines Wimpernschlages hielt er ihrem Blick stand, dann riss er sich los und rannte davon. Rücksichtlos bahnte er sich seinen

Weg, über Pfützen hinweg und vorbei an fluchenden Menschen, die ihm in der engen Gasse ausweichen mussten. Gladys sah ihm nach. Für einen Moment überlegte sie, ihm zu folgen. Aber ihr Schatz würde nicht reichen, und dann blieb ihr nur noch die Straße. Sie drückte die Tür zur Waschküche der Jakins' auf. Mrs Jakins stand höchstselbst an der Kurbel der Wringmaschine, die Ärmel ihres Kleides bis zu den Ellbogen hochgeschoben. Ihr Gesicht war gerötet vor Anstrengung. Dampf stieg von den Bottichen auf. Irgendwer hatte wohl doch noch Wasser vom Brunnen geholt.

»Da bist du ja endlich«, keuchte sie. »Hast du dein Herz erleichtert?«

Gladys nickte, obwohl sich ihr Herz anfühlte, als wäre es in die Wäschepresse geraten.

»Mr Jakins sagt, dein Bruder, dieser Nichtsnutz, ist verschwunden. Hast du ihn gesehen?«

»Nein, Ma'am.« Gladys krempelte die Ärmel auf und löste Mrs Jakins ab. Ihre Muskeln spannten sich an und trübes Wasser floss aus der Weißwäsche. Sie dachte an Tom und was er gesagt hatte. Wollte sie wirklich für den Rest ihres Lebens eingehüllt in Seifennebel in einer Waschküche stehen?

22. Kapitel

Kein Schmerz, kein Laut, nur Stille und das Pochen ihres eigenen Herzens. Emma lag am Fuße der Treppe, der Umhang hatte sich um ihren Kopf gewickelt. Ihr war, als schwebe sie eine Handbreit über sich, denn trotz des Stoffes vor ihren Augen sah sie sich: das ausgestreckte Bein, die Hand, die sich an die Treppensprossen klammerte.

Ich träume, dachte sie. Dann überrollten sie die Schmerzen und zwangen sie zurück in ihren Körper.

Mit den Schmerzen kehrte die Erinnerung zurück, an der Hand die kleine Schwester Angst: Sie hatte den Duft von Maiglöckchen gerochen, war gestolpert und die Treppe hinuntergestürzt. Ihr Herz pochte laut und die Brust wurde ihr eng.

Nicht atmen. Ich kann nicht atmen.

Panisch zerrte sie sich den Umhang vom Kopf, sog die nach Holz und Bienenwachs duftende Luft ein.

Ich muss fort. Der Gedanke trieb sie an. Sie biss die Zähne zusammen und zog sich am Treppengeländer hoch. Als sie den linken Fuß belasten wollte, schoss ein heftiger Schmerz wie eine Feuersäule durch ihren Körper. Helle Punkte tanzten vor ihren Augen. Die Härchen auf ihren Armen zerrten an der Haut. Ihr Körper wimmerte um Gnade, wollte liegen bleiben, hier am Fuß der Treppe. Wollte gefunden werden, getragen werden.

Emma klammerte sich ans Geländer. Sie konnte nicht schlappmachen. Sie musste fort, bevor jemand sie fand. Jemand, der nach Maiglöckchen duftete. Jemand, der sie zum Stolpern gebracht hatte.

Emmas Zehen krampften sich in den Teppich. Stiefel, dachte sie. Wo sind meine Stiefel? Sie schaute sich um, doch es war zu dunkel, um etwas zu sehen. Ein Knacken ließ sie zusammenschrecken.

Es ist nichts, beruhigte sie sich. Nur das Holz arbeitet. Ich brauche Licht.

Wieder biss sie die Zähne zusammen, um sich gegen den Schmerz zu wappnen, und wagte einen ersten tastenden Schritt in Richtung der Kerze, die an der Wand in einer Halterung steckte. Erneut schoss eine Feuersäule durch ihren Körper. Sie unterdrückte ein Stöhnen, das sich in ihre Kehle drängte. Nicht aufgeben. Sie durfte nicht aufgeben. Sie musste es schaffen.

Blutrote Schlieren waberten vor ihren Augen, als sie den schmerzenden Knöchel belastete, um einen weiteren Schritt zu gehen. Übelkeit presste ihr den Magen in die Kehle. Doch sie hielt sich auf den Beinen. Schließlich erreichte sie die Kerze, tastete nach den Streichhölzern und zündete sie mit zitternden Fingern an.

Ihre Schnürstiefel lagen nur einen Schritt entfernt von ihr. Es wäre so einfach, sich danach zu bücken, doch Emma wusste, sie würde kopfüber ins Verderben stürzen, wenn sie das tat. Also setzte sie sich auf die unterste Treppenstufe und tastete mit den Zehen nach den Stiefeln.

Nicht schlappmachen! Emma war, als spräche ihre Mutter zu ihr. Du schaffst das.

Die Stimme half ihr, den Schmerz zu ertragen. Sie

schnürte die Stiefel so fest, dass ihre Zehen kribbelten, erst dann stand sie auf. Vorsichtig belastete sie den schmerzenden Knöchel: Es tat weh, doch die Feuersäule war erloschen. So schnell sie konnte, humpelte sie aus dem Haus. Der Kies knirschte unter ihren Füßen. Nur weg hier!

Keuchend erreichte sie das Tor. Sie drückte den eisernen Griff herunter, zerrte daran, doch vergeblich. Vor Wut biss sie sich auf die Unterlippe. Wie hatte sie nur so dumm sein können? Der Schlüssel hing neben der Küchentür, sie war daran vorbeigelaufen. Einfach so, ohne daran zu denken. Tag für Tag schloss sie dieses Tor auf. Immer mit demselben schweren Schlüssel, den sie immer vom selben Haken nahm. Und nun, wo es um ihr Leben ging, lief sie einfach daran vorbei.

Sie schimpfte sich ein dummes Huhn und Schlimmeres und humpelte zurück zum Haus. Whitewood Manor, das bei Tag so hell und freundlich wirkte, ragte dunkel drohend vor ihr auf. In Lady Belindas Schlafzimmer flackerte eine Kerze auf, dann wurde das Gaslicht entzündet. Hinter den weißen Musselinvorhängen zeichnete sich die Silhouette einer Frau ab. Sie trat ans Fenster und schaute hinaus in die Nacht. Es war Miss Torrell!

Emma duckte sich hinter einen Busch und starrte zum Fenster hinauf. Sie weiß, dass ich hier bin. Der Gedanke schüttelte sie. Erst als die schlanke Gestalt wieder im Raum verschwunden war, wagte sie wieder zu atmen. Im Schatten der Bäume humpelte sie zur Küchentür, ging hinein und nahm den Schlüssel. Als sie wenig später das Tor aufschloss, betete sie zum heiligen Patrick, dass niemand das leise Quietschen hören würde.

Sie trat auf den Bürgersteig und machte sich auf den Weg. Mit jedem Schritt fiel ihr das Laufen leichter. Immer wieder hielt sie inne und schaute sich um. Ihr war, als folge ihr ein Schatten. Sie lauschte in die Stille der Nacht hinein. Bestimmt hatte sie sich geirrt. Sie unterdrückte ihre Furcht und lief weiter, dicht an den Mauern entlang, hinter denen die großen Häuser lagen.

Emma schwitzte, als trage sie einen Sack Kohlen auf den Schultern. Noch nie war sie bei Nacht auf der Straße gewesen. Aber sie musste noch vor Morgengrauen den Stall erreichen. Bill würde sie verstecken und ihr Männerkleidung besorgen, wie er es schon einmal getan hatte. Damals hatte ihre Neugier sie getrieben, heute galt es ihr Leben. Sie schätzte, dass sie da sein würde, wenn die ersten Pferdebusse sich auf den Weg machten. In dem Durcheinander würde sie bestimmt nicht auffallen. Um die Zeit würde wahrscheinlich auch die Köchin ihr Fehlen bemerken, und schon bald würde jeder Constable in London nach ihr suchen. Für einen Moment spürte Emma fast körperlich die Verzweiflung ihrer Eltern. Sie musste ihnen eine Nachricht zukommen lassen. Sie sollten wissen, dass sie keine Verbrecherin war.

Am Grosvenor Square roch sie Pfeifenrauch. Gerade noch rechtzeitig drückte sie sich in den Schatten eines der herrschaftlichen Häuser. Ein Constable lehnte an einer Straßenlaterne. In der einen Hand hielt er seinen Stock, in der anderen die Pfeife. Der Teil von Emma, der knickste und den Blick senkte, wenn Höhergestellte sie ansprachen, wollte zu ihm hinüberlaufen und ihn um Hilfe bitten. Doch der Teil, der aus dem Haus geflohen war, hielt sie zurück. Der Constable würde sie geradewegs ins Gefängnis bringen. Und selbst wenn sie ihre Geschichte erzählte und ihre blauen Flecken zeigte, würde ihr niemand glauben. Sie war ja nur das Küchenmädchen.

Der Constable schlug sich mit dem Stock gegen den Oberschenkel, als bräuchte er diese Ermutigung, um sich wieder in Bewegung zu setzen. Das Knallen seiner Stiefelabsätze hallte laut in der Stille der Nacht. Unwillkürlich zog Emma den Kopf ein. Als er nicht mehr zu sehen war, richtete sie sich wieder auf. Die Pause hatte ihrem Knöchel nicht gutgetan. Schmerz pochte gegen das Leder.

Als sie endlich die Oxford Street erreichte, fühlte sie sich sicherer. Sie wusste nicht, wie lange sie schon durch die nächtlichen Straßen lief. Sie setzte einfach einen Fuß vor den anderen, ohne zu denken und ohne etwas anderes zu fühlen als den Schmerz. Weder achtete sie auf die Bettler, die schlafend im Schutz der Häuser lagen, noch auf die Straßenmädchen, die nach einem letzten Kunden Ausschau hielten.

Es mussten Stunden vergangen sein, als ihre Angst und ihr Verfolger sie in der Hackney Road einholten. Regenwolken hatten sich im Schutz der Nacht zusammengeballt und erste Tropfen fielen schwer auf die Straße, als sich ihr ein Junge in den Weg stellte. Sie erkannte ihn sofort. Er hatte ihr Louises Brief gebracht.

»Was willst du hier?«

»Das Gleiche könnte ich dich fragen, könnte ich.« Der Junge spuckte aus.

Erst jetzt sah Emma das Messer in seiner Hand. »Bist du mir gefolgt?«

»Und wenn?« Der Junge kam näher.

Emma wich zurück. Mit ihrem verstauchten Knöchel hatte sie keine Chance wegzulaufen. Der Regen prasselte jetzt auf sie herab. Unwillkürlich zog sie die Schultern hoch. Blitze rasten über den Himmel, denen dumpfes Grollen folgte.

»Ich hab kein Geld.« Sie streckte ihm die offenen Handflächen entgegen.

»Ich will kein Geld, will ich nicht.«

»Aber was dann?«

»Das weißt du genau. Ich bin nämlich nicht blöd.« Der Junge zerrte Emma in einen überdachten Durchgang zwischen den Häusern. »Sie hat dir einen Brief geschrieben und jetzt ist sie tot und du haust ab.« Seine Stimme überschlug sich.

»Du redest, wie du's verstehst!« Emma fühlte sich bei Weitem nicht so selbstsicher, wie dieser Satz vermuten ließ. Sogar dieser Junge hielt sie für eine Verbrecherin. Sie raffte den Umhang vor der Brust und wollte weitergehen.

Wieder stellte sich der Junge ihr in den Weg. »Du kommst hier nicht durch, kommst du nicht.«

Ein Donner krachte ganz in ihrer Nähe. Emma zuckte zusammen. Zitternd wich sie zurück. Ihr Verstand arbeitete fieberhaft. Sie musste zu Bill, koste es, was es wolle. Ihr fiel keine bessere Lösung ein, als den Jungen in seinem Irrglauben zu bestätigen.

»Wie soll ich dich dann zu dem kleinen Sir bringen?«, fragte sie.

»Keine Tricks!«

»Du hast doch ein Messer, oder?« Emma wunderte sich selbst über ihren Mut.

Vielleicht wurde man so, wenn es kein Zurück mehr gab. Außerdem hatten die nächtlichen Straßen ihre Sinne geschärft. Trotz des prasselnden Regens roch sie die Angst, die den Jungen umwaberte wie Frühnebel.

»Du gehst vor.« Das Messer in seiner Hand zitterte.

Geduckt eilte Emma durch den Regen. Sturzbäche bildeten sich in den Gassen, spülten ihr Unrat und Rattenkadaver vor die Füße. Innerhalb von Sekunden war sie durchnässt bis auf die Haut. Blitze zuckten über den Himmel, Donnerschläge rollten durch die engen Gassen. Irgendwo wurde eine Feuerglocke geläutet. Emma rannte weiter. Das Gewitter machte ihr mehr Angst als der Junge, dessen Schritte hinter ihr durchs Wasser platschten. Bill und Bob würden sich schon um ihn kümmern. Gegen sie war er ein Hänfling. Sie würden ihn einfach umhauen und in einen Futtersack stecken.

Als sie endlich den Stall erreichten, war das Unwetter weitergezogen. Emma rannte durchs Tor, der Junge folgte ihr. Fluchende Stallburschen schirrten gerade die schweren Kutschpferde ein, die vor Nässe glänzten und unruhig an der Deichsel tänzelten. Bill stand mit einer Pfeife in der Hand im Schutz des Stallgebäudes und beobachtete das Treiben. Emma wollte ihm gerade zuwinken, als Constable Kelly aus dem Stall trat und etwas zu ihm sagte. Sofort versteckte sich Emma hinter der Linde, die mitten im Hof stand. Der Atem des Jungen strich über ihr Ohr. Er drückte das Messer in ihre Seite. Sie spürte den Druck durch den nassen Stoff ihres Kleides. Kaum mehr als ein Nadelstich, aber fest genug, um sie daran zu erinnern, dass er sie abstechen könnte.

»Willst du mich verarschen, willst du?«

»Sei still!«, zischte Emma.

»Wieso sind die Blauen hier?«

»Was weiß ich?«

»Haben sie ihn?«

»Nein«, sagte Emma. Wie hatte die Polizei nur so schnell von ihrem Verschwinden erfahren? »Sie denken bloß das Gleiche wie du.«

»Aber er ist hier, ist er?« Die Stimme des Jungen überschlug sich wieder.

»Pst«, zischte Emma. »Willst du, dass sie uns finden?«

»Ich hab nichts getan, hab ich nicht.«

»Du drückst mir ein Messer in die Rippen. Ist das nichts?«

Das brachte den Jungen zum Schweigen. Er ließ das Messer sinken, dann hörte Emma ein Seufzen und ein kratzendes Geräusch.

»Du weißt nicht, wo er ist, oder?« Die Stimme des Jungen klang müde.

»Nein«, antwortete Emma. »Der Schatten hat ihn geholt, nicht ich.«

»Mist!« Der Junge spuckte aus und drehte sich um.

»Wo willst du hin?« Emma griff nach seiner nassen Hand.

»Geht dich nichts an, geht's nicht.«

»Aber du musst mir helfen.«

»Dir kann keiner helfen.«

»Bitte!« Emma wusste nicht mehr weiter. Also klammerte sie sich an das, was das Schicksal ihr in den Weg spülte, und wenn es ein grindköpfiger Junge mit einem Messer war. »Wenn sie mich finden, bringen sie mich nach Holloway.«

Der Junge kratzte sich den Schädel. »Komm mit!«, sagte er schließlich.

Im Schutz der Dunkelheit flüchteten sie vom Hof. Sie irrten durch die Straßen und Gassen, bis sich am Horizont die ersten Strahlen der Morgensonne zeigten. Am Geruch erkannte Emma, dass sie sich dem Fluss näherten. Schließlich blieb der Junge vor einem Haus stehen.

»Warte hier!« Er verschwand hinter der Tür.

Emma hockte sich auf die Treppenstufen. Ihre Kleidung hing regenschwer an ihr. Sie fror, ihr Knöchel pochte und ihre Zehen waren taub vor Kälte. Doch sie wischte sich die Nase und straffte die Schultern. Jetzt war nicht der richtige Zeitpunkt, um schlappzumachen. Trotzdem lag ihr das Herz schwer in der Brust, als sich die Tür hinter ihr öffnete.

23. Kapitel

Gladys hasste es, aus einem Traum gerissen zu werden, vor allem wenn es ein guter war. Und dieser Traum war gut gewesen. Sie hatte an der Handkurbel der Wäschepresse gestanden und eine weiße Schürze und Haube getragen. Und das Beste war: Sie hatte gewusst, dass alles ihr gehörte, der helle Raum, die Wäschepresse, die Feuerstellen mit den dampfenden Kesseln. Selbst die Bretter, an denen Mädchen mit aufgekrempelten Ärmeln die Wäsche gewalkt hatten, hatten ihr gehört. Kurz gesagt: Gladys war reich gewesen. Und dann hatte Tom an ihrer Schulter gerüttelt und sie lag wieder zwischen Wäschepresse und Kessel. Gladys hätte ihn ohrfeigen können.

»Wo bist du gewesen?«, fauchte sie stattdessen.

»Pst.« Er legte den Finger auf die Lippen und zog sie aus dem Haus.

Sie hatte nicht einmal Zeit, in ihre Holzschuhe zu schlüpfen. Graues Morgenlicht spiegelte sich in dem stinkenden Bach, der zu ihren Füßen gurgelte. Es musste heftig geregnet haben, während sie von einem besseren Leben geträumt hatte. »Bist du verrückt geworden?« Sie riss sich los und rieb sich das Handgelenk.

Was war nur in den Bengel gefahren? Dann sah sie das Mädchen. Zögernd näherte es sich dem Hauseingang.

Zuerst erkannte Gladys es nicht, weil es nass war wie eine Kanalratte. Erst als sie genauer hinsah, wusste sie, wer es war.

»Was will die denn hier?« Gladys verschränkte die Arme vor der Brust.

Wie konnte Tom nur? Roch er denn nicht, dass die Sache stank wie die Kloake, in die der Regen die Gasse verwandelt hatte? Was hatte dieses Mädchen nur an sich, dass jeder sich um es sorgte? Erst der Constable, dann die Hebamme und nun auch noch Tom.

Aber nicht ich, dachte Gladys. Auch wenn du vor mir stehst und zum Gotterbarmen aussiehst.

Die Haare des Mädchens hingen in Strähnen unter ihrer Haube hervor. Auf ihrer Stirn prangte eine Beule so groß wie ein Hühnerei und sie schwankte wie ein mit Gin abgefüllter Matrose. Tom quatschte wie aufgezogen, aber seine Sätze stellten sich gegenseitig ein Bein und purzelten übereinander. Gladys verstand kein Wort.

»Halt die Klappe!« Sie hielt ihm die flache Hand vors Gesicht. »Die soll reden!«, sagte sie. Und dann fragte sie das Mädchen nach seinem Namen. Irgendwie musste sie es ja schließlich ansprechen.

»Emma«, antwortete das Mädchen und knickste zaghaft.

»Ich bin Gladys und das hier ist Tom.« Gladys zeigte erst auf sich, dann auf ihren Bruder. »Aber wie es aussieht, kennst du den ja schon«, fügte sie hinzu und verschränkte wieder die Arme vor der Brust. »Also, warum bist du hier?«

Emma antwortete so leise, dass Gladys sich vorbeugen musste, um alles zu verstehen. Gleichzeitig horchte sie, ob sich im Haus etwas bewegte. Noch schliefen alle, aber es würde nicht mehr lange dauern und Mrs Jakins würde die Stufen herunterkommen, um sie für den Tag zu wecken.

»Und nun«, sagte sie, als Emma fertig war, »sind die Blauen hinter dir her.« Sie dachte an den schmucken Constable, mit dem Emma vor dem Haus in der Park Lane gesprochen hatte. Ihr war er nicht wie eine Bewacher vorgekommen, eher wie ein Galan oder so. Aber irgendwie fühlte es sich besser an zu wissen, dass er auf Emma angesetzt war.

»Ja.«

»Und was willst du jetzt tun?«

»Ich weiß nicht.« Emma wischte sich die Augen.

Gladys wusste nicht, wohin sie schauen sollte. Am liebsten wäre sie ins Haus gegangen, hätte sich in ihre zerschlissene Decke gewickelt und ihren Traum weitergeträumt. Sie hasste flennende Mädchen. Welcher Teufel hatte Tom nur geritten? Sie überlegte so angestrengt, dass ihr Kopf schmerzte. Was, wenn der Schatten das Kind geholt hatte? Der Gedanke ließ sie schaudern. Doch warum sollte dann jemand versuchen, das Mädchen die Treppe herunterzustoßen? Das ergab keinen Sinn. Vielleicht war sie ja nur über ihre eigenen Füße gestolpert. Gladys musste an das letzte Baby ihrer Mum denken und an das von Mrs Smith. Es war so eine Sache mit den Babys und dem Schatten. Aber das Kind von dem Lord war kein Baby mehr gewesen.

»Wenn's der Schatten war, ist der Junge fort, als hätte es ihn nie gegeben«, sagte sie zu Emma. Das wusste sie genau, denn eben das war mit dem Baby ihrer Mum passiert. Dann fiel ihr Mr Smith ein. »Aber wenn er es nicht war, haben seine eigenen Leute ihn verschwinden lassen. Und die werden es dir anhängen, jetzt, wo die Französin tot ist.«

Das Mädchen hat echt Pech, dachte sie. Würde ihr Wort gegen meines stehen, würde ich am Galgen landen. Aber ihr Wort steht gegen das von einem Lord. Also wird sie am Galgen enden.

Nun hatte sie fast ein bisschen Mitleid mit Emma. Kopfschüttelnd betrachtete sie das Häufchen Elend, das im Schmutz der Straße vor ihr stand. In dem Moment verirrte sich ein Sonnenstrahl in die Tiefe der Gasse und fing sich in Emmas Augen. Durchsichtig grün wie Absinth leuchteten sie auf. Gladys schnappte nach Luft. Ihr Mitleid verwandelte sich in Neid. Sie dachte selten über ihr Aussehen nach. Hübsch zu sein machte eigentlich nur Ärger, aber einen Wimpernschlag lang wünschte sie sich genau solche Augen.

»Dann kann ich ja nie wieder nach Hause«, murmelte Emma.

»Nach Hause«, schnaubte Gladys. »Du hast vielleicht Sorgen. Du kannst von Glück reden, wenn sie dich nicht aufhängen.«

Ihr Neid verwandelte sich in Wut. Die und ihr »Nie wieder«! Die Straßen waren voll von Menschen und ihren »Nie wieder«. Jeder von ihnen trug sein Bündel »Nie wieders« auf dem Buckel.

Emma senkte die Lider, als würde sie sich schämen. Lange dunkle Wimpern hatte sie auch noch. Wenn sie nicht gerade nass war wie eine Kanalratte, könnte sie auf der Straße viele Pennys verdienen. Sie würde sich nicht in einer Wäscherei die Hände blutig schrubben. Obwohl ihre Hände aussahen, als seien sie Arbeit gewohnt. Aber wahrscheinlich fand sie einen, der sie heiratete.

Der Gedanke brannte in Gladys' Kopf wie Gin in der Kehle. Sie mochte diese Emma nicht. Die war hübsch, obwohl sie flennte, und sie, Gladys Brothers, würde selbst in einem Kleid der Queen aussehen wie ein Putzlumpen. Es war nicht gerecht.

»Gewöhn dich besser dran!« Gladys spuckte auf die Straße. »Als Nächstes verkaufst du deine Haare.«

Emma schluchzte auf.

Heilige Scheiße, dachte Gladys. Wenn ich so heulen könnte, bräucht ich kein Wasser zu holen. Ich würde mich einfach über den Bottich hängen und losflennen.

»Gib Ruhe!«, zischte sie aus Angst, jemand könnte sie hören.

Doch es war zu spät. Im Haus knarrten Stiegenstufen. Hastig zog Gladys Emma von der Tür fort und auch Tom gab Fersengeld.

»Mrs Jakins darf dich nicht sehen. Niemand darf das. Hörst du?«

»Wohin soll ich denn?«

»Was weiß ich?«

»Aber Tom hat gesagt ...« Emma schaute Gladys an, als würde sie ertrinken. Fehlte nur noch, dass sie die Hand nach ihr ausstreckte.

»Was ist mit der alten Hebamme?« Gladys wollte lieber nicht wissen, was Tom Emma versprochen hatte, und sagte das Erste, was ihr in den Sinn kam.

Der Bengel redete ständig und machte nur Ärger.

»Du kennst sie doch.«

»Tom hat gesagt, ihr helft mir.« Emma verschränkte die Arme vor der Brust.

Gladys war empört. Was bildete die sich ein? Dass sie knickste und sie ins Haus bat?

»Das tun wir doch«, sagte sie ungeduldig. »Tom bringt dich zu ihr.«

Sie trat von einem Bein aufs andere. Jeden Augenblick konnte Mrs Jakins auftauchen. Sie musste diese Emma so schnell wie möglich loswerden. Tom würde sie sich später vorknöpfen.

Emma rührte sich nicht von der Stelle. Gladys wusste, dass sie sich unter Hilfe etwas anderes vorgestellt hatte, aber es war besser, sie lernte ihre Lektion gleich. War man einmal ganz unten, half einem keiner mehr, und bestimmt nicht Gladys. Sie wollte keinen Ärger, aber genau den würde es geben, wenn sie Emma mit ins Haus nahm und Mrs Jakins herausfand, wen sie da aufgenommen hatte. Sie pfiff zweimal kurz, und schon kam Tom gelaufen.

»Bring sie zum Haus der Hebamme!«

»Sie bleibt nicht hier?« Er schaute wie ein herrenloser Hund erst zu Emma und dann zu Gladys.

Auch das noch, dachte Gladys. Er hat sich in das Mädchen verguckt.

Am liebsten hätte sie ihn geschüttelt. Emma war mindestens so alt wie sie und einen Kopf größer als er. Aber Tom war eben wie ihre Mum: immer bereit zu träumen. Nicht mehr lange und er würde seine Träume in Gin baden müssen, damit sie frisch blieben.

»Wie denn?«, fragte sie ihn. »Soll ich sie etwa in der Schmutzwäsche verstecken?«

»Wir sagen einfach, sie ist unsere Schwester.« So schnell gab Tom nicht auf.

»Wie viele Schwestern willst du noch aus dem Ärmel ziehen?«, zischte Gladys.

Einer der Terrier der Jakins' bellte. Es wurde wirklich höchste Zeit.

»Aber dich ...«, wandte Tom ein.

»Ja, mich«, unterbrach Gladys ihn. »Ich seh auch aus wie du, und du siehst aus wie ich. Oder zumindest so ähnlich. Die da«, sie zeigte auf Emma, »sieht ganz anders aus.«

»Aber ...«

»Halt die Klappe und tu, was ich dir sage!« Sie griff seine Schultern und schubste ihn in die richtige Richtung. Dann rannte sie ins Haus – gerade noch rechtzeitig.

24. Kapitel

Tom führte Emma durch Gassen, die schlimmer waren als ihre Albträume. Obwohl der Morgen die Nacht schon längst vertrieben hatte, reichte das Licht der Sonne nicht bis zu ihren Füßen. Sie watete durch die trübe Brühe, die der Regen hinterlassen hatte; es stank nach Fäkalien. Hastig wischte sie sich den Schweiß von der Stirn, bevor er ihr in die Augen laufen konnte. Jeder Muskel in ihrem Körper schmerzte und in ihrem Fußknöchel rotierte ein Messer. Doch die Angst trieb sie weiter.

»Pass auf!« Tom zerrte sie in einen Hauseingang.

Gerade noch rechtzeitig, denn vor ihnen landete platschend der stinkende Inhalt eines Nachttopfes. Emma schüttelte sich, dann horchte sie auf. Der Wind trug das dumpfe Tuten eines Horns durch die Häuserschluchten.

»Was ist das?«

»Das Deichhorn, es ruft die Arbeiter.« Tom war schon wieder in der Gasse. Achtlos patschte er in die frische Pfütze.

Rechts und links öffneten sich die Haustüren und Männer, Frauen und Kinder strömten heraus. Sie trugen Spaten, Hämmer und Eimer und strebten in Richtung Fluss. Für Emma wurde es immer schwieriger, in dem stetig wachsenden Strom von Menschen mit Tom Schritt zu halten. Er zwängte sich wieselflink durch jede Lücke, während ihre Beine schwer waren vor Müdigkeit und ihr verstauchter Knöchel jeden Schritt zur Qual machte. Sie biss sich auf die Unterlippe und blinzelte die Tränen weg. Prompt hatte sie Tom aus den Augen verloren. Ihr Herzschlag stockte. Sie reckte den Hals, sah ihn aber nicht. Sie wollte stehen bleiben, sich umschauen, doch ein Stoß in den Rücken ließ sie weitertaumeln.

Eingekeilt zwischen den Arbeitern, die zum Damm strömten, gab sie sich ihrem Schmerz und ihren trüben Gedanken hin. Sie hätte sich im Stall verstecken sollen, bis Constable Kelly verschwunden war. Auf keinen Fall hätte sie weglaufen dürfen, und schon gar nicht mit diesem Tom. Nur weil er ein Messer hatte, war er noch lange keine Hilfe. Und diese Gladys erst recht nicht. Emma wusste selbst nicht, was sie erwartet hatte, als Tom von seiner Schwester gesprochen hatte. Aber sicher nicht dieses mondsüchtige Wesen, das ihr gerade mal bis zur Schulter reichte.

Sie mag mich nicht, dachte sie. Und ich mag sie nicht. Was die sich einbildet. Ist zickig wie Bethany und sieht so verhungert aus wie die Mädchen, die Brunnenkresse an die Arbeiter verkaufen.

Das einzig Gute war, dass sie wusste, wo die Hebamme wohnte. Emma hätte es nicht sagen können. Für sie ging Mrs Westwood einfach von Haus zu Haus und half den Kindern auf die Welt.

Am Fluss zerstreute sich die Menge. Einige der Leute stiegen auf das Gerüst, das den Deich einzäunte, andere liefen weiter zu den Färbereien und Gerbereien am Themseufer. Emma verschnaufte einen Augenblick und atmete gierig die nach Teer und Holz riechende Luft ein. Ein Pfiff ließ sie aufschauen. Es war Tom. Er stand auf einem Fass und winkte ihr zu. Langsam humpelte sie zu ihm hinüber.

»Du warst auf einmal verschwunden«, meinte er vorwurfsvoll.

Das musst du gerade sagen, dachte Emma, sprach es aber nicht aus. Sie lehnte sich an das Fass und entlastete ihren Knöchel. »Ist es noch weit?«

»Wenn du willst, kannst du dich auf mich stützen, kannst du.« Tom spuckte ins Wasser. Sein Hals färbte sich rot.

»Geht schon, danke.« Vor Schmerz zischend, belastete Emma den Fuß. »Ich muss nur in Bewegung bleiben.«

»Nun komm schon!« Tom sprang vom Fass. »Du fällst doch bald um, tust du.«

Was soll's, dachte Emma und legte die Hand auf seine knochige Schulter.

Als sie die Marschwiesen erreichten, musste sie wieder allein zurechtkommen. Der schmale Holzsteg schwankte unter ihren Schritten und sie biss sich die Unterlippe blutig, um nicht aufzuschreien. Endlich hielt Tom vor einer Leiter. Emma legte den Kopf in den Nacken. Hier also wohnte Mrs Westwood.

»Hoffentlich ist sie überhaupt da.« Erst jetzt kam Emma der Gedanke, dass die Hebamme überall sein konnte, vielleicht sogar in Whitewood Manor.

Aber zum ersten Mal seit Tagen hatte sie Glück. Mrs Westwood öffnete ihnen gleich nach dem ersten Klopfen die Tür. Wenn sie überrascht war, Emma in Begleitung eines Straßenjungen zu sehen, ließ sie es sich nicht anmerken. Sie trat zur Seite und bat Emma hinein. Tom scheuchte sie mit einer Handbewegung fort wie einen herrenlosen Hund. Emma war zu erschöpft, um zu protestieren.

Müde ließ sie sich von der Hebamme aus den nassen

Kleidern helfen. Mrs Westwood hüllte sie in eine Decke und drückte sie auf einen Schaukelstuhl. Dann nahm sie den Kessel von der Feuerstelle und schüttete das dampfende Wasser in die Waschschüssel. Sie kniete sich vor Emma nieder und löste die Schnürsenkel ihrer Stiefel. Emmas Finger krallten sich in die Decke. Der Schmerz bohrte sich wie ein Messer in ihren Knöchel. Ihr wurde schwarz vor Augen.

»Ist schon gut, Kind«, murmelte die Hebamme.

Nichts ist gut, dachte Emma und unterdrückte ein Stöhnen.

Der Kampf der Hebamme mit dem durchnässten Stiefel fühlte sich an, als würde sie ihr den Fuß abreißen. Endlich polterte der Stiefel zu Boden und das Blut kehrte in ihren Fuß zurück. Es kribbelte wie ein Ameisenheer. Seufzend richtete die Hebamme sich auf und griff in ihren Korb. Sie nahm eine braune Flasche heraus, öffnete sie und ließ eine zähe Flüssigkeit auf einen Löffel laufen. Dann reichte sie ihn Emma.

»Das wird dir helfen.«

Emma musterte die Flüssigkeit misstrauisch. »Was ist das?«

»Es hilft gegen die Schmerzen.«

Emma steckte den Löffel in den Mund und schüttelte sich. Der Sirup schmeckte bitter. Hastig schluckte sie ihn hinunter. Wärme breitete sich in ihrem Bauch aus. Während die Hebamme Salbe auf ihren Knöchel schmierte, erzählte Emma ihr von den Ereignissen im Haus der Collingwoods und ihrer Flucht.

»Ich habs zuerst nicht verstanden«, sagte sie schließlich, »aber diese Gladys hat mich drauf gebracht.« Sie gähnte. Die Wärme wanderte vom Bauch in ihre Glieder und füllte sie mit süßer Luft. Emma hatte das Gefühl zu schweben. Schmerzhaft presste sie die Fingernägel in die Handballen. Auf keinen Fall durfte sie einschlafen. »Miss Torrell hat ein Kleid getragen wie ein Kindermädchen. Bethany hat sie gesehen. Glauben Sie, sie ist im Park gewesen?«

»Ich weiß es nicht«, murmelte die Hebamme, ohne aufzuschauen.

»Aber dann hätte Lady Belinda gelogen. Miss Torrell war nicht bei ihr, oder?« Aus jedem Gedanken kroch ein neuer, wie ein glitschiger Blutegel. »Dann weiß sie, wo der kleine Sir ist.«

»Wenn ich daran denke, dass ich es war, die dich in dieses Teufelshaus gebracht hat.« Die Hebamme wickelte einen straffen Leinenverband um Emmas Knöchel. »Deine arme Mutter.«

»Könnten Sie ihr bitte sagen, dass ich hier bin und nichts Unrechtes getan habe?«

Die Hebamme nickte. Emma lehnte sich zurück und überließ sich der Wärme. Alles schien zu schweben, selbst der Engel über dem Bett der Hebamme schien mit den Flügeln zu schlagen.

Natürlich muss er das, dachte sie. Sonst kann er ja nicht fliegen. Sie musste kichern, schämte sich aber sofort deswegen.

»Ruh dich aus, Kind!« Die Hebamme half ihr auf und führte sie zum Bett.

Emma fühlte sich leicht wie ein Lufthauch.

»Was war das für ein Junge eben?«

»Er hat mir geholfen.«

»Geholfen. So, so.« Die Hebamme drückte Emma auf das Kissen.

Über Emma schwebte der Engel und lächelte gütig auf sie herab. »Seine Schwester auch«, murmelte sie.

Irgendwie klang es unverfänglicher, wenn sie Gladys erwähnte, auch wenn das Mädchen nicht viel getan hatte.

»So ist das mit Geschwistern, sie helfen einander«, sagte die Hebamme und irgendwie klang ihre Stimme, als lauere hinter den Worten eine Falltür.

Emma schauderte, ein Gähnen riss ihre Kiefer auseinander. Das Gewicht der Decke hielt sie auf der Strohmatratze und drückte das letzte bisschen Energie aus ihrem Körper. Ihre Lider flatterten.

»Schlaf jetzt!«

Emma hörte noch, wie die Tür hinter der Hebamme ins Schloss fiel, bevor sie in einen tiefen und traumlosen Schlaf glitt.

25. Kapitel

Gladys zog den Karren mit den leeren Wasserfässern. Die Räder versanken im Schlamm. Sie zerrte an der Deichsel. Ihre Schultern schmerzten. Obwohl der Brunnen voll genug sein musste, schickte Mrs Jakins sie wieder zum Fluss, weil sie Angst vor dem hatte, was der Regen in die Brunnen gespült hatte. Auch Gladys hatte Angst, wenn auch nicht vor schmutzigem Wasser. Sie fürchtete sich vor dem, was im Fluss treiben konnte. Ihre Nackenhaare richteten sich auf. Sie wollte nicht an das tote Mädchen denken. Lieber dachte sie an ihren Bruder.

Wieso hatte er diese Emma zu ihr gebracht und wo steckte er überhaupt? Er müsste längst zurück sein vom Haus der Hebamme. Dann könnte er ihr helfen, den Karren durch den glitschigen Matsch zu ziehen, und sie hätte keine Blutblase am kleinen Zeh, die bei jedem Auftreten schmerzte, als bohre sich ein Nagel hinein. Die Wut half ihr, die Angst nicht zu spüren.

Sie dachte an die Nacht im November, als das Baby verschwunden war, daran, wie es sich angefühlt hatte, an das Kreischen ihrer Mum, die Schläge und alles, was danach gekommen war. Als wäre es gestern gewesen, erinnerte sie sich daran, wie sie ihr den Kopf geschoren hatten. Sie hatten gesagt, es sei wegen der Läuse, aber das war es nicht.

Gladys wusste, dass es eine Lüge war. In Wirklichkeit verkauften sie die Haare. Feine Damen hübschten damit ihre Frisuren auf. Und dann dachte Gladys an den kalten Körper ihrer Mum und die Reihen der Toten, an Mr Smith und Mrs Smith und deren Baby.

Heilige Scheiße, schoss es ihr durch den Kopf. Ich bin erst fünfzehn, wenn Mum sich nicht verrechnet hat, und ich hab schon mehr üble Erinnerungen als Zähne im Mund.

In diesem Moment erreichte sie den halb fertigen Damm, über dem die Möwen kreisten. Sie nahm den Eimer vom Karren und ließ ihn in den Fluss hinab. Das Wasser glitzerte in der Morgensonne. Ein Baumstamm trieb vorbei. Gladys starrte ihn an. Vor ihren Augen verwandelte er sich in einen Körper. Das Seil glitt durch ihre Finger. Erst im letzten Augenblick packte sie wieder zu.

»Verdammt!« Sie zog den Eimer hoch und kippte das Wasser in ein Fass.

Genau hier hatte sie das tote Mädchen gefunden. Noch eine Erinnerung, auf die sie verzichten konnte. Aber ihr Kopf machte einfach weiter. Kotzte Erinnerungen aus, als hätte er faulen Fisch gefressen. Hier hatte die Tote gelegen, Blaue hatten um sie herum gestanden und sie vor den Blicken der Arbeiter verborgen. Aber Gladys hatte sie trotzdem gesehen: das aufgedunsene Gesicht, die Haare, die wie Tang an ihrem Schädel geklebt hatten.

Ein Pfiff ließ das Gesicht der Toten zerplatzen wie eine mit Wasser gefüllte Schweinsblase und holte Gladys in die Gegenwart zurück. Sie blinzelte und schirmte die Augen gegen die Sonne ab: Tom rannte die Rampe zum Damm hinauf.

»Ist sie bei der Hebamme?«

Tom nickte. Er wirkte irgendwie anders als am Morgen. So als sei er gewachsen.

»Du hast lange gebraucht. Konntest dich wohl nicht trennen?«

»Sie hat mich weggeschickt.« Er spuckte ins Wasser.

Willkommen in der Wirklichkeit, dachte Gladys, sagte es aber nicht.

Was hatte sich der Bengel gedacht? So ein Mädchen war nichts für ihn. Außerdem war er noch viel zu jung für solche Sachen. Er würde früh genug damit anfangen. Gladys dachte an den Constable, der sie genau hier im Arm gehalten hatte, und es kribbelte wie Ameisen in ihrem Bauch.

Wir sind beide dumm, ging es ihr durch den Kopf. Wie Mum. Die hat sich auch ständig in die Falschen verliebt. Und was hat ihr das gebracht? Nichts außer Kindern, die sie nicht ernähren konnte, und ein frühes Grab.

Tom hockte sich auf die Fersen und zog eine Pfeife aus der Tasche. Er steckte sie an und schwefelgelbe Rauchschwaden stiegen vor Gladys' Gesicht auf.

»Das stinkt wie Karnickelstroh! Willst du deine Läuse ausräuchern?«

»Ich bin an der Bow Street vorbei, bin ich.«

»Nachdem sie dich zum Teufel gejagt hat?«

Tom antwortete nicht, aber seine Ohren leuchteten in der Morgensonne. Auf einmal hatte Gladys Lust, ihm die struppigen Haare aus der Stirn zu streichen.

»Keine gute Gegend, um Schnupftücher zu klauen.«

»Die beste«, behauptete Tom. »Die Leute passen nicht auf, wenn die Blauen in der Nähe sind.«

»Aber die passen auf.«

»Nicht in der Bow Street. Die Blauen dort tragen ihre Nasen so hoch, dass die Möwen reinscheißen.«

»Irgendwann werden sie dich erwischen und dann hängst du.« Wieder leerte Gladys den Eimer in das Fass.

»Und dann scheißen die Möwen auf dich und ...« Sie dachte an die leere Augenhöhle des toten Mädchens und verschluckte sich an den Worten.

»Die Blauen haben einen Zettel an ihr Brett gepinnt«, sagte Tom.

»Seit wann kannst du lesen.«

»Keiner muss lesen können, wenn er gute Ohren hat.« Er tippte sich mit dem Pfeifenstiel gegen eins seiner Segelohren.

»Und?«, fragte Gladys und warf den Eimer zurück ins Wasser, dass es platschte.

»Die Blauen suchen Emma.«

»Was du nicht sagst!«, ätzte Gladys und streckte den schmerzenden Rücken. »Hast du eigentlich einen Zwillingsbruder?«

»Wieso?« Verwirrt starrte Tom sie an und vergaß sogar das Paffen.

Langsam zog Gladys den vollen Eimer aus dem Fluss. »Na ja«, sagte sie, »irgendwer – und der sah genauso blöd aus wie du – hat mich heute Morgen von meinem warmen Platz zwischen Bottich und Wäschepresse geholt, weil die Blauen hinter einer Göre her waren.« Atemlos hielt sie inne, bevor sie das Wasser in das Fass goss.

Noch zwei Eimer! Und ihr Bruder kam gar nicht auf die Idee, ihr zu helfen. Aber sie war ja auch kein Absinthaugenmädchen, sondern einfach nur Gladys, die ihm den Rotz aus dem Gesicht gewischt und ihr Brot mit ihm geteilt hatte. Wütend schob sie Tom zur Seite und ließ den Eimer in den Fluss klatschen. Ihre Handflächen brannten. Mit jedem Eimer wurde das Wasser schwerer.

»Wenn du nur einmal die Klappe halten könntest!«, murrte Tom.

»Was hast du gesagt?« Gladys, die den Eimer gerade

wieder herausgehievt hatte, drehte sich um und goss das Wasser über Toms Kopf.

Mit einem Zischen erlosch die Pfeife.

»Du dämliche Hure!« Tom sprang zurück, bevor sie mit dem Eimer ausholen und ihn von den Füßen hauen konnte.

Gladys war wütend über ihre Unbeherrschtheit. Jetzt musste sie noch einen Eimer mehr füllen.

»Tja, wenn du nicht willst«, sagte Tom beleidigt, »werd ich eben alleine reich, werd ich.«

»Was redest du da?« Gladys spuckte in die Hände und ließ den Eimer wieder ins Wasser klatschen.

»Ist ein Fiver auf sie ausgesetzt.«

»Das ist 'ne Menge Geld.« Gladys pfiff durch die Zähne. Da, wo sie herkamen, schnitt man Leuten schon für weniger Geld die Kehle durch. »Aber davon kriegen sie den Bengel auch nicht wieder.«

»Ist nicht wegen dem Kind«, sagte Tom.

»Nicht?« Gladys zog den Eimer hoch und leerte ihn in das Fass. »Hier.« Sie hielt ihn Tom hin. »Den letzten machst du!«

»Warum sollte ich?« Tom spuckte aus.

»Weil ich dir ein Bad spendiert hab.«

Für einen Moment starrten sie sich in die Augen. Wie immer senkte Tom zuerst den Blick und griff dann nach dem Seil. Noch war Gladys die Stärkere, aber sie spürte, dass es nicht mehr lange so sein würde. Tom holte auf, er lernte die Tricks der Straße, während sie an der Wäschepresse stand. Wenn er lange genug lebte, würde er sie bald in Grund und Boden starren. Sie schaute ihm zu, wie er mühelos den vollen Eimer aus dem Wasser zog. Schon jetzt war er kräftiger als sie.

»Und warum suchen sie Emma nun, wenn es nicht wegen dem Kind ist?«

»Es ist ...« Er schüttete das Wasser ins Fass, griff nach der Deichsel und zog an. »Sie sagen ...«

»Was?« So langsam wurde Gladys ungeduldig.

Es war immer das Gleiche mit ihrem kleinen Bruder. Entweder redete er schneller, als er denken konnte, oder umgekehrt.

»Diese Emma, die könnte doch keiner Fliege was zuleide tun, oder?«, fragte er.

»Zumindest sieht sie nicht so aus«, antwortete Gladys vorsichtig. Bevor sie nicht wusste, wohin die Reise ging, würde sie hübsch den Mund halten. »Warum fragst du?«

»Meinst du, sie könnte jemanden schubsen?«

»Jeder kann das.« Gladys rempelte Tom an. »Siehst du.«

»Nein, nicht so.« Er rückte sich die Mütze in den Nacken. »Ich meine, mit Absicht ins Wasser.«

»Ins Wasser?« Gladys blinzelte die Bilder weg, die auf sie einstürmten: die Tote, die im Fluss trieb, Blaue, die einen Körper abschirmten. Zurück blieb ein flaues Gefühl im Magen. Sie spuckte aus. »Und das hat sie getan?«

»Die Leute sagen es.«

»Die Leute sagen auch, dass du und ich ins Arbeitshaus gehören.«

»Aber es steht auf dem Zettel, den die Blauen ans Revier geheftet haben.« Tom zerrte den Karren durch den Schlamm. Wasser tropfte von seiner Mütze.

»Dafür hängt sie.« Gladys blieb stehen und eine alte Frau mit einem Sack Lumpen auf dem Rücken prallte fluchend gegen sie.

»Sie werden sie erwischen, werden sie.« Tom schaute zu ihr hinüber. Seine Augen waren grau vor Müdigkeit.

Gladys griff nun ebenfalls nach der Deichsel und sie zogen den Karren gemeinsam. »Kann sein, kann nicht sein.« Sie rollte den Gedanken an die Belohnung in ihrem Kopf herum.

Ein Fiver war eine Menge Geld. Und irgendwer würde Emma gesehen haben, und vielleicht auch sie und Tom – vor dem Haus der Jakins', vor der Hütte der Hebamme. Irgendwer sah einen immer. Und dann war da noch etwas, das ihr nicht gefiel: Jeder würde doch alles versuchen, um den eigenen Hals zu retten. Diese Emma war bestimmt nicht anders. Sie würde sich um Kopf und Kragen reden, um die Blauen von ihrer Unschuld zu überzeugen.

Gladys schaute zu Tom, der mit gesenktem Kopf neben ihr ging. »Was ist«, fragte sie, »wenn sie erzählt, dass du ihr den Zettel gegeben hast?«

»Was soll sein?« Tom zuckte mit den Schultern. »Mich kennt doch keiner.«

»Natürlich kennen die dich«, widersprach Gladys. »Du bist der Junge der Wäscherin. Das muss diese Emma nur erzählen und die Blauen sind schneller bei den Jakins', als ein Furz stinkt. Und die erzählen ihnen dann, dass du abgehauen bist, und schon bist du verdächtig. Und hast du nicht gesehen, sperren sie mich ein, damit ich ihnen sage, wo du bist.«

»Aber du weißt es nicht.« Tom grinste.

»Nein. Und deshalb werde ich in Holloway versauern.« Galle stieg Gladys in die Kehle.

Genau so würde es sein. Das Mädchen würde Tom ans Messer liefern. Gladys würde es so machen, Tom auch und jeder, den sie kannte.

Ich würde meine eigene Mutter verraten, wenn mich das vor dem Galgen retten würde, dachte Gladys. Warum also nicht einen grindköpfigen Straßenbengel, der mir einen Brief gebracht hat?

»Aber irgendwann kriegen sie dich«, sagte sie, »und

dann wird es dir gar nichts nützen, dass du nichts weißt.«

Toms Ohren leuchteten wie glühende Kohle.

Gladys' Herzschlag stolperte. »Was weißt du über die Sache?«

Tom kickte einen verfaulten Apfel gegen eine Hausmauer. »Sie hat mich gefragt, wo sie wohnen kann«, nuschelte er.

»Wer hat dich gefragt?« Gladys wollte nicht glauben, was sie da hörte.

»Na, die Froschfresserin halt.«

»Und?«

»Ich hab's ihr gesagt.«

Gladys war fassungslos. »Was? Was hast du ihr gesagt?«

»Wo sie wohnen kann.«

»Woher willst du so etwas wissen?«

»Wegen der fetten Belle.«

»Wer ist die fette Belle?« Gladys hatte das Gefühl, ihren Bruder immer weniger zu kennen.

»Du weißt schon«, antwortete Tom, »die steht immer an der Ecke Whitefriars und Temple.«

»Und was hast du mit der zu tun?«

»Nichts. Ich wusste nur, dass sie jemanden braucht für ihre Blagen.«

»Sag, dass das nicht wahr ist!« Gladys stemmte sich gegen die Deichsel und brachte den Wagen zum Stehen. Ihr war egal, dass die Leute hinter ihr fluchten. »Sag, dass du dieser Französin nicht geholfen hast!«, flüsterte sie.

»Scheiße!« Tom trat gegen die Radnabe. »Ich hab gedacht, wenn ich mich reinhänge, krieg ich spitz, wo sie den Jungen versteckt hat.«

»Wieso hast du davon gewusst?«

»Weil ... Weil ich sie belauscht habe.«

»Belauscht? Oh Mann!« Gladys hatte den Eindruck, die

Häuser würden zusammenrücken. »Und das sagst du mir jetzt erst?« Wütend schlug sie ihm die Mütze vom Kopf. »Du hast es die ganze Zeit gewusst?«

»Nichts hab ich gewusst«, widersprach Tom. »Weil ich's nicht richtig gehört habe. Aber sie haben über den Jungen gesprochen. Und sie war ja im Park und so. Das weiß jeder.« Er bückte sich nach seiner Mütze. Als er sie wieder aufsetzte, glänzten seine Augen wie Kiesel, hart und kalt.

Gladys schauderte. Aber eher würde sie Seife fressen, als ihn das merken zu lassen.

»Du steckst so tief in der Scheiße. Ein Wunder, dass du noch atmen kannst.«

»Meinst du?« Tom biss sich auf die Unterlippe. Der merkwürdige Glanz verschwand aus seinen Augen und er sah wieder aus wie immer.

Doch Gladys wusste, dass sie den Mann in ihm gesehen hatte, und das machte sie traurig. Nicht mehr lange und es würde nichts geben, was ihm Angst machte. Dann würde niemand ihn retten können, nicht vor den Blauen und noch viel weniger vor sich selbst. Aber noch war er ihr kleiner Bruder und sie würde ihm helfen.

Sie holte tief Luft. »Wir liefern diese Emma ans Messer, bevor sie uns ans Messer liefert. Ich erledige das.« Entschlossen drückte sie Tom die Deichsel in die Hand. »Und du bringst das Wasser zu Mrs Jakins und sagst ihr, die Blauen wollten noch was von mir.«

»Aber was denn?«

»Dir wird schon was einfallen.« Gladys drehte sich um, wich einem Mädchen aus, das Brunnenkresse feilbot, und rannte los.

Ihre Holzschuhe klapperten über die ausgetretenen Steine. Auch wenn sie sicher war, das Richtige zu tun, schmerzte ihr Gewissen wie die Blutblase an ihrem Zeh.

Schließlich hatte ihr diese Emma nichts getan, und außerdem glaubte sie nicht, dass sie die Französin in den Fluss gestoßen hatte. Und im Gegensatz zu Tom dachte sie auch nicht, dass die beiden den Jungen entführt hatten, sonst wäre er schon längst wieder aufgetaucht. Sie dachte an Emmas Flennerei und die wirre Geschichte von dem bepissten Nachthemd. Niemand mit nur ein bisschen Verstand konnte an Emmas Schuld glauben, davon war Gladys überzeugt. Aber die Blauen mussten jemanden finden, den sie aufknüpfen konnten. Immerhin war der Sohn eines Lords verschwunden. Das war schon was anderes als die Kinder aus Seven Dials. Der Lord machte Lärm und ihn konnten sie nicht einfach ins Arbeitshaus stecken. Also mussten sie so tun, als würden sie sich kümmern. Und was war da besser als ein habgieriges Küchenmädchen? Ein kleiner Straßendieb natürlich. Und deshalb musste Gladys Emma verraten, bevor sie auch nur ein Wort über Tom sagen konnte, selbst wenn's zwickte wie die Blutblase.

26. Kapitel

Emma schnappte nach Luft. Für einen Moment lag sie wieder mit verrenkten Gliedern am Fuß der Treppe. Maiglöckchenduft raubte ihr den Atem. Ihr Herzschlag stolperte, Panik schlug wie eine Woge über ihr zusammen. Sie riss die Augen auf. Ein Engel lächelte auf sie herab. Sie war tot. Gestorben. Dann spürte sie das verklumpte Stroh in ihrem Rücken und wusste, wo sie war.

Sie schlug die Decke zur Seite und setzte sich auf die Bettkante. Der Raum schwankte wie eine Themsefähre bei Sturm. Ihr Magen rebellierte. Sie schloss die Augen und atmete gegen die Übelkeit an. Endlich beruhigte er sich, und als sie die Augen wieder öffnete, schwankte auch der Raum nicht mehr. Vorsichtig belastete sie den bandagierten Fuß. Was immer die Hebamme gemacht hatte, es half. Nur noch ein dumpfer Schmerz pochte in ihrem Knöchel.

Emma musterte die blauen Flecken auf ihren Schienbeinen, dann tastete sie ihre Stirn ab. Die Haut war zum Zerreißen gespannt. Wenn sie nach oben schielte, konnte sie die Beule sehen, die wie eine reife Pflaume zwischen ihren Augen prangte. Erst jetzt verstand sie, wie viel Glück sie gehabt hatte. Es war ein Wunder, dass sie noch lebte. Und als wolle ihr Körper ihr beweisen, wie lebendig sie war, knurrte ihr Magen, und pinkeln musste sie auch.

Den Hunger konnte sie ignorieren, aber der Druck in ihrer Blase erhöhte sich mit jedem Atemzug. Auf der Suche nach einem Nachttopf bückte sie sich und schaute unters Bett, aber dort stand nur ein Weidenkörbchen, wie Moses eins gehabt haben musste. Sie zog es hervor und sah hinein. Ein zusammengerolltes Seil lag auf einem Umschlagtuch. Das Körbchen roch nach Fluss und Emma fragte sich, ob die Hebamme es benutzte, um Krebse zu fangen. Dann schob sie es wieder unter das Bett und blickte sich um. Vor dem Feuer hingen ihre Kleider zum Trocknen. Schnell zog sie das noch klamme Hemd über den Kopf. Auch der Rock war feucht. Die Sachen würden eben an ihr trocknen müssen.

Vorsichtig trat sie vor die Tür. Die Sonne schien von einem Himmel, der wie frisch gewaschen schien. Tom war verschwunden, und bis auf eine Frau, die Wasser in die Wiese schüttete, war weit und breit kein Mensch zu sehen. Wäre nicht das Hämmern und Sägen vom wenige Hundert Meter entfernten Damm zu hören gewesen, Emma hätte gedacht, in einem kleinen Fischerdorf zu sein. Bald würde hier alles anders aussehen. Der Damm würde die Wiese trockenlegen. Die Pfahlhäuser würden verschwinden, stattdessen würden Fabriken und Lagerhallen entstehen. Das hatte Emma in der Zeitung gelesen.

Steif wie eine alte Frau kraxelte sie die Leiter hinunter. Nur schnell zum Fluss und im Schilf die Notdurft verrichten, und dann würde sie sich auf den Weg zu Bill machen. Ewig konnte die Polizei den Stall ja nicht bewachen. Bill würde ihr helfen. Sie würde einfach ein Stalljunge werden und dann mit Bill und seiner Leah auswandern. Geschwister halfen einander. So einfach war das.

Obwohl der Wollstoff in der Hitze dampfte, trug Emma ihren Umhang. Sie hielt den Kopf gesenkt und wechselte die Straßenseite, sobald sie einen Polizisten sah. Als sie schließlich die Stallungen erreichte, klebte ihr die Zunge am Gaumen und ihr war schlecht vor Hunger. Mehr als einmal hatte sie nur das beherzte Eingreifen eines Passanten davor bewahrt, ihr Leben unter den Rädern einer Kutsche zu beenden. In ihrem jetzigen Zustand hatte sie nicht einmal etwas dagegen, auf der Stelle zu sterben. Sie würde es ohnehin tun, wenn sie nicht bald ein Stück Brot und eine Kelle Wasser bekam.

Sie blieb am Haupttor des Stalls stehen und schaute sich um. Auf der gegenüberliegenden Seite der Mare Street patrouillierte ein Constable, doch er wandte ihr den Rücken zu. Schnell duckte sie sich hinter eine aufgebockte Kutsche. Von da aus hatte sie eine gute Übersicht, ohne selbst gesehen zu werden.

Inzwischen war es Nachmittag. Im Stall war zu dieser Zeit wenig Betrieb. Der mittägliche Pferdewechsel war vorüber und die Busse wieder unterwegs auf Londons Straßen. Die Tore zu den Stallungen waren weit geöffnet, um die Sonne hereinscheinen zu lassen. Pferde schnaubten. Zwei Männer lachten miteinander. Es roch nach Heu und Pferdeäpfeln. Im Schatten der Linde badeten Spatzen im Staub und Schwalben jagten über den Hof.

Hier werde ich mich wohlfühlen, dachte Emma und ging auf das Tor zu. Fliegen summten um ihren Kopf.

»Kann ich Ihnen helfen, Miss?« Ein Stalljunge trat ihr in den Weg.

»Ich suche Mr O'Brian.«

»Und wer sucht ihn?« Der Junge schob sich die Mütze in den Nacken und musterte Emma von Kopf bis Fuß. Er war vielleicht zwölf Jahre alt und hatte die krummen Beine der Winterkinder.

»Seine ...« Emma stockte. »Sag ihm, dass Leah Walker hier ist.«

Der Junge verschwand und nur wenige Augenblicke später stand Bill vor ihr. Das Leuchten in seinen Augen wich einem düsteren Starren. Er packte sie am Arm und zerrte sie in seine Kammer.

»Die Polizei war hier«, sagte er. »Ein Constable Kelly. Kennst du ihn?«

»Ja«, antwortete Emma. »Ich hab ihn gesehen.« Sie ließ sich auf den Stuhl fallen, der neben dem Bett stand.

»Kann ich bitte Wasser haben?«

»Wann?«, fragte Bill. »Wann hast du ihn gesehen?« Er lief wütend hin und her.

»Wasser bitte«, wiederholte Emma. Ihre Kehle fühlte sich an wie Dörrobst.

Endlich blieb Bill stehen und schenkte ihr einen Becher Wasser aus einer Blechkanne ein, die auf dem Tisch stand. »Was ist passiert?«

»Ich hab Louise geholfen ...«, begann Emma, trank einen gierigen Schluck und erzählte ihm die ganze Geschichte.

»Bist du verrückt?« Bill stand jetzt so dicht vor ihr, dass sie den Kopf in den Nacken legen musste. »Wie konntest du nur? Du bist dümmer als Bob.«

»Sie war meine Freundin.« Emma biss sich auf die Fingerknöchel.

»Nette Freunde hast du«, fauchte Bill. »Und dann spazierst du hier auch noch als Leah rein. Was meinst du, was passiert, wenn Mr Walker erfährt, dass du seine Tochter in die Sache hineingezogen hast?«

»Was hab ich?« Emma starrte ihn an.

Er war immer noch derselbe: die blauen Augen, die

schwarzen Haare. Und doch erschien er ihr fremd. Wie konnte er nur so etwas sagen?

»Du hilfst mir also nicht?«

»Dir ist nicht zu helfen«, fauchte Bill und trat einen Schritt zurück. Wie ein Prediger streckte er die Hände zur Decke. »Du rennst ohne nachzudenken in dein Unglück, und dann stehst du hier und jeder soll springen. Weißt du eigentlich, wie es Mum geht?«

Emma wand sich unter seinem anklagenden Blick.

»Die Polizei sucht ihre Tochter. Die Einzige, die ihr geblieben ist. Weißt du, was das für sie bedeutet? Es zerreißt sie. Sie traut sich nicht mehr aus dem Haus. Die Leute zeigen mit Fingern auf uns.«

»Ich hab nichts Unrechtes getan.«

»Das sieht die Polizei anders.«

»Sie haben Louise freigelassen.«

»Um sie zu beobachten, du Dummding. Und jetzt ist sie tot.«

»Sie hat es nicht mehr ausgehalten.«

»Das hab ich anders gehört.«

»Was?« Emma hatte das Gefühl, als würde sich eine Schlinge um ihren Hals legen.

»Sie wurde gestoßen.«

Emma war fassungslos. Sie prallte gegen den Gedanken wie gegen eine Mauer. Jemand hatte Louise ermordet? Sie versuchte sich vorzustellen, wie es sein musste zu ertrinken: der Schreck, die Kälte, das Gewicht der eigenen Röcke, das an einem zerrte, das Wasser, das einem in den Mund lief, in die Nase, die Angst. Und dann? Nichts. Nur noch Schwärze. Schaudernd zog sie die Schultern hoch.

Bill beugte sich vor. Sie spürte seinen Atem auf ihrer Haut, roch Zwiebel und Tabak.

»Und weißt du, was sie noch sagen?«

Emma schüttelte den Kopf. Die Schlinge um ihren Hals zog sich zusammen, gleich würde sich eine Falltür öffnen und sie würde ins Nichts stürzen.

»Dass ...«

In diesem Moment flog die Tür zur Kammer auf und ein Stalljunge stürmte herein. »Mr O'Brian, Ihr Bruder hat schon wieder nicht ...« Er stockte und starrte erst Emma an, dann Bill. Bevor er sich von seinem Schreck erholt hatte, drängte Emma ihn zur Seite und floh aus dem Raum.

27. Kapitel

Emma irrte durch die Gassen. Bills harsche Worte hallten in ihrem Kopf nach. Sie war schuld am Unglück ihrer Eltern. Dieser Gedanke schnürte ihr die Kehle zu – ebenso wie die Angst. Jemand hatte Louise gestoßen. Inspector Webbe würde sie verdächtigen. Ihr wurde schwindelig. Halt suchend klammerte sie sich an einen Laternenpfahl.

»Willste 'nen Thrupence machen?«

Emma schaute auf. Ein Metzgergeselle stand mit blutiger Schürze vor ihr.

»Gleich hier umme Ecke.« Er rieb sich den Schritt.

Emma stieß ihn zur Seite und hinkte davon, als gelte es ihr Leben. Erst als sie sicher war, dass er ihr nicht folgte, wurde sie langsamer. In ihrem Fußknöchel pulsierte wieder der Schmerz. Aber das war nichts gegen die Qual in ihrem Inneren. War das ihre Zukunft? Das Leben einer Dreipennyhure, die froh sein konnte, wenn sie einen Platz für die Nacht fand?

Nein, dachte sie. Das wird nicht passieren. Eher gehe ich ins Wasser.

Wie von selbst trugen ihre Füße sie zum Fluss. Die Sonne stand schon im Westen. Emma starrte auf die Bugwelle eines vorbeifahrenden Schiffes. Ihre Schuhspitzen ragten über die Kaimauer hinaus. Nur ein Schritt und das Wasser würde über ihr zusammenschlagen. Es würde ihre Lungen füllen, ihre Röcke blähen und sie in die Tiefe ziehen. Emma schwankte. Sie hörte die Rufe der Vorarbeiter, das Geräusch der Hämmer und Sägen und hielt sich die Ohren zu. Nur ein Schritt.

»Bist du verrückt?« Jemand riss sie herum, dann drückten kräftige Männerhände sie an ein pochendes Herz hinter kratzendem Wollstoff.

Emma roch Tabak und Schweiß. »Nicht!« Sie schlug mit den Fäusten gegen die Brust des Mannes. In ihrem Kopf drehte sich alles. Sie schaute auf, sah die hellen Sommersprossen, den blonden Schnauzbart, die streng gerunzelte Stirn – alles auf einmal und jedes Detail für sich. Wie Sand rieselte die Kraft aus ihren Knochen und sie verlor das Bewusstsein.

»Alles in Ordnung?«

Emma schlug die Augen auf. Constable Kelly beugte sich über sie.

»Warum hast du das getan?« Er strich ihr über die Stirn. »Woher hast du die?«

»Das ist nichts.«

»Ich muss dich mitnehmen.« Seine Stimme klang gepresst.

»Wohin?« Emma setzte sich auf. Hilfe suchend schaute sie sich um.

Sobald ihr Blick den eines Arbeiters traf, wandte der die Augen ab. Niemand würde ihr helfen. Die Leute hatten viel zu viel Angst vor den Polizisten.

»Ich hab nichts Unrechtes getan.«

»Du bist wie ein Papagei, der immer das Gleiche plappert. Und nun komm!« Constable Kelly zog sie hoch. »Kannst du stehen?«

Emma nickte. »Aber wenn es doch wahr ist«, beharrte

sie. Was sollte sie auch sonst sagen? Ihr Leben lag zerbrochen zu ihren Füßen, und das nur, weil sie einem hungrigen Mädchen Essen gegeben hatte.

»Warum bist du weggelaufen?«

»Bethany hat gesagt ... Und alle denken ...« Emma wusste nicht, wo sie anfangen sollte.

Was hatte es auch für einen Sinn, sich zu rechtfertigen? Alles, was sie sagen konnte, wirkte so lächerlich, an den Haaren herbeigezogen: ihr Sturz, der Maiglöckchenduft, die Governess, Lady Belinda. Niemand würde ihr glauben. Und doch war es die Wahrheit. Sie wischte sich mit dem Handrücken die Nase. Wäre Constable Kelly doch nur eine Minute später gekommen. Aber warum war er überhaupt hier?

»Hat Bill mich verraten?« Vor Verzweiflung wurde ihr die Brust eng.

»Bill?«, fragte Constable Kelly.

Emma wurde wütend. Für wie dumm hielt er sie eigentlich?

»Tun Sie nicht so!«, fauchte sie. »Ich hab Sie gesehen am Stall. Sie haben mit ihm gesprochen.«

»Du warst da?«

»Warum fragen Sie, wenn Sie es sowieso schon wissen? Mein eigener Bruder!«

»Komm jetzt!« Constable Kelly zog Emma zur Rampe, die vom Damm hinunterführte.

Für einen Moment verstummte das Hämmern, nur um einen Augenblick später mit besonderer Wucht wieder einzusetzen. Auch wenn die Arbeiter nicht wagten, sich einzumischen, gefiel ihnen offenbar nicht, was sie da sahen.

»Wohin?« Emma stemmte sich gegen ihn.

»Inspector Webbe hat ein paar Fragen.«

»Sie lügen. Sie wollen mich ins Gefängnis werfen.«

»Nun mach kein Theater!« Constable Kelly schaute sich um.

Er hat Angst, erkannte Emma. Er ist sich nicht sicher, ob sie mir nicht doch helfen.

»Wenn du unschuldig bist, wird Webbe es beweisen.«

»Nichts wird er«, widersprach Emma. »Lassen Sie mich los, bitte! Ich hab nichts Unrechtes getan.«

Die ersten Arbeiter legten ihre Werkzeuge zur Seite.

»Hör endlich auf!«, zischte Constable Kelly. Sein Gesicht war ihrem jetzt so nah, dass sein Atem ihre Wange streifte. »Wir haben den Brief gefunden, den Louise dir geschrieben hat. Du hättest ihn nicht zurücklassen sollen.«

»Louises Brief?« Emma dachte an das Loch im Baum, in dem sie ihn versteckt hatte.

»Ja, Miss Papagei, und nun komm endlich!«

»Aber dann wissen Sie doch, dass ich unschuldig bin.«

»Wenn man einer Verbrecherin hilft, ist man nicht unschuldig.« Constable Kelly sagte das so laut, dass Emma sich nicht sicher war, ob die Worte ihr oder den Arbeitern galten, die nun Schritt für Schritt näher kamen.

»Aber das wusste ich doch nicht.«

»Du kannst also nicht lesen.«

»Was reden Sie da? Natürlich kann ich lesen.«

»Dann weißt du ja, dass sie in dem Brief von dem Jungen schreibt und dich treffen wollte.«

»Nichts anderes habe ich erzählt.«

»Oh doch! Du hast behauptet, Louise sei unschuldig, sie hätte das geschrieben. Aber das stimmt nicht. Komm jetzt!«

»Das ist nicht wahr. Es steht genau so drin, wie ich es gesagt habe.« Emma sah die runden Buchstaben vor ihrem inneren Auge. »Louise hat geschrieben, dass sie unschuldig ist.« Sie wollte sich aus seinem Griff befreien, zog und zerrte. Plötzlich riss der Stoff ihres Ärmels und sie taumelte zurück.

»Na warte!« Constable Kelly streckte die Arme nach ihr aus und sprang vor.

Emma duckte sich. Ein Raunen ging durch die Menschenmenge. Plötzlich flog ein Stein. Constable Kelly stolperte gegen Emma, riss sie zu Boden. Sein Knie bohrte sich schmerzhaft in ihre Rippen. Emma schob ihn von sich, rappelte sich auf und schaute sich um. Die Arbeiter standen schweigend um sie herum. Sie sah zu Constable Kelly. Blut lief ihm übers Gesicht. Sie streckte die Hand nach ihm aus, doch sie musste fort, tat erst einen, dann einen zweiten und schließlich einen dritten zögernden Schritt. Die Menge wich zur Seite. Ohne sich noch einmal umzuschauen, hinkte Emma davon.

Sie wusste nicht, wie lange sie gelaufen war. Es war schon fast dunkel, als die Schmerzen in ihrem Knöchel sie zu einer Rast zwangen. Constable Kellys bleiches Gesicht ging ihr nicht aus dem Sinn. Sie hätte nicht weglaufen sollen. Was, wenn er tot war? Was, wenn die Arbeiter ihn einfach in den Fluss geworfen hatten? Die Angst um ihn würgte sie. Er war so nett zu ihr gewesen – damals, als sie sich verkleidet hatte, und auch in Whitewood Manor. Warum nur war sie nicht mitgegangen?

Weil du unschuldig bist. Das sagte sich Emma immer wieder, sonst hätte sie begonnen zu zweifeln.

Sie hätten den Brief, hatte er gesagt. Wie konnte das sein? Sie hatte ihn in ein Spechtloch gesteckt. Warum sollten sie ihn da suchen? Und warum sollte etwas anderes drinstehen, als sie selbst gelesen hatte? Aber wenn etwas anderes darin stand – wer hatte diesen Brief geschrieben? Lady Belinda? Die Governess?

Die Fragen trieben Emma dazu, sich aufzurappeln und weiterzulaufen. Bei jedem Polizisten, den sie sah, wechselte sie die Straßenseite. Im Gewirr der Gassen hatte sie schon längst die Orientierung verloren.

Auf einmal wehte ihr aus einem Hauseingang der Duft von Pasteten in die Nase. Ihr Magen knurrte, schließlich hatte sie den ganzen Tag über noch nichts gegessen. An der Hauswand sank sie zu Boden und landete auf etwas Hartem. Es musste in ihrer Rocktasche sein. Sie griff hinein und erschrak. Der Schlüssel zum Tor von Whitewood Manor. Hastig schaute sie sich um. Niemand beachtete sie. Sie zog den Schlüssel heraus. Schwer lag er in ihrer Hand. Wie hatte sie ihn nur vergessen können?

In ihrem Kopf wuchs eine Idee. Sie wusste nicht, welchen Brief die Polizei hatte, aber es war nicht ihrer. Alles schien Teil eines teuflischen Plans zu sein, ausgeheckt von Lady Belinda. Aber Emma hatte den Schlüssel, um den richtigen Brief zu holen. Sie drückte sich hoch und fragte einen Juden, der unter dem Gewicht des Sackes auf seinen Schultern ächzte, nach dem Weg.

»Was willste denn bei die feinen Leut?«, krächzte der Alte, erklärte ihr dann aber doch, wohin sie gehen musste. »Halt dich immer Richtung Westen!«, riet er ihr.

Emma dankte ihm und lief los. Noch bevor die Sonne ganz verschwunden war, wusste sie wieder, wo sie war. Sie hinkte zwischen Droschken und Landauern hindurch, die über die breiten Straßen ratterten, und stand schließlich vor dem Dienstbotentor von Whitewood Manor. Die Nacht war hereingebrochen und hinter den Bäumen schimmerten die erleuchteten Fenster. Emmas Hände zitterten, als sie den Schlüssel aus der Rocktasche zog. Die Dienstboten waren jetzt mit dem Dinner beschäftigt, nur vor dem Gärtner musste sie sich in Acht nehmen.

Schwarze Schlieren tanzten vor Emmas Augen und sie schwankte. Was, wenn sie das Schloss ausgetauscht hatten? Was, wenn sie im Garten auf sie warteten? Aber sie musste es versuchen.

Knarrend drehte sich der Schlüssel im Schloss und mit einem leisen Quietschen schwang das Tor auf. Emma hielt sich im Schatten der Bäume. Spinnweben streiften ihr Gesicht und über ihr war ein Rascheln und Wispern, das ihr Schauer über den Rücken jagte. Ihr Herz raste. Endlich stand sie am Birnbaum. Sie atmete auf und wischte sich die schweißnassen Hände am Rock ab. Ihre Finger tasteten über die Borke, fanden das Loch. Plötzlich ertönten Stimmen. Emma duckte sich hinter den Baum.

»Sie hätten zu Hause bleiben sollen!« Das war Inspector Webbe.

Emmas Nackenhaare richteten sich auf. Warum war die Polizei hier?

»Wir kriegen das Miststück auch ohne Ihre Hilfe.«

Emma hielt die Luft an. Miststück nannte er sie. Sie presste die Faust gegen die Lippen, um nicht vor Wut aufzustöhnen.

»Einen Polizisten niederschlagen. Dafür wird sie hängen.«

»Aber so war es doch nicht. Es war nicht ihre Schuld.«

Constable Kellys Stimme! Er lebte. Emmas Herz schlug heftig gegen ihre Rippen. Sie fühlte sich so erleichtert, dass sie für einen Augenblick die Gefahr vergaß, in der sie schwebte.

»Kelly, Kelly.« Inspector Webbe blieb direkt vor ihrem Versteck stehen; sie hätte ihn mit ausgestreckter Hand berühren können. »Der Schlag auf den Kopf war wohl doch härter, als ich dachte. Gut, dass Sergeant Fraser Sie ablöst.« Er schnalzte mit der Zunge und setzte sich wieder in Bewegung. »Sie kennen doch die Beweise.«

»Ja, schon, aber sie wirkte so erschrocken.«

»Das sind sie alle, wenn man sie erwischt. Gehen Sie nach Hause, Kelly!«

»Nach Hause? Ich glaub, ich weiß gar nicht mehr, wo das ist.«

»Dann versuchen Sie es mal bei der Witwe Howard in der Bow Street«, sagte Inspector Webbe. »Die Adresse steht zumindest auf Ihrer Meldekarte.«

»Kann ich nicht bleiben, Sir?«

»Kelly, Kelly.« Inspector Webbe lachte auf. »Hat die Kleine Sie etwa mit ihren Nixenaugen verhext?«

Hitze stieg Emma in die Wangen. Dieser schreckliche Webbe! Am liebsten hätte sie ihm einen ordentlichen Tritt gegens Schienbein verpasst – und wäre dafür direkt im tiefsten Kerker von Holloway gelandet. Sie schluckte an ihrer Wut wie an einer Kröte.

»Aber heute wird sie wohl nicht auftauchen. Zu viel Unruhe im Haus.«

»Falls sie überhaupt wiederkommt.«

»Wenn nicht heute, dann morgen oder übermorgen. Glauben Sie mir! Ich kenne diese Sorte. Das Mädchen weiß nicht ein noch aus und irgendwer in diesem verflixten Haushalt steckt mit drin. An den wird sie sich wenden.«

»Sie sagte was über das Hausmädchen.«

»Diese Bethany? Glaub ich nicht. Waren wahrscheinlich nur Eifersüchteleien. Ist doch immer das Gleiche mit diesen Leuten.« Inspector Webbe blieb wieder stehen und zündete sich eine Zigarre an. »Nein«, sagte er und paffte Rauchwolken in den Nachthimmel, »das ist keine Weiberangelegenheit.« Er räusperte sich. »Ich tippe eher auf diesen Pither. Aalglatt der Kerl. Da muss man sehr subtil vorgehen, um dem was aus den Rippen zu kitzeln.«

»Das Leben ist schon merkwürdig«, erwiderte Constable Kelly nachdenklich.

»Jetzt werden Sie nicht tiefsinnig, junger Mann!«

Die Stimmen der Polizisten wurden leiser und schließlich quietschte das Tor. Emma zitterte so sehr, dass ihre Zähne klapperten. Sie hasste den Inspector für die Sicherheit, mit der er sie verurteilte. Aber es war nicht seine Schuld. Er zappelte nur wie eine Fliege in dem Netz, das eine andere gesponnen hatte.

Emma lauschte in die Nacht. Ein Käuzchen rief, etwas raschelte, dann war Stille. Vorsichtig verließ sie ihr Versteck. Das Spechtloch war im weißen Licht des Mondes gut zu sehen. Sie streckte sich, zauderte.

Es sind nur Vögel, rief sie sich selbst zur Ordnung. Die Menschen muss ich fürchten, nicht die Tiere.

Ihre Finger tasteten über den Rand, berührten einen weichen Flaum. Wo war das Papier? Schweiß lief ihr über die Stirn. Wie tief war so eine Spechthöhle? Was, wenn der Brief verloren war? Emmas Kehle wurde eng. Dann trieb das Knarren der Küchentür sie zurück in ihr Versteck.

»Wollen Sie wirklich schon gehen?«, fragte Mrs Cox. »Sicherlich möchte Lord Collingwood Ihnen noch danken.« Ein Seufzer hallte durch die Nacht. »Das Leben ist schon merkwürdig, nicht wahr? Freud und Leid liegen so nah beieinander. Einen Sohn hat er verloren, einen Sohn bekommen.«

»Es ist alles getan.« Das war die Stimme der Hebamme. Sie klang müde.

Das Kind, schoss es Emma durch den Kopf. Lady Belindas Sohn. Und mit einem Mal wurde ihr alles klar: Deshalb also war sie zur Mörderin geworden.

»Dann warten Sie wenigstens. Ich hole eine Lampe.«

»Nicht nötig.«

Schritte näherten sich. Die Hebamme eilte an Emma vorbei, ohne sie zu bemerken. Sie keuchte. Schwer hing der Korb an ihrem Arm. Emma hätte der alten Frau gern geholfen, aber sie blieb in ihrem Versteck und wartete, bis das Tor wieder quietschte. Erst dann wagte sie sich hervor. Diesmal kletterte sie auf die Bank und schob ihren Arm so tief wie möglich in das Spechtloch. Ihre Finger berührten Daunen, strichen über Rinde. Plötzlich wurde ein Fenster in der ersten Etage aufgerissen.

»Zu Hilfe!«, schrie eine Frau. Es war Miss Jacobi. »Zu Hilfe! Das Kind! Zu Hilfe!« Die Stimme erstarb in einem Schluchzen.

Emma sank gegen den Baumstamm. Von der Straße her ertönten Polizeirasseln, dann quietschte das Tor.

Weg hier, dachte Emma, aber ihre Beine bewegten sich nicht. Starr vor Angst presste sie sich an den Baumstamm.

Ein Polizist stampfte über den Kiesweg, vom Haus her waren Stimmen zu hören, aufgeregte, wütende, verzweifelte.

Lauf, ermahnte Emma sich. Ein Ruck ging durch ihren Körper und sie rannte zum Tor. Wenn die Polizei sie jetzt hier fand, würde kein Brief der Welt sie retten.

28. Kapitel

Überall in den Gassen klapperten die Rasseln der Blauen. Der Klang trieb die Menschen vor die Häuser. Es musste etwas Schreckliches passiert sein.

»Vielleicht ein Feuer.« Mrs Jakins streichelte den Kopf des Terriers, den sie auf dem Arm trug und der gegen das Klappern ankläffte, als gelte es sein Leben.

Den anderen Hund trug Mr Jakins. »Man hört keine Feuerglocken«, sagte er. »Die würden doch läuten, wenn es ein Feuer wäre.«

»Wie klug Sie sind, Mr Jakins.«

»Wir sollten ins Haus zurückkehren. Viel schlimmes Volk ist in solchen Nächten unterwegs.«

»Wie wahr.« Mrs Jakins winkte den Kindern, ihr zu folgen.

»Kann ich noch draußen bleiben?« Gladys war viel zu neugierig, um sich jetzt auf ihre Decke zu legen.

An Schlaf war sowieso nicht zu denken bei all dem Rasseln und Rennen. Sie hatte Angst um Tom. Was, wenn sie ihn erwischt hatten?

»Damit ich Sie warnen kann, wenn Gefahr naht«, behauptete sie und fühlte sich auf einmal wie im Arbeitshaus. Was nutzte einem ein Dach über dem Kopf, wenn man nicht sein eigener Herr war?

»Na gut«, sagte Mr Jakins schließlich. »Aber halte dich am Haus oder ...« Seine Frau räusperte sich und er verschluckte, was auch immer er hatte sagen wollen.

»Mach ich, Mr Jakins, Sir«, sagte Gladys. Er liebte es, wenn man ihn »Sir« nannte, und zu allem Überfluss knickste Gladys noch, weil die Jakins' das erst recht mochten. Dann hielt sie ihnen die Tür auf.

Kaum waren die beiden verschwunden, mischte sie sich unter die Menschen. Jeder vermutete etwas anderes, vom Raub der Kronjuwelen war die Rede und vom Überfall eines Piratenschiffs, das im Dunkel der Nacht die Themse hinaufgesegelt war. Eine Geschichte klang abenteuerlicher als die andere, und jede war so glaubhaft wie Rosenduft aus dem Abwasserkanal. Gladys wurde klar, dass sie in dieser Gasse nicht klüger werden würde. Sie raffte ihre Röcke, um den Polizeirasseln zu folgen, als sie die Hebamme sah. Den Korb gegen ihren Körper gepresst, zwängte sie sich zwischen den Menschen hindurch. Gladys lief in ihre Richtung. Vielleicht wusste die Hebamme ja mehr? Sie wollte gerade ihren Namen rufen, als sie es hörte.

»Hush little Baby«, sang die Hebamme leise.

Sofort war alles wieder in Gladys' Kopf: der Geschmack nach Fisch und Blut, die Angst, ihre kreischende Mum. Zitternd blieb sie stehen, unfähig, sich zu rühren. Die Hebamme ging an ihr vorbei. Gladys glaubte, das Weinen eines Babys aus dem Korb zu hören. Aber das konnte nicht sein. Es war tot. Mums Baby war tot. Der Schatten hatte es geholt. Gladys' Knie knickten ein und sie landete im Dreck.

Weg hier, dachte sie und rappelte sich auf. Sie wollte nur noch zurück in die düstere Sicherheit der Waschküche, sehnte sich geradezu nach dem Seifengestank. Er würde ihr die üblen Gedanken aus dem Kopf schäumen.

»Gladys!«

Der Ruf erwischte sie völlig unerwartet. Unwillkürlich zog sie den Kopf ein. Wieso war Emma frei? Gladys' Herzschlag stolperte wie ein betrunkener Matrose. Wie blöd waren die Blauen eigentlich? Musste man sie zu ihren Opfern hinführen wie ein Kind zur Mutter?

»Gladys!«

Hastig schaute Gladys sich um. Wenn das Mädchen nicht bald Ruhe gab, würde Mrs Jakins den Kopf zur Tür hinausstecken. Sie entdeckte Emma, ballte die Fäuste und ging zu ihr.

»Was willst du?« Sie spuckte vor ihr aus, wie Tom es tat.

»Der Schatten«, keuchte Emma. »Der Schatten.«

Natürlich, der Schatten schon wieder. Diese Emma konnte an nichts anderes denken. Gladys entspannte sich. Emma wirkte nicht, als sei sie auf Ärger aus. Woher sollte sie auch wissen, dass Gladys ihr Constable Kelly auf den Hals geschickt hatte? Außerdem schien sie keine Ahnung von einer ordentlichen Prügelei zu haben. Bevor sie die Hände oben haben würde, hätte Gladys ihr schon mindestens zwei Backpfeifen verpasst. Sie erwischte sich dabei, wie sich ihre Mundwinkel zu einem Lächeln verzogen. Es galt nicht Emma, aber das konnte die nicht wissen. Erleichtert grinste Emma zurück.

Warum auch nicht, dachte Gladys. Die ist harmlos. Selbst wenn wir ungefähr gleich alt sind. Im Gegensatz zu mir ist sie ein Baby, ein hilfloses Kind. In meinen Schuhen würde sie nur so lange überleben, wie Verhungern dauert.

»Vielleicht solltest du dir diese Geschichte für die Blauen aufheben«, sagte sie. »Weißt du, sie nutzt sich ab, wenn du sie immer wieder erzählst.«

»Ich war am Haus.«

»Du warst wo?« Gladys wusste genau, welches Haus sie meinte. Alle Achtung, dachte sie. Das war mutig.

Auf einmal erschien ihr Emma gar nicht mehr so harmlos. Immerhin lief sie noch frei herum, und das, obwohl sie diesem Kelly einen Tipp gegeben hatte. Sie hatte ihm gesagt, dass die Kleine bei der Hebamme unterschlüpfen würde, hatte ihm sogar den Weg dorthin beschrieben. Aber sie hätte dem Mädchen wohl besser einen anderen Blauen auf den Hals gehetzt.

»Am Haus. Wegen dem Brief von Louise.«

»Erzähl bloß keinem, dass Tom ihn dir gebracht hat!«

»Nein, natürlich nicht.« Emma rückte ihre verrutschte Haube zurecht.

»Und, hast du ihn?«, fragte Gladys. Wenn ja, würde sie ihn ihr schon abnehmen. Kein Brief, kein Bote.

»Nein.« Emma verschränkte die Finger ineinander. »Erst war da die Polizei.«

Noch sagt sie »Polizei«, dachte Gladys. Aber nicht mehr lange und es sind auch für sie »die Blauen«.

»Ein Inspector und Constable Kelly.«

Wenn es nicht so dunkel gewesen wäre, hätte Gladys einen Backenzahn darauf verwettet, dass Emma rot wurde. War also doch was zwischen den beiden. Dieser Kelly würde sie wohl nicht mal finden, wenn sie auf seinem Schoß saß. Gladys spuckte ihre Eifersucht in den Rinnstein.

Was hast du erwartet, dachte sie. Männer wie Kelly heiraten Mädchen wie diese Emma, keine wie dich.

»Und dann?«, fragte sie, weil Emmas Geschichte zäh wie Melasse tropfte.

»Mrs Westwood«, antwortete Emma.

Gladys ignorierte den Schauer, der ihr bei diesem Namen über den Rücken kroch. »Und da bist du ihr hinterher?«

»Eigentlich nicht«, antwortete Emma.

Aber eigentlich doch, dachte Gladys. Schließlich ist sie grad hier vorbeigekommen. Wieder überlief sie ein Schauer.

»Ich wollte ja den Brief holen.«

Ach richtig, der Brief, dachte Gladys. »Und warum hast du es nicht getan?«

»Weil ...« Emma schaute sich um. »Weil der Schatten Myladys Baby geholt hat«, flüsterte sie.

»Nein.« Gladys musste sich an einer Hauswand festhalten, um nicht zu stürzen.

»Doch, ich schwör's«, wisperte Emma. »Ich hab's mit eigenen Ohren gehört. Laut um Hilfe haben sie geschrien. Der Schatten hat's geholt.«

Gladys starrte sie an. Der Schatten und das Mädchen mit den Absinthaugen – der Gedanke war einfach sofort da. Emma war bei dem Haus gewesen, sie hatte es gerade zugegeben. Was sagten schon ihre tränennassen Augen? Jeder konnte jammern, wenn es darauf ankam.

Gladys hatte es ebenso gemacht, als sie Emma verpfiffen hatte, gejammert und geweint, die »Armes Mädchen, kleiner Bruder«-Tour abgezogen. Es hätte nicht viel gefehlt und Constable Kelly hätte ihr sein Schnupftuch angeboten. Er war wirklich nett gewesen, auch diesmal. Gar nicht so, wie die Blauen sonst waren. Die ganze Zeit über hatte Gladys daran denken müssen, wie es gewesen war, in seinen Armen zu sich zu kommen. Und deshalb hatte sie noch ein wenig mehr erzählt, von Andeutungen, die ihr Angst gemacht hätten. Aber sie hatte nichts gesagt, woraus man ihr einen Strick drehen könnte. Man wusste schließlich nie, aus welcher Richtung der Wind wehte.

Und jetzt stand Emma vor ihr und starrte sie an, als sei sie die Heilige Elisabeth der Abwasserkanäle. Was wusste

Gladys schon von ihr, außer dass sie sehr dicke mit der Hebamme war?

Ich hab mir das Greinen des Kindes nicht eingebildet, dachte sie. Mrs Westwood ist der Schatten.

Der Gedanke war so falsch wie ein neuer Rock aus der Petticoat Lane. Jeder kannte schließlich die Hebamme. Selbst die schlimmsten Mörder und Diebe ließen sie unbehelligt ihres Weges ziehen. Aber dann fiel Gladys der Engel über dem Bett ein und wie er sie mit seinen Augen verfolgt hatte und was die Hebamme gesagt hatte.

Auf einmal hatte sie schreckliche Angst. Wenn die Hebamme der Schatten war, war alles möglich. Ohne sich noch einmal nach Emma umzuschauen, lief sie zum Haus der Jakins' zurück und schlug die Tür hinter sich zu. Zitternd stand sie in der Dunkelheit der Waschstube.

»Kommst du uns holen?«, wisperte eins der anderen Mädchen.

Nein, dachte Gladys, ich nicht. Der Engel der Themse tut es. Er kümmert sich um die Kinder der Armen.

Aus jeder Ecke des Raumes tönte ihr plötzlich das Weinen des Babys aus dem Korb entgegen. Seine Stimme schwoll zu einem Brausen an. Gladys presste die Zähne aufeinander. Wieso hatte der Schatten ihr Baby, das ihrer Mum genommen? Weil Tom ihr hatte helfen wollen und es allein gelassen hatte – Gladys wusste es ja. Aber der verschwundene Junge war nicht allein gewesen und auch nicht das Kind, das heute geboren worden war. Und eigentlich war ihr Baby auch nicht allein gewesen, nur in diesem einen verflixten Augenblick. Gladys hatte es mit ihrem Körper gewärmt und es geliebt, wie sie jedes Baby ihrer Mum geliebt hatte. Weil die es nicht mehr so gut gekonnt hatte, das Liebhaben. Der Gin hatte ihr die Liebe aus dem Herzen gebrannt. Aber Gladys hatte es gekonnt, und niemand hatte das Recht gehabt, ihr das Baby wegzunehmen. Niemand hatte das Recht, irgendein Baby wegzunehmen! Tränenblind riss Gladys die Tür wieder auf und prallte fast gegen Emma.

»Was ist?« Sie hielt ihr die Faust unter die Nase.

Emma stolperte zurück und starrte Gladys an, als wäre ihr ein zweiter Kopf gewachsen. »Ich weiß nicht, wohin.«

»Versuchs beim Schatten!« Gladys stieß sie zur Seite. »Oder noch besser beim Engel der Themse«, rief sie über ihre Schulter zurück. »Du kennst ja den Weg.« Dann rannte sie in Richtung Bow Street.

29. Kapitel

Fassungslos starrte Emma der verrückten Gladys hinterher. Sie stieß die Leute wie Kegel zur Seite. Was war nur in sie gefahren? Was hatte sie noch gesagt? Zum Engel der Themse sollte sie gehen? Aber was sollte sie am Fluss?

Natürlich! Emma schlug sich mit der flachen Hand gegen die Stirn und zischte vor Schmerz. Sie hatte die Beule vergessen, die wie ein Wachtelei auf ihrer Stirn prangte. Die Hütte der Hebamme – dahin würde sie gehen. Es gab in ganz London keinen anderen Ort, wo sie willkommen war.

Sie lief los und erreichte schließlich den Holzsteg, der zur Fischersiedlung führte. Der Geruch von brennendem Torf stieg ihr in die Nase. Das Schilf rauschte im Wind, Frösche quakten und ein Käuzchen flog auf der Suche nach Nahrung über die Wiese. Emmas Füße verschwanden im Nebel, der von der Themse aufstieg. Schaudernd zog sie den Umhang fester um sich. In so einer Nacht glaubte sie wieder an die Geister ihrer Kindheit. Und gab es sie nicht wirklich? Hatte nicht gerade erst der Schatten Lady Belindas Neugeborenes geraubt?

Ein Knarren ließ Emma aufhorchen. Ein Schrei drängte aus ihrer Kehle. Sie presste die Hand gegen die Lippen.

Und dann sah sie den Schatten: Schwärzer als die Nacht schwebte er vor der Hütte der Hebamme. Der Wind blähte seinen Umhang.

»Hush little Baby.« Der Fetzen des Kinderliedes löste sich von der unheimlichen Gestalt, trieb mit dem Wind über die Wiese.

Emma fiel auf die Knie. Ihre Gedanken rasten und auf einmal fügte sich alles zusammen wie ein Puzzle: der Schatten, die Hebamme, Moses' Körbchen, der Fluss. Die Wahrheit lähmte sie. Hilflos sah sie zu, wie die Hebamme zum Fluss eilte – auf demselben ausgetretenen Pfad, den sie selbst vor wenigen Stunden gegangen war, um ihre Notdurft zu verrichten. Emma streckte die Hand nach der alten Frau aus, wollte sie allein durch diese Bewegung zurückhalten.

Das Kind, schrie es in ihr. Du musst es retten.

Sie stemmte sich hoch, taumelte über den Steg. Mit jedem Schritt zertrat sie ein Stück ihrer Angst, gewann an Kraft und Zuversicht. Sie musste sich beeilen, dann würde sie das Kind retten. So schrecklich es war – es war nur die Hebamme, eine Frau, vom Alter gebeugt. Emma vergaß die Schmerzen und humpelte, so schnell es ihr verletzter Knöchel zuließ. Schilf schlug ihr ins Gesicht, doch es war ihr egal. Sie lief weiter, dem dunklen Fluss entgegen. Im weißen Licht des Mondes sah sie die Hebamme, hörte ihr Lied: »Hush little Baby.« Bis zu den Knien stand die alte Frau in der Themse, bückte sich und der Korb tanzte auf den Wellen.

»Nein!« Emma lief ins Wasser. Schwer zog es an ihren Röcken und die Kälte des Flusses ließ sie nach Luft schnappen.

Die Hebamme drehte sich zu ihr um. Sie hielt ein Seil in der Hand. »Was machst du hier, Kind?« Ihre Stimme klang so beiläufig, als würde sie um einen zweiten Teller Suppe bitten.

Emma hörte das Schreien des Babys. Sie starrte auf das Seil, mit dem die Hebamme den Korb hielt; es schimmerte schwarz vor Nässe.

»Du wirst den Engel nicht aufhalten«, sagte die Hebamme und öffnete ihre Hand. Wie eine Wasserschlange trieb das Seil auf den Fluten. Die Schreie des Babys hallten in Emmas Ohren.

»Nein!« Sie pflügte durch das Wasser. In dem Moment, in dem sie den Grund unter den Füßen verlor, schlossen sich ihre Finger um das Seil. Sie strampelte mit den Beinen. Das Gewicht ihrer Röcke zerrte an ihr.

Für einen schrecklichen Moment schlug das Wasser über ihr zusammen. Dann fanden ihre Füße Halt und sie stemmte sich nach oben. Noch schrie das Baby, noch lebte es. Emma zerrte an dem Strick. Der Korb war so schwer. Das Baby wimmerte nur noch. Endlich schlossen sich Emmas klamme Finger um den Rand des Korbes. Sie riss das Kind heraus. Es war so winzig, sein Gesicht bleich wie der Mond. Ein Seufzer ging durch den kleinen Körper. Es lebte. Noch lebte es. Emma wandte sich um.

Die Hebamme stand jetzt direkt vor ihr. »Du kannst dich dem Engel nicht entgegenstellen«, sagte sie mit einer Stimme, die eisig rauschte wie das Wasser des Flusses.

»Bitte, Mrs Westwood! Es ist doch nur ein Baby.«

»Natürlich ist es ein Baby.« Über das Gesicht der Hebamme ging ein Strahlen. »Der Engel kümmert sich um die Kinder der Sünder. Hörst du nicht seine Stimme?« Sie hob den Kopf.

»Bitte!« Emma zitterte vor Kälte, die Röcke zerrten an ihr und das Kind in ihren Armen fühlte sich so kalt an wie der Tod. »Es ist nicht seine Schuld. Es war doch Lady Belinda.«

Die Hebamme sah sie voller Verachtung an, ihre Hände schnellten vor und stießen gegen Emmas Brust.

30. Kapitel

Gladys rannte durch die nächtlichen Straßen, als jagten sie die Seelen der toten Kinder. Sie ließ das Rasseln und Raunen hinter sich und bog schließlich in die Bow Street ein. Hier war nichts von der Unruhe zu spüren, die sie aus dem Haus getrieben hatte. Aus der Royal Opera ertönte Musik. Ihr Klang war so dunkel wie die Nacht. Droschken warteten vor dem Portal, die Gäule schnaubten in ihre Futtersäcke. Zwei Kutscher lehnten mit qualmenden Pfeifen an einer Laterne.

»Willste dir 'nen Penny verdienen?«, fragte einer von ihnen. Er streckte die Hand nach ihr aus.

Sein Lachen fuhr Gladys in die Knochen, ließ sie stolpern. Im letzten Augenblick fing sie sich. Es war alles wieder da: die betrunkenen Matrosen, der Geschmack nach salzigem Fisch, die Ohrfeige, das Blut in ihrem Mund, das Wiegenlied. Die Hebamme hatte Mums Baby weggenommen, so wie sie jetzt das Kind dieser Lady genommen hatte.

Atemlos stoppte Gladys vor der Treppe des Polizeireviers. Sie zögerte, dachte an ihre Mum. Die hatte um Hilfe geschrien und die Blauen waren gekommen, aber sie hatten ihr nur den Tod gebracht. Gladys wollte wirklich hineingehen, doch sie schaffte es nicht, den Fuß auf die erste Stufe zu setzen. Dann dachte sie an das Baby und ihre Wut auf Emma und diese alte Frau, die einfach Kinder wegnahm, und das trieb sie schließlich doch die Treppe hinauf.

Die beiden Blauen hinter dem Tresen drehten sich um, als sie in den Raum stürmte. Sie waren gerade bei ihrer Nachtmahlzeit, die aus Pasteten, Brot und Zwiebeln bestand. Gladys erkannte Constable Kelly, der eine Pastete in der Hand hielt, und taumelte rückwärts gegen die Tür, die hinter ihr zugefallen war.

»Was willst du denn hier?« Er kniff die Augen zusammen und klappte die Theke hoch. Seine Stirn war mit einem schmutzigweißen Tuch verbunden. Während er auf sie zuging, wischte er sich die Hände an seiner Jacke ab.

Mit jedem Schritt, den er näher kam, schien Gladys zu schrumpfen. Schließlich stand er so dicht vor ihr, dass sie ein Stück Pastete bemerkte, das in seinem Mundwinkel hing. Ihre Hand zuckte, so gerne wollte sie es ihm aus dem Bart zupfen. Sie räusperte sich und nahm ihren Mut zusammen wie ein löchriges Schultertuch, aber irgendwie lief alles ganz fürchterlich schief.

»Warum haben Sie Emma nicht eingesperrt?«

Was war das denn? Gladys hätte sich vor Wut auf den Fuß treten können. Emma war nicht wichtig, nur das Baby.

»Bist du durch die Nacht gerannt, um mich das zu fragen?« Constable Kelly musterte sie unter finster zusammengekniffenen Brauen hervor.

»Erzähl's ihr!«, rief der andere Blaue mit vollem Mund. »Entwischt ist sie ihm.« Lachend biss er in seine Zwiebel und verschluckte sich prompt.

»Entwischt?« Gladys konnte es nicht fassen.

»Am Deich«, murmelte Constable Kelly. Verlegen strich er sich über den Verband.

»Ich hab sie gesehen«, sagte Gladys. »Sie hat das Kind.«

»Den Jungen?«

»Es war ein Junge?« Auch das Baby von Gladys' Mum war ein Junge gewesen.

»Natürlich war's ein Junge«, sagte Constable Kelly. »Das musst du doch wissen. Stand in jeder Zeitung.«

»Leute wie die da lesen höchstens Läuse von ihren Blagen.« Der Blaue hinter dem Tresen feixte. Er hatte sich gerade rechtzeitig von seinem Hustenanfall erholt, um sich über Gladys lustig zu machen.

Sie hatte große Lust, ihm Brot und Zwiebel so weit in den Rachen zu boxen, dass er nicht einmal mehr husten konnte. »Aber ich hab sie doch gerade erst gesehen.« Sie verstand nicht, was hier vor sich ging. »Sie hat gesungen und in dem Korb war das Baby.«

»Hast du zu tief ins Ginglas geschaut?« Der zweite Blaue kam nun auch hinter dem Tresen hervor und baute sich drohend vor ihr auf.

Constable Kelly hielt ihn mit einer Handbewegung zurück. »Wovon redest du, Mädchen?«

Gladys konnte sein Misstrauen riechen, auch wenn es auf der Wache stank wie in Holborn. »Na, wie ich's gesagt habe: Sie hat das Baby«, antwortete sie. Ihre Knochen fühlten sich an wie durch die Wäschepresse gezogen. Sie glaubten ihr sowieso nicht. Was soll's, ist ja nur das Kind von einer Lady, nicht deins. Geht's halt auch dahin, wo die anderen sind.

Für das Baby ihrer Mum hatten sie noch nicht einmal einen Namen gehabt. Der Gedanke schmerzte wie ein abgebrochener Zahn und brachte Gladys zur Besinnung. Sie musste hier raus, sonst wäre sie schneller wieder in Holborn, als sie Amen sagen konnte. Mit schweißnassen Fingern tastete sie nach dem Türgriff und bekam ihn zu fassen. Doch sie würde nicht verschwinden, ohne die Wahrheit zu sagen. Sollten die Blauen doch daran ersticken.

»Es ist die Hebamme«, rief sie. »Sie ist der Schatten und sie hat auch das Baby von dem Lord genommen. In ihrem Korb hat sie es und sie hat gesungen wie bei unserem Baby. Ich hab's gehört, als sie durch unsere Gasse gekommen ist.«

»Du lügst«, sagte Constable Kelly.

Ist schon komisch mit den Blauen, dachte Gladys. Lügt man sie an, nicken sie eifrig, aber kaum sagt man die Wahrheit, glauben sie einem kein Wort. Sie drehte den Türgriff hinter ihrem Rücken, und als sie einen Luftzug an der Hüfte spürte, schrie sie. Gleichzeitig zeigte sie mit ausgestrecktem Finger auf einen Punkt hinter den Blauen.

Constable Kelly und der andere fuhren herum. Schnell schob Gladys sich zur Tür hinaus und rannte die Treppe hinunter. Ihre Holzschuhe klackerten auf den Stufen, sie stolperte. So würde sie nicht schnell genug sein. Kurz entschlossen schleuderte sie die Schuhe von sich und rannte los. Ihr Herz raste, ihre nackten Füße platschten durch den Straßendreck. Hinter sich hörte sie das Stampfen von Schritten und Fluchen. Sie wagte nicht, sich umzudrehen, rannte durch die nächtlichen Gassen, stolperte über Körper, die im Schutz der Häuser schliefen, prallte gegen eine Hure, die aus einer engen Seitengasse kam und sich das Mieder richtete.

Gladys rannte mit brennender Brust um ihr Leben. Wohin sollte sie nur? Sie konnte nicht denken, doch ihre Füße waren klüger als ihr Kopf und trugen sie zum Damm. Natürlich! Auf einmal wusste Gladys, wohin sie laufen musste. Der Gedanke machte ihre Brust frei, Kraft schoss ihr in die Beine. Sie rannte nicht mehr um ihr Leben, sondern um das des Kindes. Das Baby ihrer Mum hatte sie nicht beschützen können, aber dieses würde sie retten.

31. Kapitel

Emma strauchelte, die Fluten schlugen über ihr zusammen. Um sie herum war nichts als Schwärze. Der Fluss zog sie mit sich. In dem verzweifelten Versuch, das Kind über Wasser zu halten, streckte sie die Arme über ihren Kopf. Die Strömung zerrte an ihren Röcken. Emma strampelte mit den Beinen und ihr Fuß stieß gegen einen Stein. Der hielt sie für einen Augenblick auf. Sie kam auf die Füße, japste nach Luft. Sie schwankte. Dann drückte sie das schreiende Kind gegen die Brust und sah sich um.

Die Hebamme kam mit vorgestreckten Armen auf sie zu. Ihre Gestalt wuchs mit jedem schluchzenden Atemzug, der sich aus Emmas Kehle würgte. Ergeben starrte Emma sie an. Die Kälte zog die Kraft aus ihren Gliedern. Sie spürte ihre Beine nicht mehr, sah nur Mrs Westwood, die sie ins Leben geholt hatte und nun ihr Tod sein würde.

»Mama!«, flüsterte sie heiser. Gleich würde die Hebamme sie erreichen.

Lass das Kind los, schrie eine Stimme in ihr, die leben wollte. Wehr dich!

Emma schaute auf das Baby an ihrer Brust. Das Gesichtchen leuchtete weiß in der Nacht, die Augenlider zitterten. Emma lächelte. Die Kälte wich aus ihren Gliedern, das Wasser umhüllte sie wie die Arme einer liebenden Mutter. War es das, was Louise gespürt hatte? Warum auf den tödlichen Stoß warten? Sie konnte sich einfach fallen lassen. Der Fluss würde sie aufnehmen, wie er Louise aufgenommen hatte.

Ergeben sah Emma auf. Die Hebamme war nun vor ihr, ein gütiges Lächeln auf den Lippen. Dann versetzte sie ihr einen Stoß. Als Emma in den Fluten versank, hörte sie einen Schrei. Hände zerrten an ihr, entrissen ihr das Kind. Sie fühlte sich hochgehoben, und dann – nichts.

Als Emma zu sich kam, lag sie auf einem Bett und der Engel der Themse schaute milde lächelnd auf sie herab. Sie hatte das Gefühl, schon einmal an diesem Ort gewesen zu sein.

»Sie wird sich den Tod holen.« Gladys zerrte ihr die nassen Sachen vom Körper und hüllte sie in eine Decke.

Wo kam sie auf einmal her? Was hatte sie hier zu suchen? Emma wollte sie fragen und ihr danken, aber ihrer Kehle entwich nur ein Krächzen.

»Ich mach ja schon Feuer.« Das war Constable Kelly.

Aber warum sagte er das? Sie war doch das Küchenmädchen. Es war ihre Aufgabe, die Feuer zu entzünden. Sie setzte sich mühsam auf, die Decke glitt ihr von den Schultern.

»Bleib liegen!« Gladys drückte sie zurück auf die Strohmatratze. »Es ist vorbei.«

Der Geruch von brennendem Torf wehte Emma eine Erinnerung zu. »Das Baby«, krächzte sie.

»Dem geht's gut.« Gladys strich über den kleinen Kopf, der aus ihrem Hemd schaute. »Hätt nie gedacht, dass ich mal 'nen kleinen Sir wärmen würde«, sagte sie. »Fühlt sich aber auch nicht anders an als die Würmer meiner Mum.« Sie wischte sich die Nase und wandte sich ab.

»Und Mrs Westwood?« Der Gedanke an die Hebamme ließ Emmas Zähne klappern.

»Trink das!« Constable Kellys Gesicht tauchte über ihr auf. Er half ihr, sich aufzurichten, und hielt ihr einen Becher an die Lippen. »Das wird dich wärmen.«

Gehorsam trank Emma die bitter schmeckende Flüssigkeit. Sie schüttelte sich, aber tatsächlich kehrte die Wärme kribbelnd wie Ameisenheere in ihre Beine zurück.

»Besser?« Constable Kelly strich ihr eine Haarsträhne aus der Stirn.

Sein Gesicht war ihr so nah, dass sein Atem sanft wie eine Fingerspitze ihre Wange streichelte. Sie schloss die Augen und genoss das Gefühl auf ihrer Haut. Als der Constable sich aufrichtete, kehrte die Angst zurück.

»Wo ist sie?«

Obwohl Emma den Namen der Hebamme nicht aussprach, wusste Constable Kelly offenbar, wen sie meinte.

»Sie kann dir nichts mehr tun. Du bist in Sicherheit.«

»Ist sie ...?« Noch immer gelang es Emma nicht, den Namen der lebenslangen Freundin ihrer Mutter auszusprechen. Sie war für Emma wie eine Tante gewesen. Sie hatte ihr auf die Welt geholfen, ihre ersten Schritte begleitet, mit ihrer Mutter gelacht. Emma sah die Mrs Westwood ihrer Kindheit, die sich zu ihr heruntergebeugt und ihr aufgeholfen hatte, wenn sie gefallen war. Sie sah die Frau, die mit ihrer Mutter Tee getrunken hatte, und die, die als Engel der Themse drohend vor ihr gestanden hatte.

»Der Fluss hat sie mitgenommen«, sagte Constable Kelly. »Ist vielleicht auch besser so.« Er räusperte sich. »Sie muss komplett verrückt gewesen sein.«

»Sie sprach von einem Engel, der die Kinder der Sünder zu sich nimmt«, erinnerte sich Emma.

»Meine Mum war keine Sünderin«, widersprach Gladys heftig.

Emma schaute zu ihr hinüber. Sie hatte fast vergessen, dass sie noch da war.

Gladys hockte mit dem Kind dicht vor dem lodernden Feuer und wippte mit dem Oberkörper vor und zurück. »Arm war sie und versoffen, das ja«, fuhr sie im Rhythmus ihres Wippens fort. »Aber sie hat nie geklaut, wenigstens nichts Wertvolles. Nur mal ein Brot oder so.«

»Sie war bestimmt eine gute Frau.« Emma spürte, wie wichtig diese Bestätigung für Gladys war.

»Und warum hat die Hebamme das Kind von der Lady geholt? Ich meine, sie konnte es doch nicht wissen, konnte sie.« Gladys wischte sich mit dem Handrücken die Nase.

»Hat sie was gesagt?« Constable Kelly setzte sich auf die Bettkante und griff nach Emmas Hand.

Sie zögerte. Sollte sie es ihm wirklich sagen? Sie konnte nicht mehr klar denken. Seine Nähe verwirrte sie. Er hat mir das Leben gerettet, ging es ihr durch den Kopf. Die Erkenntnis, wie nah sie dem Tod gewesen war, schüttelte sie. Sie schluckte.

»Ich weiß nicht«, antwortete sie schließlich.

»Denk nach!« Kellys Daumen streichelte über ihren Handrücken. »Lass dir Zeit.«

Emma schloss die Augen und lauschte dem Prasseln des Feuers. Sie erinnerte sich, wie es gewesen war, als sie Schutz bei der Hebamme gesucht hatte. Sie musste Kelly alles sagen, über Lady Belinda und Miss Torrell, ihm von der aufgeregten Stimme des kleinen Sirs berichten.

»Ich bin schon groß und kann ein Geheimnis bewahren.«

Sie öffnete die Augen, starrte in die Flammen und erzählte, was sie der Hebamme gesagt hatte.

Kelly sprang auf und lief mit langen Schritten durch den Raum, drei bis zum Fenster, drei zurück zur Tür. »Ich muss mit dem Inspector reden.«

Unwillkürlich kroch Emma näher an die Wand. Das Baby wimmerte.

»Das Wurm braucht Milch.« Gladys stand auf.

Kelly blieb abrupt vor Emma stehen und beugte sich zu ihr hinab. »Kannst du laufen?«

»Ich ...« Sie wurde sich ihrer Nacktheit bewusst und zog die Decke bis unters Kinn.

»Im Schrank hängt ein Kleid«, sagte Gladys, die offenbar Emmas Not erkannt hatte. »Die alte Hexe braucht's ja nicht mehr.« Sie hielt sich das leinene Kinderhemd mit dem Wappen der Collingwoods an die Wange. »Die Sachen von dem kleinen Sir sind auch wieder trocken.« Schwungvoll drehte sie sich zu Kelly um: »Und Sie gehen mal besser raus, während ich Emma ins Hemd helfe.« Sie öffnete die Tür und scheuchte ihn mit einer Handbewegung hinaus.

Der Morgen graute, als die drei übermüdet und frierend in die menschenleere Bow Street einbogen. Kelly lief voran. Zwei Stufen auf einmal nehmend stürmte er die Treppe zum Revier hinauf.

»Ich geh da nicht rein.« Das Baby fest an sich gedrückt, stand Gladys am Fuß der Treppe.

Schon fast an der Tür drehte Kelly sich zu ihnen um. »Aber ich muss Inspector Webbe Bericht erstatten.«

»Nicht Inspector Webbe«, murmelte Emma müde. Wie in Trance hatte sie sich von Kelly durch die Straßen ziehen lassen. Es ist nur ein Traum, sagte sie sich. Der Gedanke half gegen die Kälte, die ihre Glieder lähmte.

In Wirklichkeit lag sie in ihrem Bett in der Kammer unter dem Dach und gleich würde der Wecker klingeln. Sie würde in die ausgetretenen Filzpantoffeln steigen und die Dienstbotenstiege hinunterlaufen, um das Feuer im Küchenherd anzufachen. Anschließend würde sie die Stiege wieder hinaufsteigen, um die Kamine zu bestücken: im Frühstückssalon, in Myladys Salon, im Ankleidezimmer von Lord Collingwood und auch im Spielzimmer des kleinen ... An dieser Stelle fiel Emma aus ihren Tagträumen und landete unsanft vor dem Revier in der Bow Street.

»Nicht Inspector Webbe«, wiederholte sie nun lauter. »Er wird mir nicht glauben.«

»Natürlich wird er das.« Kelly kratzte sich den Nacken.

»Einen Dreck wird er«, fauchte Gladys. »Diese verfluchte Hebamme ist tot und Emma ist nur ein Küchenmädchen. Kein Mensch wird ihr glauben.«

Aufgeschreckt durch ihren Ausbruch weinte das Baby in ihren Armen. Gladys strich mit dem Finger über seine Wange und mit aufgerissenem Mund versuchte es, den Finger zu erwischen.

»Außerdem braucht das Wurm Milch.«

»Aber woher sollen wir denn jetzt welche bekommen?«, fragte Kelly.

»Geben Sie mir einen Farthing!« Gladys schaute zu ihm hinauf.

»Was willst du damit?« Zögernd stieg er die Stufen wieder herunter.

»Eine Kuh kaufen, was sonst.«

»Was redest du da?«

»Milch will ich besorgen.«

»Und woher?«

»Das lassen Sie nur meine Sorge sein. Ich weiß, wo ich

sie herkriege. Aber das wird kosten. Sie können sich den Farthing ja von der Lady wiedergeben lassen.«

»Und wer sagt mir, dass du nicht mit dem Kind verschwindest?« Kellys Misstrauen flammte auf wie Zunder, er griff nach Gladys' Arm.

»Nicht!«, mischte sich Emma ein.

Wenn auch widerwillig, hatte sie sich mit dem Gedanken abgefunden, dass dieser Albtraum für sie nicht mit einem Weckerrasseln enden würde. Fröstelnd zog sie den Umhang der Hebamme enger um die Schultern und atmete den Duft nach Torffeuer und Fisch ein, der sie ihr Leben lang begleitet hatte. Tränen nahmen ihr die Sicht. Die Hebamme war tot. Sie würde nie wieder in der Küche ihrer Mutter sitzen, nie wieder einem Baby auf die Welt helfen, nie wieder eins töten.

»Ohne Gladys würden weder ich noch Lady Belindas Sohn leben.«

»Na gut«, lenkte Kelly ein und kramte einen Farthing aus seiner Westentasche. »Aber warte hier, dann schick ich jemanden mit dir.«

»Wenn ich mit einem Blauen im Schlepptau auftauche, gerinnt doch jeder die Milch in den Titten.« Gladys nahm das Geld aus Kellys Hand. »Ich komm wieder hierher. Versprochen!« Sie spuckte auf die Stufen. »Aber da geh ich nicht rein.«

»Dann warte dort drüben auf mich!« Kelly zeigte auf das gegenüberliegende Haus. »Da wohne ich, bei der Witwe Howard. Sag ihr, dass ich dich schicke!«

Gladys nickte. »Pass auf dich auf!«, wisperte sie zu Emma. »Ich trau den Blauen nicht.« Sie rannte fort, bevor Emma etwas erwidern konnte.

»Komm!« Kelly streckte Emma die Hand entgegen. »Du musst keine Angst haben.«

Heftig schüttelte sie den Kopf. »Er wird mich verhaften.«

»Das wird er bestimmt nicht.« Kelly räusperte sich. »Ich pass auf dich auf.«

»Wegen meiner Nixenaugen?«

»Woher ...?«

»Ich hab das Gespräch gehört.« Emma hüllte sich noch enger in den Umhang. Irgendwie gab ihr der Geruch der Hebamme, der zu ihrer Kindheit gehörte wie das »Herrgott sei bei uns!« ihrer Mutter, immer noch ein Gefühl von Sicherheit.

»Du warst da?«

Emma nickte.

»Wir sprechen später darüber.« Kelly kratzte sich den Nacken. »Ich werd ihm sagen, dass die Hebamme der Schatten war.«

»Aber der Schatten hat nicht den kleinen Sir geholt.«

»Ich weiß.« Kelly seufzte.

»Und der Inspector glaubt, dass ich es war.«

»Lady Belinda wird gestehen«, meinte Kelly.

»Das wird sie niemals.« Die Erkenntnis trat Emma wie ein hinterlistiger Fuß in die Kniekehlen. Vielleicht war es auch der Hunger. Auf jeden Fall sackte sie gegen Kellys Brust.

32. Kapitel

Gladys lief dahin, wo sie schon einmal Milch bekommen hatte. Sie hatte sich das Baby ins Hemd gesteckt, damit der Kleine es warm hatte, und in ihrem Busen regte sich ein unbekanntes Ziehen. Als sie an Mr Smiths Laden vorbeikam, wechselte sie die Straßenseite, aber noch rührte sich dort nichts und die Holzläden klemmten vor den Fenstern. Unwillkürlich schloss Gladys die Arme fester um das Baby an ihrer Brust.

Uns nennt man Pack, dachte sie, und sperrt uns ins Arbeitshaus. Dabei geht das richtige Pack sonntags zur Messe und braucht auch keinen Engel der Themse, um seine überflüssigen Kinder loszuwerden.

Aber wer würde ihr schon glauben? Sie schob den Gedanken fort wie einen lästigen Bettler. Vorbei war vorbei. Jetzt galt es, dieses Baby satt zu kriegen.

Als sie ihr Ziel endlich erreicht hatte, hob sie die Faust und klopfte. Fast im selben Augenblick wurde die Tür aufgerissen.

»Wo hast du gesteckt, du verso...? Was willst du denn hier?« Mit verrutschter Haube und wirrem Haar stand die Frau vor ihr.

»Ich brauch Milch.« Gladys drückte ihr den Farthing in die schlafwarme Hand.

»Schon wieder?« Misstrauisch kniff die Frau die Augen zusammen, winkte sie dann aber doch ins Haus.

Um den Kamin herum schliefen die Kinder der Frau. Eine zerknüllte Decke lag direkt neben der Tür. Der Raum war stickig von den vielen Körpern.

»Wo holst du die nur immer her?«, fragte die Frau. Sie gab sich nicht einmal Mühe, leise zu sein, aber keins ihrer Kinder erwachte. Mit geübtem Griff packte sie den Kleinen an ihre Brust. »Hat Smith dir das angehängt?«, fragte sie mitleidig.

Gladys hatte auf einmal das Gefühl, irgendwen schlagen zu müssen, um nicht an ihren Tränen zu ersticken.

»Beim Ersten kommt die Milch noch nicht so schnell, aber das wird schon«, sagte die Frau. »Hat er dich vor die Tür gesetzt?«

Gladys nickte. Was sollte sie auch sagen? Für eine Weile schwieg die Frau, aber sie gehörte nicht zu denen, die lange die Klappe halten konnten.

»Dachte, du bist mein Alter«, sagte sie entschuldigend. »Seit drei Tagen hat er sich nicht mehr blicken lassen.«

Gladys versuchte, verständnisvoll dreinzuschauen, dabei wollte sie nur weg. In ihrem Busen zog es, als sauge das Baby bei ihr. Sie rieb sich die Brust, aber das Gefühl blieb. Die Frau strich dem Baby über den Kopf. Die steilen Falten auf ihrer Stirn verschwanden und sie begann, die Melodie von »Hush little Baby« zu summen. Gladys' Magen verknotete sich.

»Ich warte draußen.« Sie schloss die Tür hinter sich und lehnte sich an die Hauswand, froh, das Kinderlied nicht mehr zu hören.

Endlich kam die Frau mit dem Baby aus dem Haus. »Klopf ihm noch ein bisschen den Rücken!«, sagte sie und gähnte, sodass Gladys ihre Zahnlücken sehen konnte.

»Sonst spuckt er die gute Milch wieder aus.« Kichernd schlug sie Gladys die Tür vor der Nase zu.

Wahrscheinlich wird sie den Farthing in die nächste Schenke tragen, um den Ärger über ihren Alten in Gin zu ertränken, dachte Gladys.

Die Frau erinnerte sie an ihre Mum, nur dass die selten ein Dach über dem Kopf gehabt hatte. Das Baby grunzte leise und Gladys schob es sich wieder ins Hemd, damit sie die Hände freihatte. Es stank ein bisschen nach Fluss und Pisse, aber seine Lippen waren rosig und die Lider sahen nicht mehr aus wie Mottenflügel. Gladys seufzte erleichtert. Dieses Kind würde leben und irgendwann ein feiner Herr sein, der ihr vielleicht einen Farthing gab oder ihr einen Tritt in die Rippen verpasste, wenn sie bettelnd die Hand ausstreckte. Sie wusste es nicht und es war müßig, sich darüber Gedanken zu machen. Jetzt musste sie zurück, obwohl jede Faser ihres Körpers sich dagegen wehrte. Sie stieg über eine tote Ratte hinweg. Stinkender Schlamm quoll zwischen ihren Zehen hindurch. Dann eilte sie durch die Gassen.

Ist nicht mehr weit, ist nicht mehr weit, ist nicht mehr weit, sagte sie sich immer wieder.

»Wer hat dich denn ausgespuckt?« Tom sprang plötzlich neben ihr her. Bei jedem Hüpfer warf er seine Mütze in die Luft.

Gladys schlug sie ihm weg, aber er schnappte sie doch.

»Was hast du da?«, fragte er.

»Halt die Klappe!«

»Wieso hast du ein Baby?«

»Geht dich nichts an.«

»Scheiße«, sagte er. »Das ist das Balg von dem Großkotz, ist es?«

»Halt die Klappe!« Gladys zog ihn in einen Durchgang

zwischen zwei Häusern und erzählte ihm die ganze Geschichte.

»Und nu?«, fragte er.

»Bring ich das Wurm zur Bow Street.«

»Und die Belohnung?«

»Welche Belohnung?«, fragte Gladys.

»Willst du denn leer ausgehen?«

»Was glaubst du eigentlich? Denkst du, ich kann einfach so mit dem Wurm auf dem Arm bei Lord Schlagmichtot auftauchen?«

»Wohl nicht«, gab Tom zu. »Aber der Constable kann es.« Er schleuderte wieder seine Mütze in die Luft und hüpfte einen Schritt nach vorn, um sie zu fangen. »Und du gehst leer aus.«

Ja, dachte Gladys. Ich geh leer aus. Der Gedanke wurmte sie. Ohne sie wären beide tot, das Kind und Emma.

Der Constable war nett, aber so nett bestimmt nicht. Niemand teilte, wenn er nicht musste. Aber wie sollte sie ihn zwingen? Ihre Hand strich über den Rücken des Babys. Vielleicht könnte sie ihm etwas verkaufen?

»Wir müssen den Brief holen«, sagte sie.

»Und warum sollten wir das tun?«, fragte Tom.

Gladys ging nicht darauf ein. »Du wirst ihn holen!« Sie ruckelte das Baby an ihrem Busen zurecht.

Ein Lächeln zitterte in seinen Mundwinkeln.

Wie ähnlich sich Babys sind, dachte Gladys. Es sieht aus wie Mums Baby oder das von Mrs Smith und im Moment riecht es auch so: nach Babyscheiße und ein wenig nach Gin und Moder.

»Einen Dreck werd ich.« Tom spuckte aus.

»Und ob du wirst!« Mit der freien Hand haute Gladys ihm eine runter – nicht besonders doll, nur gerade so, dass er nicht vergaß, mit wem er sprach. Er würde ihr noch früh genug eine scheuern. »Denk doch mal nach!«, sagte sie. »Diese Emma wird uns Geld geben für den Brief.«

»Woher soll die denn Geld haben?«

Vom Constable natürlich, dachte Gladys, sprach es aber nicht aus. Tom musste nicht alles wissen. Er sagte ihr schließlich auch nicht alles.

»Sie hat gesagt, er ist in einem Loch in einem Birnbaum. Weißt du, wie so ein Birnbaum aussieht?«

»Keine Ahnung.« Tom kratzte sich die Nase.

Gladys kaute auf ihrer Unterlippe. Klar, woher sollte er das auch wissen? Sie hatte schließlich selbst keine Ahnung davon. In Seven Dials wuchsen keine Bäume.

Tom warf seine Mütze wieder in die Luft. »Aber ich glaub, ich weiß trotzdem, wo sie den Brief versteckt hat.«

»Dann hol ihn und bring ihn mir zu den Jakins'!«

Tom nickte und rannte weg. Gladys lief weiter und bog schließlich in die Bow Street ein. Auch wenn sie Constable Kelly so weit traute, wie Leute wie sie einem Blauen nur trauen konnten, kollerten Steine in ihrem Bauch. Was, wenn er den Inspector geholt hatte?

Ihre Sorge erwies sich als unbegründet. Eine Pfeife rauchend wartete Constable Kelly vor dem Revier.

»Ich hab schon gedacht, du kommst nicht mehr.« Hastig klopfte er den Pfeifenkopf aus und fasste sie am Arm.

»Wo ist Emma?« Unwillkürlich sah Gladys zu den vergitterten Kellerlöchern des Reviers hinüber.

»Komm!« Constable Kelly zog sie hinter sich her.

»Hey!« Gladys stemmte die Hacken in den Schlamm.

Eine Frau, die Wasser schöpfte, blickte kurz auf, schaute dann aber sofort wieder in ihren Eimer. Keiner legte sich mit den Blauen an.

»Sei still!«, zischte Constable Kelly und drehte sich zum Revier um.

»Wo ist Emma?«, fragte Gladys noch einmal und schlang beide Arme um das Baby.

»Na, oben«, antwortete Constable Kelly. »Und nun komm endlich!«

Das hörte sich zumindest nicht nach Kerker an. Also folgte sie ihm zu dem Haus auf der gegenüberliegenden Straßenseite.

»Hier hinein.« Er schob sie durch eine Tür, und plötzlich war sie in einer anderen Welt.

Mit offenem Mund blieb sie stehen und schaute sich um. Sie war noch nie in einem dieser großen Häuser gewesen. Die Halle war riesig – wie der Saal in Holborn, wo Werg gezupft wurde. Nur dass hier keine groben Holzbänke in langen Reihen standen. Die Tapete war verblichen und das Mosaik des Steinbodens abgenutzt. Es roch nach Zwiebeln und dem Kokosöl der Lampen, die die Halle flackernd beleuchteten. Gladys hatte irgendwie das Gefühl, zu spät gekommen zu sein. Aber was hatte sie denn erwartet? Wenn ein Constable hier wohnte, hatte das Haus seine beste Zeit bestimmt schon lange hinter sich. Es ähnelte darin einer alten Nutte, die immer noch am Straßenrand steht.

»Mein Zimmer ist oben.« Constable Kelly schob Gladys zur Treppe.

Die Stufen waren ausgetreten und im Geländer fehlten so viele Streben, dass Gladys Angst hatte, sich daran festzuhalten. Trotzdem wischte sie sich mit dem Rocksaum den Schlamm von den Fußsohlen, bevor sie hinaufstieg. Dieses Haus war prächtiger als jedes, in dem sie bisher gewohnt hatte, und Constable Kelly hatte darin ein Zimmer ganz für sich allein. Ihr schwindelte beim Gedanken an diesen Luxus.

Direkt gegenüber der Treppe befand sich eine hohe Tür.

Constable Kelly klopfte an und öffnete sie fast im selben Augenblick.

»Da bist du ja.« Emma erhob sich von einem Stuhl und streckte die Arme nach Gladys aus.

Die hörte förmlich die Steine, die ihr vom Herzen polterten. Was hatte Emma nur gedacht? Dass sie mit dem Wurm verschwinden würde?

Sie legte das Kind aufs Bett und schaute sich um. Im Zimmer gab es alles, was man brauchte: Tisch, Stuhl, Kommode. An einem Haken hingen Weste, Hemd und Hose. Gladys versuchte, sich Constable Kelly ohne seine Uniform vorzustellen. Er wäre immer noch ein ansehnlicher Kerl, sie jedenfalls würde ihn nicht von der Bettkante stoßen. Sie sah von ihm zu Emma.

Er wird wohl nie auf meiner Bettkante landen, dachte sie. Das schmerzte ein wenig, aber dann erinnerte sie sich an ihren Schatz und fühlte sich besser.

Es gab nicht genügend gute Männer auf der Welt, als dass es sich gelohnt hätte, auf einen zu warten. Die meisten raubten einem die Unschuld und den letzten Penny und zogen weiter, wenn sie einem ein Balg in den Wanst gespritzt hatten. Und das waren noch die Guten. Die Schlechten waren wie Mr Smith.

Nein, dachte Gladys, soll Emma ruhig ihren Kelly haben. Sie räusperte sich. Jetzt, wo es Zeit war zu gehen, fiel es ihr schwer. Aber wenn sie am Haus der Jakins' sein wollte, bevor die ihr Fehlen bemerkten, musste sie sich beeilen.

»Ihr solltet das Wurm bald zurückbringen«, sagte sie. »Sonst schreit es euch die Bude voll.«

»Ja«, erwiderte Emma und ließ sich wieder auf den Stuhl fallen. »Was haben Sie vor?«

»Ich hab einen Jungen zu Inspector Webbe geschickt«, erklärte Constable Kelly.

»Der glaubt uns doch kein Wort«, sagte Gladys.

»Doch, wird er.« Constable Kelly setzte sich zu dem Wurm aufs Bett.

Gladys schaute wieder zu Emma.

»Was soll ich denn tun?«, murmelte die.

Kämpfen, dachte Gladys, sagte aber nichts.

Sie fragte sich, ob sie Emma wirklich den Brief geben sollte. Aber gleichzeitig wusste sie, dass sie es tun würde – und wenn es nur war, um ein paar Pennys von ihr zu erpressen. Jeder musste schließlich sehen, wo er blieb. Der Gedanke trieb sie wieder zur Eile. Auch sie musste sehen, wo sie blieb, und im Moment war das das Haus der Jakins'.

»Ich muss los.« Sie drehte sich um und lief hinaus.

Vor dem Revier schaute sie sich um. Vielleicht lagen ihre Holzschuhe ja noch irgendwo im Dreck. Aber sie waren weg. Gladys rannte los. Sie konnte es schaffen, und dann musste sie eine Erklärung für die fehlenden Schuhe finden. Irgendeine passende Geschichte würde ihr schon einfallen.

33. Kapitel

»Ich hab Angst«, sagte Emma, kaum dass Gladys den Raum verlassen hatte.

Sie beneidete das Mädchen, das nun so einfach in sein Leben zurückkehrte, wie jämmerlich es auch sein mochte. Alles war besser als diese Ungewissheit.

»Inspector Webbe ist ein vernünftiger Mann.« Kelly stand auf und kam zu ihr, dann sank er vor ihr auf die Knie und nahm ihr Gesicht in beide Hände.

Emma fühlte sich klein und schutzlos. »Wenn ich wenigstens den Brief hätte.«

»Zwei Briefe sind einer zu viel«, sagte Kelly. »Sie werden behaupten, dass du ihn gefälscht hast.«

»Also lande ich in Holborn und Lady Belinda und Miss Torrell leben einfach so weiter wie bisher.«

»Wenn wir sie nur dazu kriegen könnten zu gestehen.« Kelly schloss die Augen und runzelte die Stirn.

Emma war klar, dass er Lady Belinda nicht in die Mangel nehmen konnte wie einen Straßendieb, und auch nicht so lange in eine Zelle sperren, bis sie alles gestehen würde, nur um den Ratten zu entkommen. Wenn sie nur irgendetwas tun könnte.

»Vielleicht tut sie es, wenn sie Angst um das Kind hat«, sagte sie nach einer Weile.

Kelly schaute auf. »Wer?«

»Na, Mylady«, erklärte Emma. »Wir könnten ihr doch Angst machen, zum Beispiel mit einem Brief.«

Sie erinnerte sich daran, was die Köchin gesagt hatte: Man klaut ein Kind, und wenn seine Leute es zurückhaben wollen, müssen sie zahlen.

»Oder die Wahrheit sagen.« Während Emma ihren letzten Gedanken laut aussprach, schaute sie zu Kellys Bett hinüber.

Lady Belindas Sohn lag dort, die kleinen Fäuste neben dem Gesichtchen geballt, und schlief. Er konnte nichts für das, was seine Mutter getan hatte. Er war unschuldig wie eine neugeborene Katze. Aber die wurden auch ertränkt.

»Natürlich werde ich die Wahrheit sagen.« Kelly erhob sich.

»Nicht du.« Unwillkürlich streckte Emma die Hand nach ihm aus. Nach allem, was sie gemeinsam erlebt hatten, war er ihr so vertraut wie ein Bruder. Nein, widersprach sie sich und Hitze stieg ihr in die Wangen. Nicht wie ein Bruder. »Lady Belinda.«

»Das wird sie«, sagte er. »Aber wir müssen subtil vorgehen.«

Emma schaute zu ihm auf. Was er für Worte kannte! Sie hatte keine Ahnung, was »subtil« bedeutete, aber es klang fürchterlich klug. Mit ihrer Bewunderung für ihn wuchs auch ihre Zuversicht.

»Natürlich. Und ich weiß auch schon, wie wir das machen.« Sie erklärte ihm ihren Plan.

»Das erlaubt Inspector Webbe nie.«

»Müssen wir ihn fragen?«

»Ich weiß nicht.« Kelly kratzte sich den Nacken. »Wenn das schiefgeht, landest du in Holborn.«

Emma sank das Kinn auf die Brust. Es war so schwer,

den Kopf oben zu behalten, wenn die Angst schwer wie Blei war.

»Wir können den Brief nicht einfach abgeben«, sagte Kelly nach einer Weile.

»Dann müssen wir einen Boten finden«, flüsterte Emma heiser.

Die Ungeheuerlichkeit ihres Plans legte sich wie ein Albtraum auf ihre Brust. Was, wenn sie sich irrten und Lady Belinda nichts mit dem Verschwinden des kleinen Herrn zu tun hatte? Aber wer hatte dann den zweiten Brief geschrieben, der Emma zur Verbrecherin stempelte?

»Kannst du schreiben?«, fragte Kelly.

Sie nickte.

»Na, dann besorg ich wohl mal Papier und Stift.«

Als er fort war, legte sich Emma zu dem Baby aufs Bett. Nur für einen Moment die Augen schließen ...

34. Kapitel

Gladys kam gar nicht dazu, den Jakins' irgendetwas zu erzählen. Als sie das Haus erreichte, erwartete Mrs Jakins sie bereits auf der Schwelle. Während sie ihren Terrier streichelte, prasselten ihre Fragen wie Hagel auf Gladys nieder: Wo sie gewesen sei, warum sie jetzt erst käme, ob sie einen Liebhaber habe und, und, und. Müde, wie Gladys war, konnte sie gar nicht so schnell zuhören, wie Mrs Jakins sprach. Das Keifen schrillte in ihren Ohren. Normalerweise perlte so etwas wie Regen an ihr herab. Aber irgendwie hatte sie bei ihrem nächtlichen Abenteuer wohl doch zu viel Wasser geschluckt, denn diesmal tat ihr der Kopf weh. So sehr, dass sie sich die Ohren zuhielt.

Das hätte sie besser nicht getan. Mrs Jakins schnappte nach Luft wie eine Flunder bei Ebbe, und dann knallte sie ihr eine. Gladys landete im Dreck. Sie rappelte sich auf, aber Mrs Jakins war schon im Haus verschwunden und hatte die Tür verriegelt. Gladys hämmerte mit den Fäusten dagegen.

»Bitte, Mrs Jakins!« In ihrem Kopf drehte sich alles. Schluchzend fiel sie auf die Knie. »Es tut mir leid«, wimmerte sie.

Die Tür öffnete sich.

»Ich tu's nie wieder, Mrs Jakins.« Voller Hoffnung schaute Gladys auf.

Doch es war nicht Mrs Jakins, die da in der Tür stand, sondern ihr Mann. Er sagte nichts, das war sowieso nicht seine Art, er schlug sich einfach nur mit einem Knüppel in die flache Hand.

35. Kapitel

Das Poltern von Schritten ließ Emma auffahren. Sie musste eingeschlafen sein. Ihr Herz klopfte heftig, ihr Mund war trocken und ihre Augen verklebt. Hastig setzte sie sich auf. Die Tür wurde aufgestoßen und Kelly kam herein, begleitet von Gladys und Tom.

»Die beiden sind mir zugelaufen«, sagte er, während er Papier und Stift auf den Tisch legte.

Emma schaute zu Gladys, die die Lippen zusammenpresste. Sie sah aus, als hätte sie geweint.

Angst breitete sich in Emmas Bauch aus. »Was ist passiert? Wieso bist du zurückgekommen?«

»Wir haben deinen Brief.« Gladys setzte sich auf den Stuhl am Fenster. Sie wirkte wieder so unnahbar wie an dem Morgen, als sie ihr nicht hatte helfen wollen.

»Das ist wunderbar«, sagte Emma. Sie wollte sich freuen, aber etwas sagte ihr, dass es dafür noch zu früh war. Aus einem Grund, den sie nicht kannte, waren die beiden wieder ihre Feinde. Sie schob das Baby zur Wand und streckte zögernd die Hand aus.

»Nicht so hastig!« Tom schlenderte zum Fenster und schaute hinaus. »So leicht kriegst du ihn nicht, tust du nicht.«

»Was willst du?« Mit einem Satz war Kelly bei ihm und packte ihn mit beiden Fäusten beim Kragen.

»Sie können ihm ruhig eine scheuern«, sagte Gladys. »Macht den Brief nur teurer.«

»Das ist Erpressung.« Kelly stieß Tom von sich.

»Wir wollen nur ihren Anteil«, Tom nickte in Gladys' Richtung, »von der Belohnung.«

»Aber Gladys!«, wandte Emma ein. »Den kriegst du doch sowieso.«

»Das sagst du jetzt.« Gladys strich sich eine Haarsträhne aus dem Gesicht.

»Behaltet den Brief!« Emma lächelte müde. Selbst Gladys, die ihr das Leben gerettet hatte, vertraute ihr nicht. »Er wird mir nichts nützen.«

»Hältst du uns für so blöd, dass wir dir glauben tun?« Toms Mundwinkel zuckten. »Der Brief ist mindestens einen Fiver wert.«

»Nein«, widersprach Emma, »ist er nicht. Fünf Pfund kriegst du höchstens, wenn du mich ans Messer lieferst. Willst du das?« Als Tom nicht antwortete, blickte sie zu Gladys.

»Das sagst du nur so«, meinte die.

»Nein.« Emma rieb sich die Augen. »Sie werden einfach behaupten, meiner sei eine Fälschung.«

»Scheiße, ja.« Gladys biss sich auf die Unterlippe. »Und jetzt?«

»Wir haben uns was überlegt«, sagte Emma und erzählte von ihrem Plan.

»Ich fress 'nen feuchten Furz.« Toms Mundwinkel zuckten wieder. »Du bist ein Blackmailer, bist du.«

»Halt die Klappe!«, sagte Gladys müde.

»Welche andere Möglichkeit haben wir denn?« Emma wünschte sich, Kelly würde etwas Subtiles sagen, damit die beiden ihnen glaubten, aber er schwieg. »Wer auch immer Lady Belinda geholfen hat, hält dicht.«

»Und wenn wir uns die Governess schnappen? Ihr Blauen habt doch Möglichkeiten, sie zum Reden zu bringen«, sagte Gladys. »Hab ich gehört«, fügte sie hinzu, als Kelly unwillig schnaubte.

»Sie wird nichts sagen und wir können ihr nichts beweisen«, erklärte er.

»Und warum nicht?«, fragte Tom.

»Weil sie angeblich mit Mylady Tee getrunken hat, als der kleine Sir verschwunden ist.« Emma erinnerte sich genau an den Tag.

»Aber keiner war dabei, oder?«

»Nein. Doch wer würde das Wort einer Lady anzweifeln?«

»Wie sieht die eigentlich aus, diese Governess?«, fragte Tom.

»Warum willst du das wissen?« Kelly musterte ihn skeptisch.

»Ich war im Park. Vielleicht hab ich sie gesehen.«

»Warum solltest du?« Gladys glaubte ihm offenbar nicht.

»Weil ich viel sehen tu.« Tom schob das Kinn vor und starrte sie an. Ungeduld verdunkelte seinen Blick.

Emmas Nackenhaare richteten sich auf. »Sie ist etwas größer als ich«, sagte sie, »hat kupferblonde Haare und ...« Sie dachte an das Gespräch, das sie in der Küche belauscht hatte. »Sie trug ein Kindermädchenkleid.«

»So eins mit blauen Streifen?«

»Ja«, bestätigte Emma.

»Und der Junge war ungefähr so groß?« Tom hielt die Hand in Hüfthöhe. »Mit braunen Locken?«

Emma nickte. »Du hast sie nicht wirklich gesehen, oder?«

»Vielleicht. Vielleicht auch nicht.« Tom wippte auf den Fersen. »Es waren viele Mädchen im Park.«

»Spiel dich nicht auf!« Kelly runzelte drohend die Stirn.

»Vielleicht tu ich das gar nicht.« Von einem bösen Blick ließ sich Tom offenbar nicht erschrecken.

»Warum hast du dich nicht gemeldet?«, fragte Kelly. »Jeder wusste, dass ein Kind verschwunden ist.«

»Die beiden hatten Spaß.« Tom drehte sich um und starrte aus dem Fenster. »Sie sind durch den Park gerannt, als würden sie spielen.«

»Weißt du, in welche Richtung?«

»Klar«, antwortete Tom. »Aber dann waren sie auf einmal verschwunden.«

»Du bist ihnen gefolgt?«, fragte Gladys.

»Die Frau hatte eine Tasche dabei.«

»Und du dachtest, wenn sie abgelenkt ist, könntest du sie klauen«, knurrte Kelly.

»Na und?« Tom hob die Schulter. »Wollen Sie mich jetzt einsacken?«

Kelly sah aus, als würde er genau das gerne tun, deshalb fragte Emma schnell: »Würdest du die Stelle wiederfinden?«

»Wo ich sie verloren habe? Klar. Du kennst sie auch«, wandte er sich an Gladys. »Ist da, wo ich dich umgerannt hab.«

»Nein.« Die Farbe wich aus Gladys' Gesicht, bis sie so weiß war wie Milch.

36. Kapitel

Missmutig trottete Gladys hinter Constable Kelly her, der einen Spaten trug. Sie grübelte darüber nach, wie sie ihren Schatz retten konnte. Dann dachte sie an den Jungen, der vermutlich in ungeweihter Erde lag. Wie konnte man das einem Kind nur antun? Selbst ihre Mum hatte jedes tote Baby zum Armengrab gebracht, um seine unsterbliche Seele zu retten, egal wie betrunken sie auch gewesen war.

Gladys stellte sich vor, wie es sein musste, einen kleinen Jungen zu töten. Nicht dass es ihr nicht auch schon mal in den Fingern gejuckt hätte. Sie schaute zu Tom, der neben ihr lief und bei jedem Schritt seine Mütze in die Luft warf, als ginge ihn das alles nichts an. Am liebsten hätte sie ihn geschlagen, vor allem als seine Mütze ganz dicht an ihrem Gesicht vorbeiflog.

Die Frau und der Junge hätten miteinander gelacht, Spaß gehabt, hatte Tom gesagt. Es hatte mehr Gelegenheiten in Gladys' Leben gegeben als Finger an ihren Händen, wo sie Tom am liebsten den Hals umgedreht hätte. Aber da hatte sie bestimmt nicht vorher mit ihm gelacht.

Endlich erreichten sie den Park. Sonst hatte Gladys immer das Gefühl gehabt, in eine andere Welt einzutauchen. Die Sonne schien heller und alles war so grün. Man konnte die Arme ausbreiten, ohne gegen eine Hausmauer zu stoßen. Doch diesmal war es anders: Zwar schien die Sonne und der Park glitzerte wie frisch gewaschen. Trotzdem wirkte er auf sie so dunkel wie ein Hinterhof in Seven Dials. Sie spürte die Blicke der Leute und konnte sich vorstellen, was sie dachten: Was macht der Blaue mit dem Abschaum in unserem Park? Je feiner die Pinkel waren, die ihnen auf ihren gestriegelten Pferden entgegenkamen, umso größer war der Bogen, den sie um sie machten. Constable Kelly schien von all dem nichts zu bemerken. Und wenn doch, hätte es ihm wohl nichts ausgemacht.

Ein anderer Blauer kam auf sie zu und sprach ihn an. Gladys verstand kein Wort, weil er flüsterte. Sie sah nur Constable Kellys Kopfschütteln und dass sich sein Nacken rot färbte. Als sie weitergingen, wusste sie, dass er Angst hatte – ebenso wie Emma, die mit dem Baby in seinem Zimmer geblieben war. Aber die beiden hatten schließlich etwas zu verlieren.

Und du auch, erinnerte sie sich und dachte an ihren Schatz.

»Hier ist es«, sagte Tom, als sie die Büsche erreicht hatten.

»Kannst du pfeifen?«, fragte Constable Kelly.

»Was glauben Sie denn?« Ein letztes Mal flog Toms Mütze in die Luft, dann setzte er sie auf.

»Pfeif zweimal, wenn einer kommt!«

»Geht klar, Constable!« Tom salutierte und Gladys hatte wieder große Lust, ihm eine zu scheuern.

»Soll ich graben?« Vielleicht konnte sie ja so verhindern, dass Constable Kelly ihren Schatz fand.

»Natürlich nicht, Mädchen.« Er lachte, aber es klang

nicht fröhlich. Trotzdem musterte er sie freundlich, und wieder war da so ein Ziehen in Gladys' Brust.

Sie öffnete den Mund, um etwas zu sagen, ließ es dann aber sein. Er würde es doch nicht verstehen.

Er ging in die Hocke und zerkrümelte die schwarz glänzende Erde unter den Büschen. »Hier könnte man tatsächlich jemanden vergraben.« Er richtete sich auf und kratzte sich den Nacken. Dann spuckte er in die Hände und griff nach dem Spaten.

Schon nach kurzer Zeit kam Gladys' Schatz zum Vorschein. Sie bückte sich danach, bevor Constable Kelly reagieren konnte.

»Das ist meins«, sagte sie.

»Red keinen Unfug!« Mit Leichtigkeit nahm er ihr den Beutel ab. »Das ist ein Beweisstück.« Er steckte ihn ein, spuckte wieder in die Hände und grub weiter.

Gladys starrte auf den Haufen glänzender Erde, der neben der Bank wuchs. Regenwürmer ringelten sich darauf. Herumgeworfen durch die Schaufel stand ihre Welt Kopf – so wie die von Gladys. Sie konnte nicht mehr zu den Jakins' und ihr Schatz war futsch. Gerade wollte sie Constable Kelly erklären, was es mit dem Beutel auf sich hatte, als er mit einem Fluch zurückstolperte. Dann hörte sie ihn würgen.

»Was ist?« Tom drängte sich an ihr vorbei und sah neugierig in das Loch, das Constable Kelly gegraben hatte. Auf einmal wurde er bleich und kotzte ihr vor die Füße.

Obwohl sie den Jungen gesucht hatten, waren sie nicht darauf vorbereitet gewesen, ihn zu finden.

»Was machen wir mit ihm?«, krächzte Gladys. »Wir können ihn doch nicht hierlassen.«

»Er wird sein Grab bekommen, aber ein wenig muss

er noch warten.« Constable Kelly griff nach der Schaufel und häufte Erde über das tote Kind. »Es ist nicht für lange«, murmelte er und es klang wie eine Entschuldigung.

Schweigend kehrten sie zur Bow Street zurück.

Emma saß mit dem Baby am Fenster. Tränen liefen ihr übers Gesicht, als sie ihr von dem toten Jungen berichteten. »Wie schrecklich.« Sie biss sich auf die Unterlippe. »Der arme Junge.« Gedankenverloren schmiegte sie ihre Wange an den Kopf des Kindes. »Ich hab Angst.«

»Wir schaffen das«, erwiderte Constable Kelly. »Dein Plan ist gut. Wir locken Miss Torrell und Inspector Webbe zu dem Grab.«

»Und ihr meint wirklich, das klappt?«, fragte Gladys. Einerseits bewunderte sie Emma für diese Idee. Andererseits nagte Eifersucht wie eine Ratte an ihr.

»Hast du eine bessere Idee?«, fragte Emma. Als Gladys schwieg, fuhr sie fort: »Inspector Webbe übernimmt Constable Kelly und ich kümmere mich um Miss Torrell.«

»Und wenn sie nicht kommt?«

»Ich denke, das wird sie.« Emmas Stimme klang entschlossen. Sie strich dem Baby übers Haar. »Das Leben des Jungen gegen hundert Pfund.«

»Bist du wahnsinnig?«, fragte Constable Kelly.

»Meinst du, es ist zu viel?«

»Nein, wahrscheinlich nicht. Aber sie wird nicht kommen, nicht dorthin.«

»Wenn nicht sie«, sagte Emma, »dann Lady Belinda. Hast du eine Schere?«

»Was hast du vor?«

»Wir brauchen einen Beweis, dass wir den Kleinen haben, oder?«

»Also gut«, lenkte Constable Kelly ein. »Aber auf keinen Fall bist du der Lockvogel.«

»Natürlich nicht.« Emma senkte den Blick und Gladys wusste, dass sie log. »Ich werde bestimmt nicht auf sie warten. Das können schon die Blauen erledigen.«

Die Blauen sagt sie, dachte Gladys. Sie ist kaum eine Nacht auf der Straße gewesen, und schon hat sie was gelernt.

»Mir sind da zu viele Blaue dabei«, mischte Tom sich ein. »Ich bin weg.«

»Ich auch«, schloss Gladys sich an.

Emma schien erstaunt. »Wollt ihr wirklich nicht hierbleiben?«

»Und dann?«, fragte Gladys.

Offenbar wusste Emma keine Antwort darauf.

»Passt auf euch auf!« Sie umarmte Gladys.

»Machen wir.«

Tom umarmte Emma auch, was Gladys verstehen konnte, schließlich hatte er sich in sie verguckt. Aber dass er Constable Kelly ebenfalls umarmte, überraschte sie. Ihrem Bruder schien der Abschied wirklich schwerzufallen. Zurück auf der Straße war er aber schnell wieder der Alte. Eine flotte Melodie pfeifend, warf er bei jedem Schritt seine Mütze in die Luft.

»Lass das!«, sagte Gladys und dann schaute sie genauer hin. Es war nicht Toms Mütze, die an ihrem Gesicht vorbeizischte, sondern der Lederbeutel. Irgendwie ist es doch gut, einen Bruder zu haben, dachte sie und fing den Beutel auf.

37. Kapitel

Nachdem Tom und Gladys gegangen waren, schrieb Emma den Brief. Sie grübelte lange über der Einleitung. Sollte sie »Sehr geehrte Miss« schreiben? Oder wie begann man einen Brief, mit dem man eine Mörderin erpressen wollte? Kelly wusste auch keinen Rat.

Deshalb verzichtete Emma schließlich auf die Anrede und schrieb, was sie zu sagen hatte: »Ich weiß alles. Ich habe das Kind. Ich will 100 Pfund.« Dann unterschrieb sie mit »Emma das Küchenmädchen« und fügte noch hinzu: »Kommen Sie zum Grab des kleinen Sirs! Heute um Mitternacht.«

Sie wischte sich den Schweiß von der Stirn. Briefe zu schreiben war anstrengender, als Kupferpfannen zu polieren. Kritisch musterte sie ihr Werk. Die Worte hockten wie unförmige Kröten auf dem Papier, aber besser konnte sie es nicht. Seufzend legte sie den Brief zurück auf den Tisch und ging zum Bett, wo das Baby immer noch schlief.

»Ist das normal?«, fragte Kelly.

»Was?« Emma schaute auf.

»Ich dachte, die schreien immer.«

»Ich weiß nicht.« Emma legte dem Baby den Handrücken auf die Stirn.

Es war warm, aber nicht heiß. Fieber hatte es nicht.

»Ich wünschte, meine Mum wäre hier.«

»Ich kann nach ihr schicken.«

»Würdest du das tun?«

»Für dich würde ich alles tun«, murmelte Kelly und seine Ohrläppchen leuchteten, als hätte jemand hineingekniffen.

Emma senkte den Blick. Konnte es wirklich sein, dass er sie mochte?

Bestimmt nicht, rief sie sich selbst zur Ordnung, aber ihr Herz sagte ihr etwas anderes. »Ich glaube, Babys verschlafen die ersten zwei Tage«, behauptete sie.

»Was du alles weißt«, erwiderte Kelly. »Ich wette, du wärst eine tolle Mum.«

Emma spürte, wie ihr das Blut in die Wangen schoss. Schnell griff sie nach der Schere, um das Wappen aus dem Babyhemd zu schneiden. Ihre Hand zitterte, aber sie schaffte es, ohne das Kind zu wecken. Sorgfältig faltete sie das Papier um das Stück Stoff, verschloss den Brief mit Kerzenwachs und reichte ihn Kelly.

»Also dann!« Er ging zur Tür. In seiner Uniform sah er wirklich schmuck aus.

»Kann man den Jungs vertrauen?«, fragte Emma.

»Ja, die sind zuverlässig. Die würden durch die Themse schwimmen, um sich einen Farthing zu verdienen.« Kelly lächelte ihr aufmunternd zu, dann schloss er die Tür hinter sich. Seine Schritte polterten auf der Treppe.

Emma trat ans Fenster. Wo Gladys jetzt wohl war? In ihr altes Leben konnte sie ebenso wenig zurück wie sie selbst, aber sie hatte keine Familie.

»Gladys kommt schon zurecht«, hatte Kelly gesagt. »Straßenkatzen fallen immer auf die Füße.«

Emma sah, wie er aus dem Haus trat und auf seinem

Weg zum Revier die Frauen grüßte, die am Brunnen Wasser holten. Wie es wohl sein mochte, ein Kind zu haben und einen Mann, der wie ihr Vater morgens das Haus verließ, um das Brot für die Familie zu verdienen? Und was, wenn Kelly dieser Mann wäre und sie mit ihm leben würde?

Sie beobachtete, wie er einem Jungen mit schmutzigrotem Halstuch den Brief gab. Dann pfiff er einen weiteren Jungen heran. Der würde zum Haus ihrer Eltern laufen. Auf einmal hatte sie das Gefühl, keine Luft mehr zu bekommen. Wie sollte sie ihrer Mutter nur sagen, dass ihre lebenslange Freundin tot war? Und schlimmer noch, dass sie der Schatten gewesen war?

Zitternd trat Emma vom Fenster zurück, ging zum Bett hinüber und rollte sich neben dem Baby zusammen. Ihr war kalt. Sie legte die Hand auf die Brust des schlafenden Kindes und spürte seine Wärme. Wenn sie doch nur nicht so müde wäre ...

»Herrgott sei bei uns! Was hast du getan?«

Emma schlug die Augen auf. Ihre Mutter kniete weinend vor dem Bett. Hinter ihr stand Bob.

»Gehst du tot?«, fragte er und drehte die Mütze in den Händen. Sterben war für ihn wohl der einzig denkbare Grund, warum jemand tagsüber im Bett lag.

»Die Polizei sucht dich«, jammerte ihre Mutter. »Dein Vater musste zum Vorarbeiter. Und was ist das?« Sie starrte auf das Baby, das gähnend den kleinen Mund aufriss. »Herrgott sei bei uns! Ist das der kleine Sir?«

»Der kleine Sir?«, echote Bob.

Emma richtete sich auf. »Ich glaub, du setzt dich besser, Mum. Und du auch, Bob.« Dann erzählte sie den beiden von ihrem Sturz und ihrer Flucht.

»Herrgott sei bei uns!«, flüsterte ihre Mutter, als sie fertig war. »Du gehst in keinen Haushalt mehr.« Sie stand auf und schloss Emma schluchzend in die Arme.

»Da ist noch etwas, Mum.« Emma holte tief Luft. »Mrs Westwood ist tot.«

Ihre Mutter starrte sie mit offenem Mund an. Selbst Bob schaukelte vor und zurück, Tränen schossen ihm in die Augen. Die Hebamme war auch zu ihm immer freundlich gewesen.

Emma wusste nicht, wie sie den beiden die nächste Schreckensnachricht beibringen sollte. »Sie war der Schatten«, sagte sie schließlich und warf sich in die Arme ihrer Mutter.

»Der Herrgott steh ihr bei«, keuchte die und strich Emma über den Rücken.

In diesem Moment klopfte es an der Tür und gleich darauf kam Bill herein. Er schaute zu Emma und sagte: »Es tut mir leid, wegen gestern und allem.«

»Ist schon gut«, erwiderte sie und berichtete nun von ihrem Plan.

»Kommt gar nicht in Frage«, sagte ihre Mutter. »Du kommst sofort mit und verlässt das Haus nicht mehr, bis diese Mörderinnen eingesperrt sind.«

»Nein«, widersprach Emma. »Ich will das zu Ende bringen. Das bin ich Louise schuldig.«

»Dieser Kelly wird dich nicht mitnehmen.«

»Ich werde ihn nicht fragen.«

»Was redest du da?« Emmas Mutter schüttelte so heftig den Kopf, dass ihre Haube verrutschte. »Gehorchen wirst du.«

»Ich geh mit ihr«, sagte Bill auf einmal.

Emma sah ihn überrascht an.

»Das bin ich dir schuldig.«

»Was redet ihr denn alle von Schuld?«, jammerte ihre Mutter. »Wenn doch nur euer Vater hier wäre.«

»Vertrau ihr, Mum!«, sagte Bill. »Sie weiß, was sie tut.«

»Danke.« Emma schluckte. Es tat gut, einen Bruder zu haben.

»Aber was ist, wenn sie nicht kommt?«, fragte Bill.

»Sie wird kommen.«

»Du bist dir sehr sicher, kleine Schwester.«

»Sehr sicher«, wiederholte Bob und grinste Emma an. Dann hob er sie hoch und wirbelte sie durch den Raum, wie er es früher getan hatte.

Emma kreischte, das Baby schrie. Emmas Mutter schluchzte und Bill rief, Bob solle Emma gefälligst herunterlassen.

In dieses Durcheinander platzte Kelly mit Pasteten und einem Plan, wie er Inspector Webbe in den Park locken würde. »Ich bin subtil vorgegangen«, sagte er, und wieder stieg Bewunderung in Emma auf. »Ich hab behauptet, dass ein Taschendieb mir einen Tipp gegeben hat.«

»Und das hat er geglaubt?«, fragte Bill.

»Im Moment würde er alles glauben«, entgegnete Kelly. »Wenn er dieses Kind nicht findet, kann er seinen Hut nehmen.« Er wandte sich an Emmas Mutter: »Sie passen auf Emma auf, nicht wahr, Mrs O'Brian? Auf sie und das Baby.«

Emmas Mutter schluckte schwer, schaute von ihr zu Bill und senkte dann den Blick. Ihr Kiefer arbeitete. Emma wusste nicht, ob sie an der Krautpastete oder an ihrer Antwort kaute. Eine bessere Gelegenheit, ihren Plan zu verraten, würde ihre Mutter heute nicht mehr bekommen.

»Natürlich«, entgegnete sie schließlich, ohne aufzuschauen.

Emma atmete erleichtert aus, und auch Bills Schultern senkten sich, als sei eine Last von ihnen genommen.

»Am besten ihr bleibt hier«, sagte Kelly, der nichts von ihrer Anspannung zu merken schien. »Ich denke, der Inspector wird später einige Fragen an dich haben, Emma.«

»Was ist, wenn sie sich rausreden?«, fragte Bill. »So feine Pinkel reden sich doch immer raus.«

»Herrgott sei bei uns!« Emmas Mutter bekreuzigte sich.

»Herrgott schei bei unsch«, echote Bob mit vollem Mund.

»Das werden wir verhindern«, versprach Kelly. »Aber jetzt muss ich los.« Er lächelte Emma noch einmal zu und ging.

Die Zeit schlich dahin wie eine altersmüde Katze. Nach einer Weile besorgte Bob Stutenmilch für das Baby und irgendwann schlug es schließlich elf Uhr vom Clock Tower. Emma und Bill machten sich bereit.

Ihre Mutter umarmte sie. »Wenn euch was passiert, sterbe ich.«

Wie anders der Gang durch die Straßen heute war. Emma schlang das Tuch fester um ihre Schultern. Es war eine dieser Nächte, in denen der Wind den Duft des Meeres durch die Gassen trieb. Sie hatten Bob nicht mitnehmen wollen, aber er war einfach mitgekommen. Bill und er schritten eilig aus und Emma hatte Mühe, mit ihnen mitzuhalten. Endlich erreichten sie Whitewood Manor. Dunkel lag es da. Emma schauderte bei dem Gedanken an all das, was ihr in diesem Haus passiert war. Irgendwo da drin war auch Miss Torrell. Ob sie darüber nachdachte, wie sie Emma am besten töten konnte?

»Wir warten am Parkeingang«, flüsterte Emma. »Ich weiß, wo sie langgehen muss.«

Sie versteckten sich hinter blühenden Büschen. Lange mussten sie nicht warten, bis eine in einen weiten Umhang gehüllte Gestalt über den Weg eilte. Lautlos folgten sie ihr. Emmas Brust wurde eng, als sie den Maiglöckchenduft wahrnahm. Das musste Miss Torrell sein. Schließlich blieb die Gestalt stehen. Sie schaute sich um und verschwand dann zwischen den dicht stehenden Büschen. Emma wollte ihr folgen.

»Warte!«, flüsterte Bill und packte ihre Schulter. »Wir lassen ihr einen Vorsprung.«

»Nein«, zischte Emma.

»Halten Sie sie fest!« Das war die Stimme von Inspector Webbe.

Die Geschwister lauschten.

»Verflucht!«, hörten sie Kelly rufen. »Sie hat ein Messer.«

Emma riss sich los und stürzte zu den Büschen. Ein Schatten kam auf sie zu, sie prallte gegen ihn. Miss Torrell! Ein stechender Schmerz fuhr Emma in den Arm und sie fiel. Auf dem Boden liegend sah sie, wie Miss Torrell mit Bill kämpfte.

»Hilf mir!«, schrie er.

»Hilf mir«, echote Bob, dann schnellte seine Faust vor.

Die Wucht des Schlages riss Miss Torrells Kopf herum. Ihre Augen waren weit aufgerissen, der Mund verzerrt. Das Messer entglitt ihren Fingern und sie sackte in Bills Armen zusammen. Emma richtete sich auf. Blut lief ihr über die Hand, der Park drehte sich, ihr wurde schwarz vor Augen.

»Ist sie tot?«

Die Stimme drängte sich in Emmas Bewusstsein. Sie öffnete die Augen. Kellys Gesicht schwebte über ihr.

»Kelly«, flüsterte sie.

»Emma.«

Sie fühlte, wie sie hochgehoben wurde, und schmiegte sich in Kellys starke Arme. Sein Herz pochte hart gegen ihre Brust.

»Wir haben es geschafft«, murmelte er in ihr Ohr, und dann drückte er seine Lippen in ihr Haar.

Aber noch war es nicht vorbei. Es stellte sich heraus, dass Miss Torrell und Lady Belinda Schwestern waren. Beide leugneten die Ermordung des Jungen und beschuldigten sich gegenseitig. Sie selbst hätten nichts von dem Verbrechen geahnt. Doch niemand glaubte ihnen.

Am nächsten Tag war in allen Zeitungen von den mörderischen Schwestern zu lesen, wie Lady Belinda und Miss Torrell nun genannt wurden. Lord Collingwood schloss das Haus am Park und floh mit seinem Haushalt auf den Landsitz der Familie. Seine Söhne nahm er mit, den einen in einem weißen Kindersarg, den anderen in einem Korb.

38. Kapitel

Einige Wochen später berichtete die Presse über den Prozess. Gladys hörte das Schreien der Zeitungsjungen, als sie mit ihrem Korb Brunnenkresse durch die Straßen zog. Seit der Nacht im Mai machte sie einen großen Bogen um den Park und jeden Blauen. Immerhin hatten sie Constable Kelly ihren Schatz abgenommen.

Gladys kaufte sich eine Zeitung, um sie sich von einem Straßenschreiber vorlesen zu lassen. So erfuhr sie, dass Emmas Plan funktioniert hatte. Es war die Rede von einem entschlossenen Constable und einem mutigen Küchenmädchen, die Lord Collingwoods Erben aus den Fängen des Schattens gerettet und die mörderischen Schwestern überführt hatten. Kein Wort von ihr oder Tom, aber das war Gladys nur recht.

Sie starrte auf das Bild der eleganten Frauen, die mit gesenkten Köpfen vor dem Richter standen. Wieso hatten sie das getan? Wie gierig musste man sein, um ein Kind zu töten? Gierig oder verrückt. Gladys dachte an die Hebamme und hatte wieder das Bild des Engels vor Augen, der über der Themse schwebte. Seit jener Nacht verfolgte er sie bis in ihre Träume.

»Und, werden sie hängen?«, fragte sie den Schreiber.

»Nein«, antwortete er. »Feine Leute hängt man nicht. Nicht hier in London.« Er lachte bitter.

Gladys verstand ihn. Hängen tat man in London nur die Armen.

»Sie haben sie nach Bethlem gebracht«, berichtete der Schreiber. »So ein Quacksalber hat gesagt, dass sie nicht ganz dicht sind.«

Nach Bethlem, dachte Gladys. Vielleicht wäre Hängen dann doch besser.

Epilog: Oktober 1865

Emma erwachte, als ihr Vater das Haus verließ. Seine tiefe, immer etwas knurrige Stimme fiel in den Chor der Männer ein, die sich Grüße zuriefen. Für einen Moment verwirrt, tastete sie über die raue Decke. Noch immer musste sie sich jeden Morgen vergewissern, dass sie nicht mehr in Whitewood Manor war. Nie mehr würde sie dort sein. Das Haus stand leer. Für den Sommer, hatte es geheißen, aber Kelly hatte gehört, dass es verkauft werden sollte.

Bevor Emma sich den Schlaf aus den Augen gerieben hatte, wurde die Haustür ein zweites Mal geschlossen. Ihre Mutter machte sich auf den Weg zu einer Nachbarin, die ihr erstes Kind bekommen hatte. Irgendeine Frau in der Straße bekam immer ein Baby, und weil die Hebamme nicht mehr da war, verbrachte Emmas Mutter mehr Zeit am Wochenbett der Nachbarinnen als in ihrem eigenen Haus. Also kümmerte sich Emma um den Haushalt. Seit ihre Unschuld auf so dramatische Weise bewiesen worden war, lebte sie wieder bei ihren Eltern. Kurz nachdem sie zurückgekehrt war, hatte eine Nachbarin ihre Mutter gefragt, wann Emma denn wieder in Stellung gehen würde. Emma hatte das Gespräch durch das offene Fenster ihrer Kammer gehört.

»Eher wird meine Emma Ladenmädchen«, hatte ihre

Mutter gefaucht, »als dass sie noch einmal einen Fuß in einen Haushalt setzt. Und wenn Sie klug sind«, hatte sie zu der Nachbarin gesagt, »dann lassen Sie Ihre Tochter auch nicht in Stellung gehen.«

So kann's kommen, dachte Emma. Wobei sie jetzt sowieso nicht mehr in einem fremden Haushalt arbeiten, sondern bald ihren eigenen haben würde.

Fröstelnd stieg sie aus dem Bett und zog sich an. Es gab noch viel vorzubereiten, bevor sie Kelly in der Frühmesse am Sonntag ihr Jawort geben würde. Mrs Kelly. Mrs Hippolyte Kelly. Sie mochte den Klang, auch wenn sie Kelly hatte versprechen müssen, seinen Vornamen sofort nach dem Eintrag ins Kirchenbuch wieder zu vergessen. Sie kniff sich in den Handrücken, um sich zu vergewissern, dass sie nicht träumte. Das tat sie in letzter Zeit häufiger. Dann schnürte sie ihre Stiefel und lief in die Küche hinunter. Es würde keine große Hochzeit werden. Auch wenn Kelly nun Sergeant war, mussten sie ihr Geld zusammenhalten. Aber Bill und Bob würden kommen, und auch Leah würde da sein, die jetzt offiziell Bills Verlobte war. Kellys Schwestern hatten ebenfalls zugesagt, mit ihren Familien zur Trauung zu kommen.

An den Fingern zählte Emma die Gäste ab. »Mum, Pa ...«

Ganz so bescheiden würde ihre Hochzeit wohl doch nicht ausfallen. Eigentlich hatten ihre Mutter und sie heute mit den Kuchen anfangen wollen, aber jetzt würde sie es alleine schaffen müssen. Sie streckte sich nach der großen Rührschüssel. Ein Kratzen an der Eingangstür ließ sie innehalten.

»Mum ist zwei Häuser weiter«, rief sie.

Keine Antwort, nur dieses Kratzen. Seufzend ging sie zur Tür und öffnete sie. Gladys torkelte ihr in die Arme.

»Herrgott sei bei uns!« Emma zog sie ins Haus und drückte sie auf einen Stuhl.

Gladys sah grässlich aus: die Haare schmutzig, das Gesicht hager und der Körper prall.

»Du bekommst ein Baby?«, fragte Emma erstaunt. Dann nahm sie den Kessel vom Herd und goss Wasser in einen Becher, den sie Gladys reichte.

Die nickte und trank gierig. »Sie hat mich reingelegt«, sagte sie atemlos, nachdem sie den Becher abgesetzt hatte.

Emma wusste sofort, wen Gladys meinte. Ihre Nackenhaare richteten sich auf.

»Sie hat gesagt, ich bin nicht schwanger. Aber sie hat gelogen.«

»Du wolltest es nicht?«

»Genauso wenig wie den Kerl, der es mir angehängt hat.« Gladys spitzte die Lippen, als wolle sie ausspucken. »Als ich's dann begriffen hab, war's zu spät.«

»Sie wollte nicht, dass du es tötest.«

»Scheiße«, fluchte Gladys. »Das ging sie doch gar nichts an.«

Emma reichte ihr eine Scheibe Brot. »Was ist mit dem Geldbeutel, den Tom geklaut hat?« Nur mit Mühe hatte sie Kelly davon überzeugen können, den Beutel zu verschweigen.

»Das war meins. Ich schwör's.« Gladys starrte auf die Scheibe Brot in ihrer Hand. »Ich hab's mir verdient.« Sie erzählte Emma von Mr Smith.

»Du kannst erst mal hierbleiben«, sagte Emma, als Gladys geendet hatte. »Vielleicht finden wir was für dich, wenn das Baby da ist.«

»Ich geb's nicht weg.« Gladys legte die Hand auf den Bauch.

»Ich dachte, du ...«

»Dachte ich auch. Zuerst. Aber es ist auch meins und es kann ja nichts dafür.« Gladys' Stimme klang auf einmal ganz anders.

»Dann bleib bei uns«, schlug Emma vor.

Gladys lächelte sie dankbar an. »Ich krieg's für Mum und all die toten Babys.«